甘肃省艺术基金2024年度资助项目

我是丹尼索瓦人

扎西才让 ◎ 著

作家出版社

— 作者简介 —

　　扎西才让，本名杨晓贤，藏族，甘肃临潭人，中国作家协会会员，甘肃省作家协会理事，中国诗歌学会常务理事。小说作品见于《民族文学》《山花》《芳草》《红豆》《飞天》《西藏文学》《青海湖》《百花园》等文学期刊，入选《尘世疆界：2022 中国小小说精选》，上榜"中国小说学会 2022 年度好小说"之"小小说·微型小说"榜单。部分作品被《小说选刊》《中华文学选刊》《微型小说月报》《视野》等选刊转载。已出版短篇小说集《桑多镇故事集》《山神永在》，前者入选 2019 年度"中国少数民族文学之星"丛书。获全国少数民族文学创作骏马奖、敦煌文艺奖、黄河文学奖、青稞文学奖、三毛散文奖、梁斌小说奖等文学奖项。

目　录

前往桑多镇

1

挺拔婆娑的刺柏肩并肩地立在街道两旁，像举着绿旗频频挥舞的战士。马队在砂石路上嗒嗒地走过，低扬的微尘，倏忽间就变成了尾随的旋风。祥和的午后，仿佛从未发生什么，哦，不，衰弱的伤兵在房檐下呻吟。浑身血污的汪杰，哦，我的儿子，被迫跪倒在长着络腮胡子的军官面前，耻辱的血色，再次涌上了他黑红的脸膛。几声枪响过后，他面向土地栽倒，身体慢慢地蜷缩成团……

桑珠从噩梦中惊醒过来，推开窗户一看，外面黑乎乎的，知道天还未亮，发了一会儿呆。半晌，忽然回过神，赶忙收拾行李，按原先计划好的，要带十三岁的小儿子万玛，去遥远的桑多镇。

说是遥远，其实从牛头城到桑多镇，也就近百里的路程。因想尽早赶到桑多，顾不得天还没亮，她敲开了马车夫董智的家门，督促他做好出发的准备。

董智披着皮袄来开门，是睡眼惺忪的样子："姑姑，你也太心急了吧，没必要这么早就去见他们。我看他们不是军人，是土匪。"

"明知去的地方就是狼窝，我们也得去。"

"那稍等一会儿，我吃个馍馍，垫个肚子，行不？"

"不，馍馍带上，现在就出发，有很多事，等着我们去做。"

董智只好对内院里的媳妇大声说："没办法，听姑姑的。"

媳妇很担忧："路上小心啊，不要和那些土匪较劲！"

"放心吧。给我十个胆儿，我也不敢。"董智说。

就这样，桑珠、万玛和董智，坐着一辆敞篷马车出发了。

2

时值深秋，路边黑魆魆的青稞地里，已经是收割后的荒凉景象。由于战乱，青稞还半黄半绿，老百姓就赶紧收进草房，偷偷地打碾，偷偷地入仓。生的青稞粒，磨成了面，在铁锅里烙成贴锅巴；炒熟后的，就磨成炒面；青稞秸，就留给马匹和牛羊过冬时食用。

被青稞秸喂饱的矮个儿枣红马呼哧呼哧地在暗夜中前行。看来马车的重量，外加三个人的体重，给这匹瘦脊麻秆的马儿增加了难以承受的压力。

挂在马脖子上的铜铃，在寂静中连续不断地发出清脆的声音——丁丁，丁零零。

"董智，停一下，把铃铛卸掉吧，听起来怪心焦的。"桑珠说。

董智愣了一下，随即明白了姑姑的心思，麻利地卸去了铜铃。

"阿妈，我要尿尿。"万玛嚷道。

"就你屎尿多，忍着，过了红山口再说。"桑珠有些不耐烦。

"不能忍了，要尿到裤裆里了。"万玛明显带了哭腔。

"忍不住也得忍，你是不是儿子娃娃？"

万玛听出桑珠语气中的严厉，只好夹紧了双腿。

"你对万玛也太严了吧，他还是个娃娃呢。"董智在一旁说。

"他是个娃娃，但他也是亚日部落的男人，要像他阿哥汪杰那样才行。"

董智一听姑姑提到汪杰，鼻子一酸，就不说话了。

也许因为卸去了铃铛，枣红马走得无精打采的，呼哧呼哧的喘气声，咯吱咯吱的车轮声，在暗夜里格外清晰。

桑珠扭头回看牛头城，那里也是黑魆魆一片，心想：这一走，不知还能不能回去。

走了三四十里的路程，才看到前方的一片漆黑中出现一条灰白色的线。

枣红马的步子一点点慢下来，董智扭头问桑珠："姑姑，歇一会儿吧，给马喂点儿草料，万玛也去解个手。"

"再走一阵，我记得前面不远就有个庄子，到那儿再歇。"

董智只好高喊一声："驾！"催着枣红马加快步伐。

3

又走了大约二十里路，天麻麻亮了，远处传来零星的犬吠。根据眼前模模糊糊的轮廓判断，马上就要途经一处村庄。忽听得远处传来一声长嚎，但见熹微的晨光中有四五个灰色影子向他们奔袭而来，迅捷如疾风中的蓬蒿。

董智一下子扯紧马缰绳，大喊："是狼！狼来了！"

万玛哇的一声放出哭腔。桑珠一把把万玛搂在怀里，手刚碰到万玛的裤子，就感觉到一股湿漉漉的温热，她咬了咬牙，把万玛抱得更紧了。

还没到狼窝，就遇到了狼，此行会不顺利？桑珠顿时有了不祥的预感。

枣红马也受了惊，发疯似的朝前冲去。马车在土坎上一颠，侧翻在地，三个人都被甩出马车外，一时竟爬不起来。马儿挣脱了缰辔，往一侧的野地狂奔。那四五道灰影瞬间就飞射到枣红马身后，那些眼睛果然是幽绿色的，泛着冷光，在空中划出了夺目的弧线。只听得轰的一声，马被扑倒在地，接着传来清晰可闻的撕咬声。

董智眼看着自己的枣红马即将命丧狼口，跌跌绊绊地爬起来要朝狼群那边走，桑珠顾不上照看还趴在地上的万玛，冲过去拉住董智："你不要命了？"

董智清醒过来，蹲下身，只能痛心地用拳头捶打地面。

桑珠这才转身寻找万玛。万玛已经爬起来了，他扑到桑珠怀里，浑身颤抖，牙齿发出相磕的声音。

"趁野狼攻击枣红马，我们赶紧走，不然会更危险！"桑珠说。

4

或许是董智大喊的原因，村庄里接二连三响起了犬吠声，接着，几束亮亮的火把快速地朝他们移来。

正在撕咬枣红马的狼群一见火光，跑远了，边跑边心有不甘似的频频回望。

举着火把的几个人来到他们身边，细看之下，来人一老四少，都高高大大的。最年长的看着有七十开外，高鼻梁，薄嘴唇，显得很精干。其他四人，彼此长相相似，也是隆鼻薄唇，估计是老者的儿子。

"要不是半夜起来解手，都不知道你们被狼袭击了。"老者问董智，"这黑天昏地的，你们要到哪去？"

董智看向桑珠，桑珠点了下头。

董智这才对老者说："我们要赶到桑多镇去，索要阿哥汪杰的尸身。"

"哪个汪杰？"

"就是那个桑多镇的首领，这是他阿妈桑珠，是我姑姑，身边这娃娃，是她第二个儿子。"

老者一听，做了个祈祷的手势："老天爷啊，没想到，我们竟遇到汪杰的阿妈了。"又说："阿姐，您生了一个好儿子。"

桑珠一听老者叫她"阿姐"，愣住了，转念一想，知道这是对自己的尊称，就露出一丝笑意，算是作了应答。

老者对带来的四个人说："都跪下，给汪杰的阿妈磕个头吧，她可是英雄的母亲！"

四人虽举着火把，但听了老者的话，顾不上搁置手里的东西，就跪倒在地，连磕了几下头，又一起起身，站到一旁，都憨笑着。老者很严肃地提醒儿子："笑什么笑？还不把客人请到家里去。"四人忙弯腰低头，对桑珠他们做出邀请的动作。

"老人家，您知道我儿子？"桑珠问。

"骏马的身影，草原上的人都见得到；雄鹰的鸣叫，雪山下的人都听得见。汪杰是桑多的英雄，谁不知道他的声名呢？"

桑珠一听，心里发酸，眼眶中顿时涌起一股温热。

老者："哎呀，说到您的伤心处了，实在对不起。这样吧，去我家里喝杯热茶吧？"

桑珠拭去眼角的泪水："老人家，我们就不去了。我们连夜赶路，就是想快点到桑多镇，索回我儿的尸身。我得让他有个好的归宿。"

老者露出悲戚的神情："你儿子的尸身，恐怕是要不回来的。我看你们还是不要去的好，凶多吉少啊！"

"那个刽子手让人带话，说若我们敢要，他们就敢给。他要是个男人，就得说话算话。您说呢？"

"那就有可能要回来。这样吧，我让儿子们陪你们一块儿去。"

老者的四个儿子齐声回答："呀！"

桑珠忙说："不用，不用，有我、董智和小儿子去就行了，这事儿，去的人多，反而麻烦。"

"我看这娃娃就别去了，万一……"老者没往下说。

"他得去。您知道他阿爸死得早，这回，他大哥又被害了，他就是家里的男人，得见见仇人。"

"那好吧，您都想好了，我就不说啥了。你们还有啥需要我们帮忙，尽管说。"

"我去看看我的马，看还活着没？"董智说着跑了出去，过了片刻，又哭着回来，众人都跟着难过起来。

老者说："你们总不能走到桑多镇去。这样吧，我看这马车还能用，就从我家里牵一匹马，让它替我们把你们送到那里去。"

桑珠想了想，觉得这也是唯一的办法，就点点头："那太感谢了！"又对万玛说："快感谢老人家！"

万玛这时才从恐惧中缓过神来，正要俯身下跪，却被老人一把拉住："哪能让英雄的兄弟来拜我？"又问："这孩子叫啥名字？"

"万玛。"

"洁净的莲花，好名字。"

"佛爷给起的。"万玛小声回答。

桑珠转向董智，劝道："董智，不要伤心了，老人家答应给我们一匹马呢！"

董智擦去泪水，抿紧嘴唇，还是不出声，但脸上有了感激的神情，对老者鞠了一躬。

老者嘱人牵来一匹黑马，比枣红马要大得多。董智和其他四人扶起倾倒的马车，借着火光一看，只剐蹭了几处，没摔坏骨架。那马刚套到辕下，就咴咴咴地叫起来。

"它知道它要干啥了，那就不耽误时间了，请上路吧！"老者说。

"若我们能顺利回来，一定拜访老人家！"桑珠告辞道。

"好。拿上火把吧，这样狼就不敢靠近了！"老者回礼。

桑珠应承了，和万玛一人擎一支火把，坐上马车，命董智驾车就走。走出一段，回头一看老者和他的四个儿子还举着火把留在原地。这不看还好，一看，眼泪就落了下来。

5

太阳从地平线升起，他们到了另一片草原。

董智停下马车："姑姑，要不要在这里歇一会儿？"

正在打瞌睡的桑珠睁开眼睛，抬头一看，四周秋草枯黄，原野死一般地静。没有风，但寒冷一丝丝地往骨头缝里钻。

"红山口到了吗？"

"早就过去了，看你们在睡觉，就没喊。"

桑珠哦了一声，看万玛也是刚睡醒的样子，鼻下溜出一缕清涕。她从兜里摸出一团软布，替他揩去了。万玛有点儿不好意思，把头扭向草地。

"走了多半路了吧？"桑珠问董智，见董智点头，又说，"那就继续走吧！"

董智拿出一条脏兮兮的围巾缠在头上，把两耳也护住了，这才扬手在空中打了个响鞭。黑马又精神抖擞地迈开步子。眼前是一条清晰的官道，在草原上蜿蜒向前，一直连到地平线那边去了。

太阳离山顶还有几丈高，他们来到一处哨卡，有三四个士兵背着枪来回走动。距离车道十来步是几间低矮简陋的房子，房子旁停着一辆军车。

这处哨卡看着有些不伦不类，但仔细一看就明白了，这房子，显然就是牧人搭就的夏窝子。现在，被当成了临时的关卡。

桑珠心中明白：儿子汪杰倾其心力经营的桑多镇，有可能已落入别人的手里。

董智提前勒住黑马："姑姑，前面有人站岗，咋办？"

"走吧，他们还会吃了我们？"桑珠显出镇定的样子。

万玛抱紧母亲的胳膊："阿妈，他们有枪！"

"不怕，不怕啊。怕的话，我们就不来了。"这话，她说给儿子听，也说给自己听。说着还拍拍儿子的脊背："记住，你是汪杰的弟弟，是亚日部落的男子汉，把胸膛挺起来。"

万玛松开母亲，挺直上身，眼睛一眨不眨地盯着哨兵们。

那些哨兵一见有马车来，显得很紧张，都端起了枪，指向马车上的人。

待马车靠近岗哨，一个士兵喝问："干什么的？"

桑珠对董智和万玛说："你们就待在车上，不要下来，我去给他们说说。"

董智想说什么，桑珠用眼神制止了他。

"阿妈……"

"别说话，在这里等着。"桑珠下了马车，走向哨兵。

看到从马车上下来的是个女人，哨兵们的情绪一下子就放松了，有人嬉笑起来。

领头的哨兵问："你们从哪来的？"

桑珠没回答哨兵的问话，走到离哨兵只有三四步，才停下脚步。

哨兵喝道："快说，干什么的？"

"你们是哪个部队的？"桑珠反问。

领头的士兵笑起来："你管我们是哪个部队的？现在，这里是我们的地盘。"

"哦，我知道你们是谁了，我是来找你们长官的。是他托人带话儿，让我来的。"

"长官专门让你来？你也不照照镜子。嘿嘿。"

旁边的哨兵一听这话，都起哄地笑起来。

桑珠正色道："我再说一遍，是你们长官让我来的，我是汪杰的阿妈。"

哨兵们一听，不笑了。领头的奔进房子。桑珠听到房子那边传来说话声，断断续续含含糊糊的。过了片刻，那人出来，命令其他哨兵退到一旁，放马车过去。

董智驱马向前，在哨卡口停了下来。桑珠也不看哨兵，不慌不忙地上了马车，坐定，对董智说："走！"

哨兵们竟然朝他们行了个军礼。

过了哨卡，万玛才敢说话："阿妈，我们不怕他们吗？"

"儿子，你记住，是他们做了对不起我们的事，我们不用怕。"

万玛似懂非懂地点点头。

6

又走了十几里，大路旁出现了一处村落，炊烟升腾，能看到有人在村里走动。

"阿妈，我饿了。"

桑珠问董智："你也饿了吗？"

董智："我还能撑一阵子。"

"别撑了，就在路边停车吧，吃饱了才好赶路。"

他们的马车停在路边，但三人都没下车，打算在车上吃。黑马仿佛受到青草的诱感，边啃食路边的野草边拉着马车向草地深处偏。

桑珠见状，说："卸车吧，让它也吃点。"

董智就卸了马，放长缰绳，让马吃草，他自己则接过桑珠递来的青稞面贴锅巴，蹲下身大口吞咽。

万玛忙拿来水壶递给董智，董智摆摆手："给你阿妈吧，她喝了，你喝了，我再喝。"

桑珠也不拒绝，接过去喝了几口后，又从布袋里取出另一块贴锅巴，连同水壶一起递给万玛："儿子，多喝点儿，也多吃点儿，进了桑多镇，不管多渴多饿，也不能随便喝别人给的水吃别人给的东西。"

万玛点点头，只吃了一口，就流下了泪。

"吃东西的时候不要哭，要不然，吃下去的，不是咸水就是苦水。"桑珠说。

"姑姑，你也吃一点。"董智说。

"我不饿。"桑珠回答。

董智和万玛不再说话，一时间，除了从村庄里传来的隐约的说话声，就是两个男人咀嚼吞咽食物的声音。

吃罢饭，董智重新把马套入车辕，三人再次出发。

万玛抓着一块青稞饼递给桑珠："阿妈，你还是吃点吧，你不吃，我心里难受。"

桑珠爱怜地看了儿子一眼："我儿子会心疼人了。"

万玛笑了，问："阿妈，还有多远？"

桑珠看了看远方说："快了，再过两个村子，就到了。"

7

又过了两个向阳的村落，临近中午，他们到了一个草原小镇。

万玛本来对阿哥汪杰的镇子充满期待，但他看到的，却只是一个比老家牛头城稍大一点儿的村落。它和牛头城的不同之处，只是牛头城在山沟里，这个镇子在草原上。牛头城的房屋少，这镇子上一街两巷都是房子。牛头城人少，这镇子上，人好像也不多，最起码街道上走动的人不多。走动的人看到马车来，都远远地避开了。

"阿妈，这儿真的就是桑多镇吗？"万玛有些不敢相信。

桑珠还没回答，董智抢先反问："你觉得不像？"

"大白天的，一点儿也不热闹，这和很多人说的不一样。"

"听说以前很热闹的，现在你阿哥出了事儿……"桑珠咳嗽一声，董智就住了口。

万玛在心里琢磨：看来这个遍地马粪的破败镇子，真的就是人们说的桑多镇了。正在想着，听见母亲说："我们先去桑多寺吧，去拜访一下佛爷。"

"要去见舅舅？那太好了，阿妈。"

桑珠笑了，这个寺里的佛爷，确实是她的堂弟。但自从成为佛爷，离开老家后，联系就少了。但一听万玛称其为"舅舅"，那种难以割舍的亲情，一下子就使心暖和起来。

"去了，可不能叫舅舅，得叫佛爷，记住没？"

"记住了。"万玛有点不高兴，撇了撇小嘴。

桑多寺倒是挺大的，越过两人高的围墙，能看到一座九层佛阁。青石红墙在阳光地照射下，显得沧桑而神圣。在围墙外转经的人要比街上的人多，看到有马车来，也没什么特别的反应。

董智上前去说明来意，就有僧人进去通报，半晌，那僧人又出来把他们领了进去。

院内，高楼的两侧，盖了两排平房，平房和高楼间的平地上，被打扫得干干净净。一楼大殿内，酥油灯一排排地摆开，在摇曳的光亮中能影影绰绰地看到佛像的身形。

桑珠忙请了三盏灯，带两个人到供桌前的拜垫上跪拜。起身一回头，就看到一个矮壮的尊者站在房檐下，安静地看着他们。桑珠一看，果然是堂弟，好多年未见，竟还是那和善沉稳的样子，忙引着董智和万玛过去叩拜。尊者引领他们去了休憩室。众人分主客坐定，尊者这才微扬眉毛，温和地看向桑珠。

桑珠知道他是在询问，就说："佛爷，我想您知道我们来的目的了吧？"

尊者微笑道："我知道的。您是我姐，就不要叫我佛爷了。"

"再亲的关系，礼数还是得要的。这个，我还是懂的。"桑珠说，"我这次到您这儿来，一来想看看您，二来想了解一下我大儿子的事。"

尊者看了看董智和万玛说："那就请这两个年轻人回避吧。"

董智忙站起身，准备退出房间。万玛却定定地看着尊者圆润素净的脸庞，一动不动。

桑珠忙解释："佛爷，请您谅解啊，这个是我小儿子万玛，还没见过什么世面。"

尊者一听，招手叫万玛到自己身边来，问："名字谁起的？"

万玛声音有点颤抖地回答："另、另、另一个佛爷起的。"

尊者摸摸万玛的头说："甭怕，论关系，我是你舅舅呢。"

一听尊者这话，万玛高兴了，说："就是的，舅舅，舅舅。"连喊了两声。

尊者依旧抚摸着万玛圆圆的脑袋，问："多大了？"

万玛说："十三了。"语气里，带有一丝骄傲。

尊者点了点头："嗯，再过几年，就是家里的顶梁柱了。"

万玛情不自禁地挺了挺胸膛。

尊者又问："家里发生了这么大的事，害怕吗？"

万玛小声答："有点儿。"

尊者伸出右手，摸了摸万玛的头顶说："害怕，是正常的。不过，你得勇敢，得把心里的这只名叫恐惧的老虎，驯养成温和勇敢的大象。你明白我的意思吗？"

万玛心中的紧张，莫名其妙地不见了，一股热流从胸膛慢慢扩散到四肢。他用力地点了点头。

尊者说："那就好。你们先出去等会儿吧，我和你阿妈还有事要谈。"

万玛和董智，躬身退出了房间。

8

室内只剩两人时，尊者才说："有些事情，现在还不能让他们知道，因为愤怒会让人失去理智的。"

桑珠点头。

尊者接着说："汪杰是我的外甥，也是草原的英雄，是桑多镇的守护人。"

"佛爷，您才是桑多镇的守护人。汪杰他不是的，听他说，他想给兄弟姐妹们建起传说中的香巴拉。"

"是的，他这样想，也这样做了。这十年来，桑多人都看到了他和兄弟们的努力：尽可能地利用牧场，养牛养羊；畜产品多了，又建造房舍，还学着办起了商行。"

尊者说到这里时，目光不看桑珠，看向了对面的墙壁，那目光似乎已穿越墙壁，投向了远方。

儿子的这些事桑珠听说过一些，这时又从尊者口中听到，让她有了哭泣的冲动，但还是忍住了。

"我下面要说的，或许是你不大知道的。汪杰为了让桑多的人都过上更好的日子，就跟一个名叫宣侠父的共产党员有了来往。"

"共产党？"桑珠跟着重复了一遍。

"对，就是你们说的红色汉人。听说，他们是为老百姓过上好日子，才跟西宁那边的军队闹翻的。"

"就是那边的军……军阀？"桑珠追问。

"对。这宣侠父，听说是南方人，来到这里，起了个藏族名字，跟这里的人学藏语，给大家讲内地的变化，还号召人们反抗军阀，起来闹革命。听说汪杰跟他走得特别近，一来二去，就成了军阀们的'眼中钉'。有一段时间，那边牧民养的牛羊比较多，草山不够了，他们就把牛羊放到桑多这边的牧场，这才发生了草山纠纷。这事儿，你知道吗？"

"佛爷，您的意思是，我儿子是因为草山纠纷的事被杀的？"

"是，也不是。一切孽缘，皆缘于贪嗔痴；一切恶果，都始于愤怒和仇恨。为了抢夺生存资源，那边的牧民想占些桑多的草山，自己又不敢出面，就去向军阀求援。结果，引狼入室的事就发生了。桑多牧场，还有那边的牧场，一下全让外来者给吞了。率众对抗军阀的汪杰，也成了枪下的亡魂。"

桑珠再也控制不住自己的泪水了，说："他们带话给我，让我来给儿子收尸。"

"嗯，跟我估计的差不多。不过，你不用去了。"

桑珠诧异地看向尊者。

"昨天夜里，汪杰的弟兄们从军阀那里抢回了他的肉身。他们找到了我，我们连夜在西边那个山沟里火化了他。你放心，他会转世到好人家的。"

桑珠愣住了，她天没亮就动身赶来桑多镇，就是想亲自送一送儿子……不过也好，他也算是有个好的归宿了。这样一想，情不自禁地跪拜在尊者脚下。尊者扶起桑珠："我能做的，就这些了。趁着时间还早，你们还是回去吧。甭去军营，甭见他们！"

"您在担心我们？"

"是的，你要清楚：恶的花即使开在洁净的土地上，到了秋天，也会结出恶的果的。"

9

在寺院的高墙外，桑珠找到了一直静等的董智和万玛，把汪杰的尸身已经被火化的消息告诉了他们。

"那我们还去不去找那些土匪？"董智问。

"你说呢？"

"我看还是不去了吧，太危险。"

桑珠转头问万玛："你想不想去？"

"我得看清这群欺负人的恶狼长什么样。"万玛说着攥紧了小拳头。

桑珠凝视着小儿子，觉得他一夜之间就长大了。

桑珠有生以来第一次，决定不听取尊者的建议，说："好，阿妈带你去。"

董智还是很担心："姑姑，你就不怕万玛也被他们给……"

桑珠截断话头："给害了？对，我怕，不过，我的万玛不怕，是不？"

万玛使劲儿点头。

董智犹豫了一下说："连万玛都不怕，我、我也不怕。"

10

军阀的马队，早就列队在军营大道两旁，从接到哨兵的报告到这会儿，他们已经等了差不多两个时辰。

当三人从他们中间的通道穿过，两边的马匹在原地不安地踢踏着，时不时发出高亢的嘶鸣。马上的骑兵则敲击着腰间的佩刀，相互之间叽里咕噜地交流，间或发出粗野的笑声。

桑珠的腰杆挺得笔直，一脸悲壮的神情，目不斜视地走着。她左边的董智，虽然比她高出很多，却低垂着头，似乎在有意躲避着骑兵们的目光。万玛却昂着头，当他看到骑兵冷酷的眼神，忽然想起途中遇到的恶狼，心中不禁一抖，但并不胆怯，每一步都走得很稳。

他们从大路口走到军营门口，又走进院子，来到一个满脸络腮胡的军官面前。

看年龄，络腮胡也快五十了，人高马大的，脚蹬马靴，一身戎装，有个醒目的鹰钩鼻，眉毛又浓又粗，眼神笃定。他眯着眼打量了桑珠好一会儿，才坐到身后的宽背高椅上，问："你就是汪杰的母亲？"

"嗯。"桑珠直视着络腮胡的眼睛。

"他们是谁？"

"我的马车夫和小儿子。"

"哦，你，你们，都很有胆量。"络腮胡说，指了指被粗麻绳捆绑在檐柱上的六七个小伙子。

桑珠注意到，小伙子们浑身血污，此刻都看着她，一脸惊喜的神色。

络腮胡仍是很难琢磨的表情，说："好，很好。不过，我只能食言了，汪杰的尸首已经被这几个人给抢走了。"

桑珠："我知道。"

"你知道？"络腮胡诧异地问，"那你为啥还要来？"

"我要看看杀害我儿子的，到底是谁。"

络腮胡："是我。我本不想出面的，但你的儿子勾结了共匪来反抗我们，我不能坐视不管。"

桑珠："我儿子和别人不一样，他有自己的想法。"

络腮胡："是这样，他一下子就结果了我十三个兄弟，是条硬汉子，不过，可惜了。"

桑珠："你这话，啥意思？"

络腮胡："我很好奇，他是从哪个女人的肚子里出来的，原来就是你啊，看起来，也是个普通的女人嘛。"

手下们听到长官的话，都笑起来。

络腮胡冷冷地看了看手下，又对桑珠说："不过，你看起来普通得很，但又和别人不一样：你好像不怕我。"

"是不怕。"桑珠死死地盯着络腮胡的眼睛，不想表现出一丝软弱。

这时，万玛从桑珠的手心里抽出小手，盯着络腮胡问："就是你杀了我阿哥？"

他的声音又尖又细，桑珠听出了他的紧张，伸手轻柔地按住了儿子的胳膊。

络腮胡打趣地说："是的，小家伙，你多大了？"

"十三。"

"还是个小孩子。你来到这里，想干啥？"

"我，我……我想记住你的样子。"

"那你记住了吗？"

"记住了，你的眼睛，就像我今早见过的狼的眼睛。"

"你说我残忍？"

"你们随随便便就杀人，不残忍吗？"

"你想复仇？"

万玛正要开口，桑珠抓紧了他的胳膊，不让他说话，万玛很不情愿地扭了下肩膀。

络腮胡："小家伙，要复仇，你得快点长大，不然，我可不一定记得住你。"

说罢，嘴角扬起，露出一缕苦涩的笑意。

11

桑珠看到了这缕苦涩的笑意，她不明白络腮胡为何如此，但倒使她更加冷静："现在，我们来了，你想把我们怎么样？"

络腮胡："不怎么样。我和你儿子之间的冲突，算是战争了。战争，与女人和小孩无关。"

桑珠："想不到你还有些良心。"

络腮胡："不，我不是有良心，我只是懂规矩。对于你和孩子，我想放了，但他得留下。"说着，右手食指指向了茫然无措的董智。

一看络腮胡在指着自己，董智浑身颤抖起来。

桑珠："这事与他无关，他只是我们的马车夫。"

络腮胡："但他早就成年了，是个男人。是男人，就该承担什么。"

桑珠看看董智，又看看被绑在柱子上的汪杰的手下，说："他们，都得为我儿子的事担责任？"

络腮胡笑了："是的，要么他们担，要么你的马车夫担。你选吧！"

桑珠："我都不选。我只选择：由我担。"

谁知此时董智说话了："不，不要这样，还是……由我来担吧。"声音低微，几不可闻。

桑珠惊讶地看向董智，坚定地说："不行，你媳妇还在等你，还是我来担。"

董智："我是下人，命本来就贱，用这贱命为阿哥汪杰出头，值得！"说到"用这贱命为阿哥汪杰出头"时，声音响亮起来，"值得"两字，几乎是喊出来的。

络腮胡朝董智竖起大拇指说:"好,是个男人。"站起身,指了指被绑在柱子上的人说:"他们和你一样,都有骨气,我有点佩服你们了。嗯,——你们都走吧。"

桑珠:"你这话,又是啥意思?"

络腮胡:"没啥意思,我只是觉得这样的斗争,太耗人了!"

说这话时,络腮胡没看桑珠,只看着天空,显露出疲倦的神态,长长地打了个哈欠。

桑珠也看了看天空,天空晴朗,空得透明。她有点明白了:这人,可能对无止境的战争,厌倦了。

桑珠:"你的意思是:我可以带走我们的人?"

络腮胡:"对,你是他们的母亲,母亲来领儿子,名正言顺。你带走他们吧。"

络腮胡扫视了桑珠他们一眼,又看着部下,仿佛发出的是一道军令。然后,头也不回,径直往自己的房间去了。

几个士兵过来,给柱子上的人松了绑。

董智和万玛过去搀扶着他们,跟在桑珠身后,一起往外走。

巷道两旁的骑兵们,你看看我,我看看你,半晌,似乎才明白了络腮胡的意思。一个士兵高声喊道:"送——客——"话音刚落,骑兵们举起长枪朝天鸣放。在有规律的连续不断的枪声中,桑珠他们镇定地走出大门,走出巷道,走向镇外的草地。

12

草原深处，正是秋末冬初，一片萧索的景象。地平线那头，有四五个骑马的身影缓缓走来。

顿时，桑珠的心又悬了起来，那怦怦怦的声音似乎要夺腔而出。

"那军官反悔了，要拦截我们？"桑珠想。

董智把右手搭在额头上远望，过了片刻说道："好像是老者和他的四个儿子。"

草原上的风吹过来，逼出了桑珠深藏的泪水："他们在担心我们，来接我们了。"

其时，太阳高照。空荡的天幕下，草地上、山坡上、山谷里，都是一簇簇的干枯的苏鲁丛，了无生机。但桑珠知道，这些植物只是在休养，秋冬之后，待春风一吹，就会复苏，抽枝，散叶，开花，在这片土地上重新蔚然成片，那金色的银色的花束，定如群星，生生不息。

当然，目前这萧索的日子，也许还会持续很长时间。

（原载于《文学港》2023年第6期）

阿道的告别

1935 年 8 月，红一方面军离开了广袤的川北大草原，来到山势陡峭道路崎岖的迭部。一个达拉沟的农民，在听闻了红军的经历后，成为红军队伍中的一员。

——题记

一、如地

阿道要告别的第一个人，是他小时候的玩伴。

玩伴名叫如地，大自己一岁，属猪。眼睛小，眼珠却格外亮，身躯黑瘦，像极了村庄里四处游走的体形瘦小的蕨麻猪。

如地在火塘边招待他，先在小木碗里搁进去小拇指长的一块酥油，用开水冲化了，待阿道喝了两口后，就从一方简陋的木盒中舀出一勺色泽微灰的炒面，抖入木碗里。

这酥油的味道，好不好？如地问。

香得很。阿道说。

你是我兄弟，得用酥油招待，若是别人来了，只有炒面吃。如地说。

嗯，我俩不是亲兄弟，胜似亲兄弟。阿道说。

这话一说，阿道就感觉到眼里有点潮。十二年前，自己和如地在达拉河里戏水，一不小心，差点被激流冲走，是如地抱了根长长的树枝，追了好一阵，才使自己抓住树梢爬到了岸边，活了下来。这救命之恩，怎会忘记？

就是嘛，你把我当人，我把你当兄弟。如地说。

我知道，我知道。阿道说。

今儿个找我有事？如地问。

家里人呢？阿道反问。

有的去牧场了，有的去地里了。如地说。

那你为啥没去？阿道问。

今早我左眼跳得厉害，感觉不适合出门，就没去，你信这个不？如地说。

有时信，有时不信。阿道说。

得信，你看，我没去干活，你就来了，我要是出门了，你来就找不到我了。如地说。

嗯，你这么一说，倒是有点道理。阿道说。

有啥事？如地问。

有件大事，得给你说。阿道说。

哦，有多大？如地问。

阿道想了想说，对你来说，也就芝麻大，对我来说，比天还大。

那就先不说了，把炒面拌了，吃点再说。如地说。

阿道端起碗，把浮在水面上的炒面吹开，又喝了一口水，这才将右手食指伸进碗里，仔细地拌。拌好，捏了一小块炒面，递给如地。

我不吃，你吃。如地说。

来，两个人都吃，这样感觉香一点。阿道说。

如地笑了，接过去，小心地含在嘴里，咀嚼了好一阵才说，这炒面，放了酥油，就好吃得很。

阿道也捏了一块，吃了，边吃边说，确实香。

阿道说，你这酥油从哪弄的？

我那当阿古的老哥带来的。如地说。

阿道明白了，也对啊，这么好的东西，也只有寺里才有。

快说吧，到底是啥大事情？如地问。

阿道又捏了一块炒面给如地，如地拒绝了。阿道只好放进自己嘴里。准备再捏一块，一看，碗底只剩面渣了。他把碗搁在一旁，理了理思路，才小心地问，前几天，村里来了红军，你知道不？

知道啊，说是从四川那边来的。如地说。

那你对他们有啥印象？阿道问。

印象，倒是不深，他们都住在村外，只有几个到村子里来了，说是有事找郭巴商量，看那样子，不是坏人。如地说。

如地说的郭巴，就是头人，地位比土司的管家要低，只管着他们这个村子的事务，论身份，算是个村长。

你不害怕？阿道问。

害怕啥呀？这里山大沟深的，离皇帝远得很，再说，我们都是老百姓，过日子靠的是这山这水这林，又不靠别人。如地说。

那是因为我们遇到了好士兵，若遇到坏家伙，一进村就又抢又烧又杀的，你嘴里的好日子，就过到头了。阿道说。

如地一听，愣住了，眼珠子一转问，你啥意思，这士兵还分好坏吗？

分，有像洪水一样把啥都卷走的，有不拿群众一针一线的，这次来到这里的，就是纯粹来做好事的。阿道说。

如地的神色变得严肃起来，说，这你倒是说了实话，这次来的，确实和以前与我们的郭巴打交道的那些兵不一样，我只远远看了几眼，感觉他们没有那种咋咋呼呼的样子。

你喜欢他们？阿道问。

谈不上喜欢，不过感觉挺好的。如地说。

那如果我成为他们中的一个，你看行不？阿道问。

如地吃惊地说，你……你啥意思？

阿道说，你小声点哟，我的想法，是想跟着他们走。担心如地不明白自己的意思，又说，我想参军，加入他们，离开这里。

啊？那你阿妈谁管？如地的声音更大了。

阿道慌忙站起，到院子里转了一圈，回来坐在如地身边说，你不要这么大声地喊，唯恐别人不知道吗？

那你说，你为啥要走？如地说。

这个，一两句话说不清楚，反正我已做好了打算。阿道说。

好好好，还说是兄弟，冷不防给我来这一招。如地说，自个啥都想好了，才来给我说，你这种做法，根本就没当我是你兄弟！

阿道双手把住如地的双肩，冷静地逼视着如地，等对方安静下来，才说，我真是把你当兄弟，才给你掏心窝子，我想走的事，在来你这前，给谁都没说。

如地紧抿嘴唇，也盯着阿道，过了半晌说，那你说句实话，养儿防老，你又没兄弟姐妹，你走了，你阿妈谁来养活？

这个事，我会想办法的，再说，这不还有你吗？我俩可是亲兄弟的关系。阿道说。

如地一听，咧嘴笑笑，似乎又突然明白了什么，掸道，哦，你想指望我啊，没门！

阿道笑道，肯定指望你啦，你不管我阿妈，你心里能过意得去？

如地一时竟无话可说。沉默了一阵问，打算啥时候走？

就这一两天。阿道说。

是悄悄地走，还是正大光明地走？如地问。

这个不是我能定的。阿道说。

那你走的事，不给尤汝说吗？如地问。

等会儿我就去找她。阿道说。

阿道的告别

二、尤汝

从如地家出来，阿道去了尤汝家。

这是他准备告别的第二个人。尤汝属兔，比他小三岁。性格也像极了兔子，安静，温顺，很多时候，又显得敏感，小心。

一想起她，阿道的嘴角就微微上扬，浮出两弯喜悦的弧度。

这姑娘算是村子里的一朵花，不声不响的，悄悄地就盛开了，等待着心上人的采摘。

能采摘也想采摘这朵花的，有好几个青年，本村的外村的，都有。但尤汝看中的是阿道，高高大大的，脸形比村子前的虎头山还有棱角，那种刚毅味儿，给她带来了特别安全的感觉。

前年，也就是阿道十七岁的时候，就感受到了尤汝的爱意。他在忐忑不安中，小心翼翼地踏出了第一步：约会，在村南的树林里。没想到一下子就约成了。从此，那片树林，成了他俩的仙境。

现在，又到了人约黄昏后的时刻。

像往常一样，阿道还是隐身在尤汝家的院墙外，模仿红雀的鸣叫声，噘口送气，打出几声口哨："寂乎谁久？寂乎谁久？寂乎谁久……"

片刻，半扇柏木大门被拉开，探出一张精致的脸蛋，是尤汝。阿道也露出半个头，对着尤汝笑。尤汝点点头，却关上了门。

于是阿道就往小树林里走。这是他们约好了的，总是阿道先去，尤汝给家人找个借口，再悄悄出门。

阿道坐在树林深处的一块案板大的青石上，仔细观察着身边的松树、柳树、灌木丛。初秋了，松树还擎着一身的苍翠，柳叶已有了发黄的趋势，灌木丛也染上了淡淡的黄色和浓艳的红色，看起来热热闹闹的。

眼光在枝干上逗留的时间越长，阿道就越觉得心有不舍，平时被完全忽略的事物，此时似乎生发出了特别的光彩。

正在感慨间，尤汝来了。

她坐在阿道旁边，隔了两三个拳头的距离，侧脸问，这个月你都约我七八次了，别人都有闲话了。

这说明我很喜欢你嘛。阿道说。

再喜欢也不能太过分。尤汝不好意思地说。

约得多了，你不高兴？阿道问。

高兴啊，不过也怕闲话，闲话一多，觉得自己像个坏女人。尤汝说。

你甭听那些话不就行了？再说，那些瞎话，都是心生嫉妒的人的鬼点子，我俩可不能上当。阿道笑嘻嘻地说。

尤汝说，我知道他们的想法。边说边挪动屁股，靠近阿道。

阿道伸出长臂，手越过尤汝的脖颈，像大猴搂猴崽那样，把尤汝搂在怀里。尤汝做了个推搡的动作，见阿道不松手，就顺从了。

两人依偎好半天，都没说话。

后来，还是阿道打破了沉默。他双手轻抚尤汝的双颊，待四目相对，才幽幽地说，尤汝，我可能要离开你了。

你……你不喜欢我了？尤汝感觉自己的心被针给狠狠地扎了一下。

不，不是。阿道不知该从何说起。

你有别的相好了？尤汝眼中噙满泪花。

也不是，阿道说，你知道红军吗？

知道啊，就是前几天来到这里的那些人，对吗？尤汝说。

对，我得跟他们走。阿道说。

为啥？是他们强迫你离开我？尤汝问。

不，是我自愿的，阿道说，我想离开这里，这次不去，可能就再也没机会了。

尤汝猛地站起，从阿道怀里挣脱出来，恼怒地说，你知道你在说啥吗？是不是马踢了你的脑袋了？

阿道忙安慰尤汝说，你甭急哟，听我慢慢给你说。

尤汝坐下来，她感觉自己被莫名其妙地抛弃了，就警惕地保持着与阿道之间的距离。

你觉得我们幸福吗？阿道问。

挺好的啊！尤汝说。

你觉得这幸福会长久吗？阿道追问。

我不知道。尤汝老老实实地回答。

只要有大土匪鲁大昌的军队在，我们的幸福，就不会长久。阿道说。

这话是谁说的？尤汝疑惑地问。

那些红军说的。阿道说。

你信他们的话？尤汝问。

阿道没任何犹豫，说，我信，鲁大昌的军队，最会祸害老百姓了！

你信他们的原因，能告诉我吗？尤汝问。

阿道想了想说，我跟他们接触两三天了，我知道，他们和我们一样，都是底层人，活不下去了，才当了兵，想自己给自己争取幸福的生活。

可是，这幸福的生活，我们已经过上了。尤汝执拗地说，话音里带着幽怨。

是过上了，不过，都是暂时的，不会长久的。阿道说。

你越说，我就越糊涂。尤汝说。

阿道只好解释说，以前，鲁大昌的手就往我们这边伸，不过伸得不长，以后，也许就会都伸过来，那时候，我们的苦日子就会开始。

这话也是红军说的？尤汝问。

嗯，他们这样说，我也这样认为。阿道说。

你说的以后，是啥时候？尤汝问。

我估计长的话，十年左右，短的话，也就三五年。阿道说。

你说的，我不懂，你若要走，我也想不通。尤汝说。

阿道皱着眉，思谋了一会儿说，尤汝，和你在一起，我感觉很快乐，很幸福，我想让更多的青年，都能有这种感觉，都能过上这种生活，这愿望若能成真，你和我，都得付出些啥。

尤汝一听这话，有点蒙，她抱住阿道的脑袋，呻吟般地说，可你付出了，我就不幸福了。

阿道的头陷在尤汝的脖颈处，他嗅到了少女带有汗味的体香，竟有点沉迷。

你走了，我该怎么办呢？尤汝仿佛在自言自语。

这话使阿道瞬间清醒，他搂紧了尤汝，说，你甭怕，我就出去几年，这几年里，假如我们的愿望成真了，我就回来陪你。

要是愿望像肥皂泡那样破了呢？尤汝问。

破了，我也回来，和你在一起。阿道说，语气里，有承诺和宣誓的意味。

我就等你的这句话。尤汝说。

我说到做到。阿道说。

尤汝似乎被感动了，她松开搂抱着阿道的手臂，解开自己的上衣纽扣，语气坚定地说，那我把我给你，你要走，得给我留下啥，这样，我若等你，就有指望了，也能熬到你回来的那天了。

阿道一听，也蒙了。他抓住尤汝的手，爱怜地说，尤汝呀，你真是个傻丫头！

我才不傻呢，你走了，我就搬过去和你阿妈一起住。尤汝说。

阿道的眼眶，一下子就湿润了。

三、达吉

阿道去找达吉的时候，天色已经黑了下来。

达吉住在虎头山下的小木屋里，以森林守护者的身份，时常聆听着屋外达拉河的喧嚣声，消磨着无穷无尽的时光。

这个四十开外的男人，浓眉，深目，卷曲的络腮胡衬托出肥厚的嘴唇，加上那虎背熊腰，给人以山神般的感觉。

几天前，他去密林深处狩猎时，听到河那边有说话声，说的不是藏语，听那语音像汉语，但又不是迭部这边的汉话，隐隐约约断断续续的，听得不甚明白。

他潜伏到森林边缘，从树缝里观察那些人的行动。

来人显然是一支军队，穿着破旧，背枪挂拐的，但显然训练有素，没有一点慌乱的样子。

他们在达拉河边休整了一会儿，见无桥可渡，几个领头的交换了意见，就有士兵井然有序地脱鞋挽裤，蹚入水流中。

这达拉河，意为虎穴旁的河流，虽不深，水流还是比较湍急的，若不小心，就有可能被激流冲走，就像当年阿道的遭遇那样。

但他们还是一个一个地蹚过激流，来到了这边。

达吉对这支军队，有点佩服了。他们看起来疲劳不堪，也许正如他一样，有着对生的渴求，对命的不服，对创造新世界的信念，才支撑着前行的脊梁。

他能想象，一路上，那来自密林深处的冷枪，那坍塌消失的桥梁，都不曾改变他们的行程。

难道蹚过面前的这条白色河流，就有了他们的回天之地？

第二天，他的义子阿道，就给他传来消息：这支军队，是红军，红一方面军中的一支。

正在沉思之际，木门被推开，进来一个人，迎着天光一看，是阿道。

你又来了？达吉说。

就是，阿爸，今个有空，来找你聊天。阿道说。

又有那些红军的消息了？达吉问。

阿爸，你啥都知道啊！阿道说。

我是看着你长大的，你心里想啥，我能猜着。达吉说。

阿道笑笑，找了个位置坐下来。

他是达吉认养的儿子。五岁时，父亲得了急性黄疸病，在炕上躺了几天，躺着躺着，就走了。来奔丧的达吉，是父亲的结拜兄弟，看孤儿寡母可怜，就认了阿道作义子。

夜饭吃啦？达吉问。

还没。阿道说。

达吉就从床铺下的木桶里掏出一条猪腿，递给阿道说，这是烤好的野猪肉，你就凑合一下吧。

阿道也不客气，抓住埋头就啃，边啃边说，阿爸，我可真是个有口福的人。

达吉笑了，不说话，在火塘里塞进一把干柴，点着了，之后才看着阿道，眼里有团温暖的火光。

阿道啃尽了野猪肉，把骨头搁在一边，两手互搓，手心手背上，顿时泛起了油光。

想说啥，就说吧。达吉说。

我想参加红军，他们开了个会，同意了。阿道说。

哦？达吉露出感兴趣的样子。

你不觉得突然吗？阿道问。

达吉摇摇头说，倒是没啥突然的，只是，你参加了，他们一走，这村里，就留下你一个红军了。

就是，我想好了，我得跟他们一起走。阿道说。

啊？！达吉吃了一惊。

阿爸，你同意不？阿道问。

我不反对，达吉说，不过，你走了，你阿妈谁来照顾？尤汝那里，咋办呢？

阿道挠挠头说，我刚才找过尤汝了，她说阿妈由她来照顾。

她同意你离开村子？达吉问。见阿道点头，不禁叹息道，真是个苦命的丫头。

我觉得对不起她。阿道说。

何止对不起啊，你这娃娃，心还是有点狠哪！达吉说。

阿道耷拉着脑袋，一时无话可说。

时间定了没？啥时候走？达吉问。

后天就走。阿道说。

这么快啊，要不要把亲戚都叫来，送送你？达吉问。

不用，我们领头的说，这事不能过于声张。阿道说。

嗯，我知道了。达吉说。

阿爸，我挺担心你的。阿道说。

我身体好得很，有啥担心的。达吉说。

我走了，就没人陪你说话了。阿道说。

那没啥，我一个人过，都习惯了。达吉说。又问，啥时候回来？

阿道说，也许三年五年，也许十年八年，时间不会太长的。

但愿吧！达吉说，声音很低。

阿道听了，知道达吉对自己选择的未来，还是有点担心，就说，你甭愁，一切都会好起来的。

达吉叮嘱道，你抽空到郭巴那里走一趟，也告个别，不过，不要主动提你参加红军的事。

好的，阿爸，我也是这个想法。阿道说。

还有哪些事，你都考虑好。达吉说。

没问题……那我先给你劈些柴火吧。阿道说。

也不等达吉回答，就拉开门，走出去，站在木屋前，仰头看那星空。银河在空中静静地悬浮着，给这人世间，洒下了淡淡的光辉。

四、母亲

从山中回到村里时，已是深夜，但家中小佛堂里酥油灯的光焰，还在缓慢地摇曳着。母亲就跪在灯前，等待儿子的归来。

阿道进门，靠着门框说，阿妈，我回来了。

母亲抱怨道，以前你总喜欢早早就睡觉，今个倒是奇怪，连夜饭都没来吃，我都到村里找了你好几遍了！

阿道忙解释说，阿妈，今个我去找阿爸了，有事，商量了一会儿。

达吉吗？母亲问。

对啊。阿道说。

他最近好吗？母亲问。

好得很，壮得像头牦牛。阿道说。

那就好，只要不生病，就没啥担心的。母亲说。

阿妈，您说得对，身体就是革命的本钱。阿道说。

革命？本钱？啥意思？母亲问。

哦，我的意思是，只要身体好，啥都会有的。阿道说。

这话有道理。母亲说。又问，你找达吉商量啥事？

阿道犹豫了一阵，还是老老实实地说，阿妈，明后天我得出一趟远门。

母亲忙从佛堂里出来，点燃了上房里的另一盏灯。她用灯光照定儿子的脸，问，你要出远门？到哪？

那地方你可能不知道，名叫天水。阿道说。

离我们这多远？母亲问。

得走八九天才能到吧。阿道说。

你去那么远的地方干啥？母亲问。

给你、达吉和尤汝他们找幸福。阿道说。

胡说，幸福要到那么远的地方去找吗？母亲生气了。

阿道只好告诉母亲，阿妈，明晚夕，我要跟着红军离开
这里，可能得好几年。

你好好说话，你跟着他们去干啥？母亲说。

阿道不知该怎么解释，想了好一阵，说，我那亲阿爸去
世得早，我是你和达吉养大的，我知道你们吃了很多苦，现
在还在吃苦，我想把这种情况改变一下，让你们好好享福，
就悄悄地参加了红军。

你参加红军了？他们会答应吗？母亲问。

嗯，答应了。阿道说。

阿道，你给我说实话，你真的要撇下我跟他们走？母
亲说。

阿妈，不是撇下您，我都给达吉、尤汝和如地他们说好
了，他们会照顾您的，您就把心放在肚子里吧！阿道说。

阿道，你要走，你说我能放心吗？母亲说。

阿妈，有啥不放心的，红军都是好人。阿道说。

真是好人？母亲问。

阿道说，对啊，他们是保护我们老百姓的，是我们自己

拉起来的队伍，您还不放心吗？

嗯，这倒是实话，我听说他们经过朱力村的时候，在麦场上打了粮食，给村里付了银圆。母亲说。

就是嘛，前天，有个战士给如地家背水时，打破了他家的水缸，赔偿了一件毛衣呢。阿道说。

这事你听谁说的？母亲问。

是如地阿妈亲口说的。阿道说，昨天他们从黑周家里买了几只羊，给了几个银圆，黑周不敢收，他们硬是塞给了黑周的儿子，您说这样的军队，不是好军队吗？

还真是啊。母亲说。

阿道说，我把想加入红军的事给他们说了，他们了解我家情况后，刚开始死活不同意，我说我就跟他们几年，锻炼锻炼自己，后面还是会回到村里的，领头的才勉强答应了。

那你应该提前给我说的。母亲说。

阿道说，要是提前给你说了，我担心我人还没离开，村里人人就都知道了，万一被坏人听到，就麻烦了。

真的几年后就回来？母亲问，问时，流泪了。

阿妈，您甭哭，甭哭哟！阿道用袖口拭去母亲的眼泪说，您放心，我保证回来。

劝归劝，母亲还是压低声音哭了好一阵。

阿道慌里慌张地安慰母亲，一边安慰，一边讲述他跟红军战士如何接触如何信任的经过。

在安慰与讲述的过程中，母亲停止了哭泣，她抚摸着儿子的脸庞说，阿道，我知道你是儿子娃，决定了的事，再也不会变，也不想变，那好吧，我不拖你的后腿，我和达吉尤汝他们，都等你回来。

说罢，母亲去了厨房，端来半张青稞面烙饼，一盘洋芋。

阿妈，夜饭我在达吉那里吃了。阿道说。

再吃点吧，阿道，你是年轻人，饿得快。母亲说。

阿道拿起烙饼，昏暗的灯光下，他的眼泪夺眶而出，滴在烙饼上，又被他吃进肚里。

母亲没有看到这一幕。

五、郭巴

第二天早上，太阳刚刚升起，阿道准备了一条哈达、五斤酥油，去拜访郭巴。

郭巴在宽宽大大的房子里接见了他，等阿道献过哈达和酥油后，就让人给阿道端来一碗奶茶。

阿道注意到端茶女孩的指甲缝里，有明显的污垢，情不自禁地看了对方一眼，心中感慨，他，还有这个女孩，都是苦命人哪！

看阿道喝了一口奶茶，郭巴才问，租给你们家的那几块地，今年都种了些啥？

青稞、洋芋和洋根。阿道说。

收成好吗？郭巴又问。

好着呢。阿道说。

那就好。郭巴说，你今个来找我，有啥事吗？

确实有件事，想给您说说。阿道说。

啥事？说来听听。郭巴说。

我得出个远门。阿道说。

哦？郭巴看定阿道，示意他说下去。

可能得一两年才能回来。阿道说。

哦？郭巴还是看着阿道。

觉得这事得给您说，不说不行。阿道说。

去哪里？郭巴问。

天水那边。阿道说。

去那里干啥？郭巴问。

阿道说，有个亲人，失散多年了，最近得到消息，说在麦积山石窟那里当长工，我想去看望一下，顺便也做些小生意。

那边能有啥生意啊！郭巴说，不过，看望失散多年的亲人，是好事，是能安人心的事。

对对，您说得对。阿道说。

你就甭点头哈腰了，我知道你是个有血性的人。郭巴说。又岔开话题问，最近在忙啥？

除了干些农活，我还能干啥呢。阿道说。

郭巴听了，呵呵两声，说，不是吧，我可听说这几天你跟外来的红军有了接触。

阿道瞬间毛骨悚然，浑身发紧，不知道该怎么答复。

看到阿道紧张的样子，郭巴笑了，说，你甭紧张，我早就打听过了，他们好像还不错，跟鲁大昌的那些兵不一样，不是扎玛，而是束玛。

阿道知道，藏语"扎玛"的意思，是"食人者"，"束玛"则是"保护者"。想不到郭巴对红军的看法，竟是这样的，顿时就对郭巴充满了敬意。

其实你跟他们多接触，只有好处，没有坏处。郭巴又说。

阿道有些激动，想把自己参加红军的事，说给郭巴听，但话到嘴边，又咽了下去。

郭巴没留意到阿道的这种情绪变化，自顾自地往下说，我们这里，算是稍微开化了的地方，老百姓的想法，还是比较简单，只是想过上太平的日子。

阿道频频点头。

郭巴又说，这几年，鲁大昌的兵，往我们这大山沟里来得多了，沟里的日子，好像也快起来了，现在红军也来了，我的感觉，我们这巴掌大的地方，要热闹起来。

阿道很是惊讶。平时，郭巴遇到村民时，似乎很少说这种颇为奇怪的话。但今天，却说得多，难道他知道了自己的选择，在向自己隐晦地表达他心里的想法？

这样一想，阿道就更不知道该怎么接话茬了。

郭巴见阿道不说话，谈兴顿时就淡了，说，哎呀，我给你这个年轻人，说这么高深的话干啥呀，你去了天水那边，若不适应，就赶紧回来，我们这深山老林，再怎么变，只会变好，不会变坏的。

您说的这是大实话。阿道说。

那当然，我不说假话。郭巴说，你放心，租给你们的地，就说你到外地去了，几年不回来，我也不会收回的，有你阿妈在，那些地，还是你们种，跑不到别人名下的。

那太好了，您这么说，我就放心了。阿道说。

你放宽心，你我都在活人，活人就得守诺。郭巴说。见阿道听得认真，又说，其实活人，就是过日子，这日子可能苦，可能累，再苦再累，只要太太平平，就好。

听郭巴这么一说，阿道的心里越发舒畅了，但他清清楚楚，若要永久地过上太太平平的日子，还得自己去努力，去追求，去改变。

六、阿道

下午，阿道赶到红军战士的驻地，和他们一起收拾行李。

黄昏后，战士们简单地吃过晚饭，准备启程。

离开时，他们把起居环境打扫得干干净净，用过的东西，也放还到原处。那些被损坏的东西，也给房主留下了赔偿钱。

眼前正在经历的事，使阿道想起与红军战士的认识过程：从特别生疏到敢于接触，到热情接待，到军民结成了亲密的友谊。他忽然明白了，正是这些感人的细节，决定了人间革命的大势。

在朦胧天光地沐照下，队伍终于出发了。

翻越虎头山的一处隘口时，阿道回看自己的村落，暗淡的灯光中，隐隐约约能看到村口乡亲们的身影，无声而长久地伫立着。

他又看向虎头山下的森林，那里，一处小木屋外，有个男子迎风而立，高举右手，做出了告别的姿势。

阿道登上一块凸出的岩石，这个身穿破袄的男子，站在了高山之巅，高高地举起右臂，使劲挥动。

天光下，他的臂膀粗壮，毡靴坚挺，他浑身散发的，是看得见的对未来的执着。

通往远方的道路崎岖却明朗，仿佛暗喻着他曲折但美好的人生——只要有强大的自信，就不会迷茫。

然而，除了破袄和毡靴，他几乎身无一物。

除了自信与执着，他几乎身无长物。

（原载于《青海湖》2024 年第 4 期）

棕皮笔记本

1

四月初，卢曼草的儿子来电话说，他阿妈病倒了。

我赶去看望卢曼草的时候，她已被儿女们安置在宽大的板炕上，身体深埋在被子里。病中的她看起来瘦小又孱弱，脸上皱纹细密，皮肤干枯。双手搭在被子上，手背上青筋暴起，色斑也如褐色的蜘蛛，裸露着的骨节粗大、变形、突出，完全失去了原先修长、光滑、柔美的样子。

昏暗的房间里只她一人，见我来了，转动眼珠，费力地看我。我说，老联手，我是卓玛，连我都认不出来了吗？这时，她的脸上才有了活气，身子前倾，想起身招呼我。我赶忙按住了她，让她原样坐好，她顺从了，像个懂事的孩子。

多年来，她多次患病，每次都是伤风感冒之类的小毛病。我也多次看望过她，只要我去，她就一改平素寡言少语的样子，说说笑笑的，把病不当病。年初她就病倒了，请来阿古一看，说是犯了风湿性关节炎，得去医院才行。到了医院一查，的确是风湿性关节炎，另外还得了痛风病，说是慢性病，得请天津那边的专家来才能治好。她问，天津专家啥时候能来呢？大夫说，那就得等到青稞下种以后了。于是让医院开了一堆治疗痛风和风湿性关节炎的药，她也不愿住院，直接回了家。

我坐在她旁边，她还是有说有笑的，不过，动不动就龇会儿牙咧个嘴的，一问，说关节处疼得很，不能站，更不能走，得躺着才行。看来这一次，她的病显然加重了。

我问，那天津专家还没来吗？卢曼草说，前天给医院打了电话，大夫说专家快来了，让我们做好住院的准备。我问，你家里人呢？去哪了？她说，有的去医院打听消息，有的去找我阿爸去了。我问，你阿爸的痴呆症还没好转？她说，还是老样子。我又问，你的病，还疼吗？她说，要是不吃药就疼得厉害。一吃药，就不怎么疼了。我说，那确实得去住院。她说，就是，天津专家一来，就住进去。我说，看来天津那边帮扶我们这边，是帮对了。她说，国家做的决定，那肯定错不了。

卢曼草在说"国家"一词时，咬得很重，很清晰，似乎这个词很有力量，啥困难就能解决掉。

我说，你说得对，国家就是我们的老天爷，有国家在啥都不怕。

一说这话，我俩都笑起来，整个房间，好似也亮堂了。

我从随身背的包里，取出棕皮笔记本递给她。她问，看完了？我说，嗯，详详细细地看了，认认真真地看了。她说，看了就好，甭给别人说啊，丢人现眼。我告诉她，你放心吧，我不说，我会写一篇读后感给你看的。她说，我知道你是历史老师，还爱看书，不过，看了你也甭写，若你写了，我会哭的。我说，好好好，那我不写了，我说给你听。

2

卢曼草一生下来，就爱哭。

就在桑多镇上哇哇大哭或暗暗垂泣的过程中，她读完了小学，念完了初中。因为与一位玛曲男孩早恋的事，挨了老师的批评，她又固执得很，死活不认错，终究还是被学校开除了。家人想给她转个学，她却不想念书，直接去了牧场，成了蓝天白云下的美若天仙的牧女。

说她貌若天仙，不是吹嘘。她本身就长得心疼，话又少，给人乖巧伶俐的感觉。实际上，她白天在牧场，晚上却爱在镇上和一群男孩闲逛。这期间，她学会了抽烟、喝酒、打扮，很时髦很另类的样子。这种昼夜生活方式的巨大反差，使她成了个特立独行的女子。

说是特立独行，是有依据的：除了昼夜生活方式的与众不同，在经历了过多的哭泣后，她忽然开始了笑的日子。她当着父母的面，亲戚的面，对象的面，丈夫的面，孩子的面，同事的面，以微笑、偷笑、大笑和狂笑来替代话语，把自己笑成了恋人、新娘、妈妈、奶奶，而今，早就笑成了满脸尽是细密皱纹的女人。

我给她说，你这人好奇怪啊，光知道哭啊笑啊的！她说，以前怕人，就爱哭，后来不怕人了，就爱笑。我说，哦，你哭哭笑笑的，是这原因啊，谁信呢？她说，哎呀卓玛，这哭啊笑啊有啥不好，还不是多半辈子就这么过来了。我问她，那你怎么就不愿和人交流呢？她说，笑，不就是最好的交流方式吗？我说，有些事，得用对话的方式才能解决。她说，卓玛，这我知道，不过，我和你还有话说，和别人好像无话可说，真的是这么回事。我说，你总得和你的家人说话吧？她说，我以前还和他们交流，后来就没话说了，感觉说啥都没意思！

她这么一说，我只好闭了嘴，不知道说什么好。

当然，我发现卢曼草还是喜欢交流的，不过，不是和人，而是和身边的家畜，山林里的植物，和那些浮在空气里看不见的灵异。

她说，你可甭小看它们，它们都有灵性，都懂我。

我一听，就觉得脊背发麻，身子发凉，仿佛有异物来到了身边，忙离开她，回到家里，才觉得安全了许多。

我和卢曼草同龄，一起上的小学和初中。她辍学后，我继续求学，后来在桑多学校里当老师，给孩子们教历史。也许是上过大学学过历史的原因，我不太相信看不见的东西。但卢曼草信，常常给我说这方面的事。说得多了，就给了我毛骨悚然的感觉。

当我和她闹别扭的时候，卢曼草就说，和你不想说话了，你这人好没趣！

我不接她的话茬。她见我不搭腔，就说，不说话是吧？那好，我也不想说了，就让我们各过各的日子吧！

她说到做到，在很长一段日子里，绝不主动来找我。我只好去找她。无论我怎么找她说话，她都闭着嘴，见我像见了陌生人，弄得她的家人，以为我和她闹崩了呢。

是什么原因使卢曼草的性格异于别人呢？是那辍学还是早恋，抑或在桑多镇夜生活中形成的叛逆？我搞不明白，但还是小心翼翼地保持着两人之间的友情。

后来，我还是找到了她性格形成的蛛丝马迹。机缘巧合，我在一文友处得到一本与桑多镇有关的诗集《桑多镇轶事录》，封面上是幅白描人物，戴狐皮宽帽，着高领皮衫，外套滚边大袄，脚蹬尖角长靴，腰佩银鞘长剑，坐在绘有山水和"寿"字的堂屋门前，眼观远方，眼神沉静，看起来很有气势，是个有身份的人。封面之后就是正文，显然缺失了目录，正文近百页，蜡版油印，铁画银钩的简体字。封底也没有了，估计被人撕去干了别的。诗集的作者，署名苏奴。谁是苏奴？住在哪里？诗集里没有可以找寻诗人的具体信息，我只好问老闺蜜卢曼草：你知道一个叫苏奴的写诗的人吗？她有点惊奇地说，苏奴？写诗的？我连连点头。她作出思考的样子，但还是一摊手说，不知道，我不知道你问的是谁。我说，你怎么能不知道呢？你看看，这本诗集里还写到你了。她吃了一惊，接过诗集细看：

斜阳桥头，长发女子卢曼草靠着桥墩吸烟／她的摩托车在一旁突突突地喘息／桥下就是桑多河／平静的水面，倒映出她变形的身影／她把烟蒂抛入水中，嗞的一声响，倒影显得更乱了／但只一会儿，又恢复了原来的样子／她把双手搭在嘴边，做成喇叭状／发出一声长啸：嗷吼吼吼吼吼……／远处，桑多山顶的晚霞红彤彤一片／诞生在桑多河源头的血水，也持续不断地向斜阳桥涌来／嗷吼吼吼吼吼……／我关上窗户，隔绝了长啸，只剩下她那奇异的动作／像极了她那言行怪异的父亲

　　看完后，她自言自语地说，你看看，你看看，把我写成啥样子了。我听得清清楚楚，赶紧追问：看来你知道苏奴是谁，对不？她不回答，依旧自言自语：把我写成这样子倒没啥，还把自己写成了怪人，哼！
　　我之所以猜度诗中的卢曼草就是老闺蜜卢曼草，就是因为她的父亲确实像诗中写的那样，是个言行怪异的老人。但她父亲的名字叫索南不叫苏奴，再加上她的否认，又使我陷入了迷雾。

3

　　卢曼草爱和我说话的那段时间，会偶尔提及她的父亲。

有一天，她哭哭啼啼地来找我，告诉我说，她梦见她父亲死了，又活了，在梦里来找她。她说："哎呀卓玛，我梦见我阿爸殁了，又复活了，他穿得破破烂烂，跟着西山那消了的雪水，回来了。我替他洗了脸，梳好头发。我说，阿爸，你的长相还是我熟悉的长相，你的耳朵鼻子嘴巴还是你以前的样子，你看你的长腿，和我的一模一样，你的长脖子，我也有。你说你都殁了好些日子了，还回来干啥呀？难不成你想带我离开家，像你那样东奔西跑的，活得人不像人鬼不像鬼的？"她说，在梦里，她一反常态，教训了父亲好一阵子。醒过来后，她又唉声叹气，悔不该那样对待一个脾气古怪的亲人。

卢曼草对自己的父亲的讲述，使我对她的家族史，产生了浓厚的兴趣。当我想进一步了解她的父亲时，她却说父辈的事，她知道得不多，终究还是避开了话题。听说我得到了《桑多镇轶事录》这部诗集时，她皱起眉头，稍微有了讲家族史的兴趣，说她的祖父才是个传奇人物。到底怎么个传奇法？她说：反正是给头人当过贴身护卫。再问，就三缄其口了。但在苏奴的诗集里，我还是找到了他祖父的影子：

旺秀头人骑着一匹枣红色的高头大马 / 身边簇拥着几个佩刀的健壮的随从 / 那来自川康的铁匠打造的藏刀 / 刀鞘和刀柄折射着细碎的光芒 / 产自东方汉地的耀眼的珠宝 / 也在供桌之上找到了自己的位置 / 侍女们静候在十步之外 / 谨慎又小心地看着

男主人的背影 / 可是，一身盛装的头人 / 只扭头观望桑多河边猎取野猪的小厮 / 啊呀，想当年，正是那段狩猎壮举 / 改变了黑头小厮的生命轨迹 / 他成为头人的贴身护卫 / 在桑多镇志里书写了浓墨重彩的一笔

我把读到的这首短诗讲给卢曼草听时，她笑了起来，眼睛里有光点在闪耀。她告知我，她的祖母，也是有故事的奇女子，她的身份可是头人家的二小姐。待我细问时，她却很谨慎地闭了嘴，仿佛提及祖辈的往事，是大逆不道的行为。

我只好在《桑多镇轶事录》里，寻找有关她祖母的文字。我找到了：

头人家的二小姐身穿宝蓝色的长裙睡着了 / 那完全放松的姿态令人着迷 / 她柔软的黑发与裙子混为一体 / 裸露的乳房，像极了来自汉地的精美瓷器 / 甜梦中她舒展着修长的肢体 / 在午后的光照里有着灰暗的影子 / 窗外，是流淌了几百年的桑多河的涛声 / 确实像她离世多年的母亲的絮语 / 我听说某个来自拉萨的画师 / 在桑多镇上留下了以她为主角的唐卡 / 而收藏画作的人，已于某次兵变中死去 / 在追忆那段军阀混战的年代之际 / 让我们把总统、军队和茶马都忽略了吧 / 只来猜度她嘴角浮现的神秘的笑意

我把这首诗读给卢曼草听，她听着听着，就流了泪。

　　我问她，这个诗人记载的，真的是你祖母的故事？她不回答我，但她忧伤的表情，让我确定了事件的真实性。我对她说，实在对不起，我让你想起祖辈的往事了，我让你伤心了，真的对不起，对不起。她说，祖父和祖母的故事倒让我挺骄傲的，我只是想起了母亲，她过的日子才是真正的苦日子。当我打算细问时，她却说，我累了，过几天你再来我家，我给你更多你感兴趣的东西。

4

　　小镇上的时间过得缓慢，手掌上的指头，得数好一阵子。终于数完了，我就去找她。

　　她打开了一瓶青稞酒，我们两个女人，就边喝边聊。酒到深处，她小心翼翼地从一个藏式高柜中取出了一本棕皮笔记本，翻到某一页，递给我说：你看，这才是我母亲的故事！

　　我接过棕皮笔记，显然，这是部颇显昂贵的旧笔记，开本较大，封面仿皮，纸页柔韧。我细看卢曼草翻出的那页内容：

　　　她害怕的光偏偏自窗外射入，灼热而明亮，照亮了她的困境：猥琐的男人左手搂住她的肩，右手轻捏着她小巧的下巴。他的五指粗大，他的皮鞋坚硬，他的皮衣包裹着干瘦的躯体。他的凝视使她不寒而栗，他的挑逗使她颤抖不已。红砖铺就的地面上，蛰伏着让她绝望的黑影。她渴望天色暗下来，在黑暗中，要么被毁灭，要么被拯救。她身后的那扇门被推开，猫在走动，人影晃动，她的土豆从盘子里滚到墙角，她硕大的耳环也跌落下来。其后十年混乱的生活，足以证明：这个乡村女孩，不曾走出那道浓重的阴影！

笔记本上的文字，写得工工整整的，但有几处，笔尖的力度较大，把纸都划破了。显然，书写者还是未曾克制住内心的愤怒。

我问，这笔记，是谁写的？卢曼草说，就是我家那个怪人弄的。我很奇怪地问，你父亲？他还会写作？她说，他就爱写些乱七八糟的东西，今儿个，就给你说说他。

于是，卢曼草的父亲——一个以调解为职业的和事佬的形象，渐渐浮现出来了。

有往事，可以做证。

桑多镇的某天下午。半边天里，云层变厚变暗。另半边天，蓝天蓝过一块巨型的宝石。云下桑多河，也如云沿堆起激越的浪花。云下桑多镇，只能看见九层楼的金顶折射着光辉。一片高耸的柏树旁，一个长相英俊的男人，面对着一个妙龄女子，正在给她解释着什么。女子边听边叫嚷，见叫嚷无效，就干脆闭了嘴，不言不语了。过了一会儿，女人提起氆氇做成的红色裙摆，挡住了毡靴上的泥泞。男人看在眼里，突然就不说话了。两人都扭过头，看到远处莫测的河水，往小镇方向缓缓流去了，水面上流淌着异样的风云。过了会儿，男人见劝告不起作用，就翻身上了拴在柏树干上的枣色大马，一甩鞭，踏踏踏地走了。独坐的女人发了一会儿呆，站起来拍掉屁股上的灰尘。没想到男人又骑马回来了。

这独坐的女人就是卢曼草的母亲。试图说服女子的男人，正是卢曼草的父亲。那个在乡间厨房里试图占有女人的是桑多镇的镇长。女人的拒绝更激起镇长想得到对方的欲望，于是就派能说会道的卢曼草的父亲来说服女人。没想到调解的过程，就是两人产生感情的过程。

我问卢曼草，后来，他们结婚了？她说，废话，要不然哪有我？我问，那镇长会答应吗？她说，能答应吗？他派人整治了我阿爸，从那时起，这个怪人就爱在本子上乱写乱画了。我又问，后来呢？她说，后来我阿爸就活得落怜了，我怀疑他性子的变化，就与这事有关。我说，你真的很反感你父亲吗？她说，我不是反感他，只是不想提起他。我说，那为啥呢？她说，他身上有很多因果呢。我问，因果？啥意思？她说，也就是说，我们家族的事总是和他有关。我说，不是每个家人都和家族有关吗？她说，别人经历了事，过上几十年，就忘了，可我阿爸总是把啥都写下来。我说，这不是好事情吗？她说，哎呀，卓玛，有些事得记着，有些事，还是忘了好。我问她，啥事得记着？啥事得忘了？她说，与家族无关的人还是忘了好。我说，你能给我打个比方吗？她说，好，你还记得我阿爸在笔记里写到的那个画师吗？我说，就是那个来自拉萨的画新式唐卡的画师？她说，不是他还能是谁？他差点毁了我的祖父。我问，到底怎么回事？卢曼草没回答，从我手里抽走笔记本，翻到另一页，又递给我看：

　　旺秀头人的庄园，在致命闪电的抽打中，显得庄严而雄伟。短暂的辉煌后，又瞬间陷入黑暗，等待着闪电的再一次抽打。年轻的画师躲在漆黑的门洞里，期待着那渴望中的大雨。与别人一样，他也在等待着头人，等待着头人狩猎归来的消息。

　　而在桑多草原上，一幕惨案正在发生——

　　一个赤裸着上半身的男子慌不择路，一下子就扑进齐膝深的草地。刺目的鲜血从他的脖颈上流下来，被风吹到肩部。身后，持匕人穷追不舍，他目露凶光，紧攥着刀柄的右手，比任何牧场男人的手还要结实有力。远处，三个骑手手持弓矢，堵死了裸男的生路。如果仔细聆听的话，定能听闻他们若隐若现的猫戏老鼠时才有的笑声。

　　此后，裸男的脸上，留下了一道丑陋的刀疤。

　　凶案就发生在桑多镇，没有诉讼，没有民间的仲裁，也没有白纸黑字，来暴露这人世的悲剧。只

有那吹斜了鲜血的风，还在无遮拦地劲吹。这口口
相传的惨案，像史诗一样被桑多河水带走，最终失
去了它的本意。

　　读到这里，我恍然大悟，对卢曼草说，就是说头人要
杀你的祖父？卢曼草摇摇头说，不，他只是想惩罚我的祖
父。我问，为啥呢？她反问我，你说为啥？我说，我真的想
不明白。她说，原因很简单，他的女儿，怀上了黑头小厮的
骨肉。
　　听她这么说，我明白了，就问她，这是私密的事，头
人怎么知道？她说，是画师告的密。我问，告密？为啥？她
说，那画师完成画的那天，也喜欢上了画中的少女。我说，
这个画师，还是与你的家族有关系，不该忘了他的。卢曼草
说，假如我阿爸在本子上不写这事，我们就能忘了他。我
说，我觉得有些事，有些人，还是记下来比较好。她说，是
啊，我阿爸也这样说，你们读书人，是不是都有这种记笔记
的爱好？我说，那倒不一定，有人爱好写作，有人爱好喝
酒，对不？她说，对，不过写归写，还要向着外人展示，就
不好了。我问，你父亲给外人说了？她说，就是啊，画师向
头人告发了我祖父，事情过去好多年，我阿爸还对阿妈说那
事不怪画师，只怪那个叫爱情的东西。我问，你父亲真这么
说？她说，是啊，就这话，你说这是他该说的话吗？我又
问，你母亲是怎么回答的？她说，阿妈哭了，她说公公和婆
婆这辈子都活得可怜。

5

说卢曼草的祖父活得可怜，倒是有点道理，毕竟他为了得到二小姐，都让头人给破相了。说卢曼草的祖母活得很可怜，这结论，是不是对的？是的，卢曼草翻到棕皮笔记本的另一页给我看：

> 二小姐虚弱地躺在大床上，年老的仆人佝偻着腰身，端来一碗奶茶。桑多镇的老医生坐在一旁，严肃地拿出几包藏药，那装药的褐色布袋，已经被晒得褪了色。当我写下以上场景时，二小姐——我的母亲，早就离开了令她伤心欲绝的人世，去了另一个世界。旺秀头人也老了，说起身边的女婿和远遁的画师，他撇了撇嘴道：就是这些臭流氓，改变了我女儿的命运！我紧握着竹笔，写出母亲躺在宽大木床上的情形，写出她黯淡的肤色和木然的眼睛，我的因痛苦而积蓄起来的泪水，现在，终于打湿了衣襟。

读到这里，我的眼圈也红了。我问卢曼草，这也是你父亲写的？她说，你这不是在说废话吗！

我开始佩服卢曼草的父亲了，这个名叫索南的爱写笔记

我是丹尼索瓦人

的人，竟然把他家族史里最隐秘的东西，给记下来了。怪事啊，读这本笔记本上的文字，感觉好熟悉呢，和苏奴的《桑多镇轶事录》好像哎！

我把我的疑惑告诉了卢曼草。她说，真的像吗？我说，不是一般的像，是很像。她说，那肯定像啦，怎么能不像呢！我问她，你为啥这么说？难道那个苏奴，就是你父亲？卢曼草不回答我，只盯着我看，看得我心里都发毛了。

我说，好，好，不说你家的那个怪人了！她，你在我跟前说他，没啥，你可是我的好闺蜜。我问，这棕皮笔记本能借给我看几天吗？卢曼草却拒绝道，不行，这里头有很多我家族的秘密，你只能在这里看。

我有点恼怒，忽然觉得我们今后有可能就没话说了。

我起身告辞，她默然起身送我。到大门口时，她又让我等等，反身回去，拿出那本棕皮笔记本，再次递给我说，你猜得没错，苏奴就是我阿爸，我阿爸就是苏奴。

我明白了，在藏语里，"索南"就是"苏奴"，都是富贵的意思，只不过是方言的发音不同罢了。

卢曼草又告诉说，你手头的那本诗集，也是他好多年前写的，印得不多，都送人了。

是的，果然如此。这本笔记本中的内容，加上诗集《桑多镇轶事录》中的内容，其实就是一部残缺的家族史的实录。卢曼草的父亲，哦，不，是诗人苏奴，果然有着好文笔。在他的笔下，他的亲人，无不闪耀着勃勃生机。我读到了他笔下卢曼草的形象：

她留短发，爱抽一种叫牡丹牌的香烟，戴墨镜，穿贴身喇叭裤，穿黑色绒布高底鞋。她有挺直的倔强的鼻梁，有湿润的鲜艳的嘴唇，她有比瘦顽的男子还要扁平的胸脯。她的指关节匀称，轻磕桌面时，中指上的金戒指，在灯下折射出璀璨的光芒。和人对坐时，她爱笑，爱无视对方，更爱一言不发，她呀，总是在无休止的沉默中度过漫长的下午。哦，我的卢曼草，小镇上的卢曼草啦，你身上，早就褪尽了桑多草原的牧女气息。当你嚓的一声点燃香烟，听我说，岁月过早地抹去了你星辰般羞涩的眼神。

一个父亲对女儿的无奈和爱怜，在其笔下，竟然糅合得这么真实，这么完美。我甚至也读出了作为父亲的无助与绝望：

她从浴室里出来，躺在床上。闷热的夏日，给了她露肩袒胸的理由。她用宽大的毛巾遮住屈起的右腿，而左腿和上身，则裸露在临窗的空间。下午四时的阳光蒸腾着桑多镇，她呀，就是另一颗让人灼热的星球。而我，就像是墙上画框里被囚禁的老人，对着铅色天宇，伸出绝望的手臂。是的，我看着她出生，在母亲的臂弯里沉睡，后来背着书包。

去了那混乱的学校。我也目睹她羞涩地笑，给男孩发信件，和父母争吵，彻夜不归，多次被人抛弃。在承受了过多的失败后，现在，她无所谓了，袒露着黝黑的腋毛，在房间里昏睡。我挣脱了画框的约束，从墙上走下来，靠近她，凝视她。但她似有感觉，换了个睡姿，暧昧的光线，一下子扑向她那鼓荡着青春气息的身子。

也就在这本笔记里，我还读到了苏奴对其妻子的爱，这爱有点复杂，不像是爱，但也不是怜悯或忏悔：

我牵着我那肥胖的女人，加入那名叫锅庄的圆形的舞阵。有人在圈外席地而坐，打开几听啤酒。有人陪着女孩，策马奔向草地深处。有人随着音乐唱起歌，风吹出了眼泪。我看到了每一幕，但我还是做出了选择：和自己的女人一起，跳舞。我抬脚，扬手，转身，顿足，甩袖，发出轻呼。我跟着我的女人转圈，看见了她黝黑的脖颈，和粗壮的腰身。好多年了，我的女人始终陪伴着我。好多年了，我和岁月一起，把她从天仙般的少女，变成了失去奶水的粗糙的老妇。当我俩渐渐步入舞蹈的内圈，当我俩突然成为舞蹈的中心，我再也无法适应那极速的步履，跌倒在她身上，众人善意地大笑起来。我抱住了她，她露出好多年前的羞涩的笑容。

显然，他讲述的是他老有所依的心境。不过，这心境，似乎有意掩藏着什么？是什么呢？在一页名叫《草地午餐》的文字里，我读到了另一段有点苍凉的文字：

糌粑。酥油。煮熟的牛羊肉。可乐。雪碧。酸奶。拉卜楞矿泉水。几个绘有八宝的小瓷碗……都堆在宽大的羊毛地毯上，压住了那些色彩明亮的吉祥图案。盘腿而坐的我的女婿三十开外，面孔粗糙，一身黑皮夹克，前胸敞开，棕皮短靴压在腿下，偶尔发出轻微的声响。看着河边玩耍的孩子们，他情不自禁地笑出声来。坐在我对面的女儿也快到而立之年，身着宝蓝色的形似旗袍的服饰，这用绸缎裁就的衣物，勾勒出她丰腴的形体。而我，已是快五十岁的老人了，戴一顶乳白色的旧毡帽，闲置在腿上的左手青筋暴起。左手，拎着紫檀念珠，慢慢地拨动。孩子们从溪边奔跑回来，他们咯咯咯地大笑着。我的女儿慌忙站起，抓住了最先跑到的快要倒地的那一个。我的女婿对后边那个大喊：慢点！但两个小家伙根本就不理他，他们像小鸟那样扑进了我的怀里。我只好收起念珠，搂住孩子们，南风，吹出了我浑浊眼睛里深藏的泪水。

嗯，的确是那种苍凉的意味。

忽然想起卢曼草给我说过的另一个故事，而今才明白，她说的那对夫妻的父亲，其实就是她的父亲。那么，在她眼里，她的父亲是怎样的形象呢？就让我模仿苏奴的棕皮笔记中的文字，来还原她讲述的那一幕吧——

　　桑多河边，年轻的母亲带着孩子玩耍，她的男人马靴锃亮，穿一身得体的青色藏装。她的父亲垂垂老矣，呆坐在远处巨石上，河水拍打河岸，啪兮啪兮，像在诉说陈年旧事。沉重的木船渐渐靠岸，码头上，一下子就拥满晚归的伐木人、生意客和走亲者。山尖的余晖终于撤到山后去了，河风劲吹，人人都在不知不觉中慢慢老去。人群散尽，空船在河面上轻轻荡漾，那钢索，也被滑轮挤压出吱吱吱的声响。他们从河边回到家里，妻子对丈夫说：你看阿爸，他那身体，估计熬不过这个秋天了！丈夫说：嗯，他像偏西的太阳，快要落山了。

6

　　半年之后，卢曼草和她丈夫的担忧，果然发生了。与父亲相依为命的母亲，因一种慢性病耗干了血肉和精气，竟撒手尘寰。两月后，父亲——苏奴离家出走，被人从深山里拉回来的时候，竟变得痴傻呆茶，仿佛把三魂六魄都丢在那茂密的森林中了。这个隐藏在桑多镇的家族诗人，就这样寂然匿声了。

索南变得痴傻后，不爱说话的卢曼草话却多了起来。我去她家串门，总看到她跟索南聊天，她说得多，索南答得少。索南越搭话少，她越说得多。

我问，你不是不爱说话吗，现在咋成话痨了？她说，以前是不想说话，话说多了，会有晦事缠身，你不知道吗？我说，你不去话败别人，就没晦事缠身。她说，哎呀，卓玛，话败自家人，也不成啊！我说，你说的有道理。她说，肯定有道理了，你看我阿爸，爱写家族里的事，这不就来报应了吗？我说，那你的意思是，他得这痴呆症，是写了家族秘密的原因？她说，难道不是吗？算命先生算得多了，也会折寿的。我说，卢曼草，我给你说，你这想法是迷信，不能信的。她说，这不是迷信，是因果。我说，好好好，是因果，我不跟你争了。她说，说起因果，你这小家族出来的人，不懂，争不过我的。我说，嗯嗯，争不过，你放过我行不？

我赶紧打退堂鼓，转换了话题。我说，不过，你跟你父亲说话，可能有利于他的痴呆症的好转，对不？卢曼草说，对啊，我也觉得有作用的。我问，你跟你父亲说不说笔记本里记的事？她说，我和阿爸说别的，他好像兴趣不大，说笔记本里的事，他的眼睛就有神了，人也好像变得清透了。我说，那看来要完全康复，还得继续说下去。她说，看情况吧，我只是觉得他也是可怜人，跟我那过世的祖母一样可

我是丹尼索瓦人

066

怜。我问，你说你父亲也可怜？她说，对啊，不管是我阿爸阿妈，还是我祖父祖母，他们都算是过去时代的人了，你看他在笔记里写的那些内容，哪一桩是让人开心的？我说，卢曼草，你甭伤心，每一代人，都有自己的命。她说，卓玛，你这话说对了，现在不像过去，过去活得太苦，现在好多了。我说，现在不靠家族，靠国家了。她说，对啊，卓玛，过去家族是靠山，现在，国家是靠山。我说，你说得对，有国家当靠山，我们的生活，肯定会越来越好的。她说，就是啊，卓玛，你知道吗，我想多活几十年呢。我说，那就向天再借五百年？她说，啥呀，那不就活成老妖怪了？

卢曼草说罢，我俩都大笑起来，只听扑棱棱一阵响，那房檐下的鸽子都被吓飞了。

7

当我和卢曼草边聊边追忆往事时，房门被人推开了，进来的是她的儿子——一个高大威猛的年轻人。年轻人的身后，跟着个身形瘦高却萎靡不振的老人——索南。

她儿子说，阿妈，阿爷找到了。她问，他跑到哪里去了？她儿子说，老地方，就在那桑多山的山顶，我找到时，他一脸泪水。她问，这次他没犯病吧？她儿子说，一会儿清醒一会儿糊涂的。

说话间，索南坐到沙发上，等他坐稳后，我问他：老人家，你还记得我吗？索南眯着眼看了我好半天才说，是卓玛，对不？我说，就是就是。我对卢曼草说，看来老人家很清醒呢。卢曼草说，啥呀，过一会儿，他就糊涂了。

话音刚落，院子里就传来脚步声，随后，卢曼草的丈夫走进房子，他边走边说，赶紧收拾一下，天津的专家来了，明早开始坐诊呢，我们先住进医院，慢慢检查。

他儿子问，只带阿妈一人去吗？卢曼草的丈夫说，不，把你阿爷也一起带走。他儿子问，阿爷的病，也要治？卢曼草的丈夫说，当然要治，痴呆症也是病，得治。他儿子问，这病能治好？卢曼草的丈夫说，听说天津来的大夫很厉害，啥病都能治。他儿子说，好好好，那我赶紧准备。

卢曼草示意我扶她起来。我靠近她，抓住了她干瘦的胳膊。等她颤颤巍巍地从板炕上站起来，我突然觉得她像极了蜘蛛的样子，心中顿时生出一缕难受的滋味。是啊，不仅她像蜘蛛，我也像得很呢。就在我呆想时，卢曼草突然就脱离了我的搀扶，吧嗒一声摔在地上。我也跌倒在地，等我挣扎起来时，卢曼草的丈夫早就架起了他的妻子。

索南也慌忙走过来，把手放在女儿的鼻口，试探了片刻，焦急起来，说，快点，去医院！说这话时，索南眼神犀利，动作急促，没有一点痴呆症病患者该有的样子。

他们慌慌张张地扶着卢曼草走了，空空荡荡的房间里只剩我一人。忽听得有人叹息，声音长长的细细的，吓了我一跳。仔细一看，是虚掩的房门被院子里的冷风给吹开了。

半月后，果然传来了好消息。卢曼草病愈，要出院了。

她的父亲索南——诗人苏奴，也在大夫地调理下变得清醒而精神，仿佛美好的生活才刚刚开始。

也许，会有更多有关人生的绝美诗行，从他的笔下源源不断地诞生。

（原载于《红豆》2023 年第 9 期）

苏奴五题

油画中的护灯者

苏奴站在嘉措的身后，看后者即将完成的一幅油画。

作坊不足十五平方米，一个笨拙的褐色长条藏柜正对着店门。柜面上，摆着六七双高高低低的藏式靴子——皮面的，装饰简单，看起来挺结实；布面的，缝着氆氇毯子上才有的花纹。在摇曳的灯光下，仍然能看清楚它们或气派或华丽的样子。

作为长期生活在桑多镇的人，苏奴太熟悉这种藏靴作坊了。店门是松木做成的，双扇，但显然已经经受了岁月的洗礼。若在白天观察，定能看清那些斑驳脱落的油漆和遍布刮痕的板面。而在夜里，即使在月光的照耀下，也只能看到那灰扑扑的气色全无的样子。藏柜靠左的位置，肯定安装了单扇木门。门后就是卧室，后窗之下是土炕，铺着一面黑色的牦牛毡，其上，是一个原色松木的炕桌。

事实正如画中画的那样：桌子两面，一面是个约莫七岁的男孩，上身挺直跪立着。或许因为寒冷或许因为瘦弱，他的瘦短的双腿看起来像在发抖，但脸上却是欢乐的神情。桌子另一面，是个老人，头发灰白，胡须也灰白，看年岁，已年届六旬。老人盘腿坐着，一手拿锥，一手持靴，靴底搁在膝盖上。此时，老人的注意力显然不在靴子的制作上，其兴趣，显然在和男孩的有一句没一句的聊天上。

苏奴注意到，桌面上是盏做工粗糙的煤油灯，头小腹大的玻璃瓶内，只剩很少的煤油了，这使得玻璃瓶脖颈上的用铁皮盖子撑起的铜皮包裹的灯芯，显得瘦弱不堪。

此时，画中的一切，仿佛动了起来：破烂的窗户里漏进一丝冷风，将灯火吹得摇摇摆摆的，眼看就要熄灭了。男孩慌忙伸出一只手掌，遮住了固执后倾的灯火。他笼手护灯的侧影恍若一尊雕塑，在灯光中呈现温暖而光亮的红色，手势如祈祷一般。灯芯燃烧产生了一点儿烟，这并不影响老人凝视孩子的眼神。放下手中的靴子时，老人的脸上浮现起明显的苦涩的笑意。

"这老人是谁？"苏奴问嘉措。

"西沧镇上的一个老鞋匠。"嘉措说。

"谁呀？"

"你不知道。他的独生子死于打架斗殴，后来，儿媳也死于黄病，好端端的一个家，只剩下他和这个孩子了。"

"那这孩子是谁？"

"他的孙子。"

苏奴觉得，嘉措确实是个有思想的画家，他画出了心里想画的东西：在煤油灯的照耀下，这爷孙二人已经构成了一个几近完整的世界。他想，即使灯火熄灭，即使老人和孩子瞬间就淹没于黑暗，但陷入昏暗中的眼睛也会适应夜色，静静地找到那久违的亮色。毋庸置疑，正是这个七岁的男孩，给老人带来了全世界的光。

"这画叫啥名字？"苏奴又问。

"'护灯者'。"嘉措说。

"这名字起得好。我这个写诗的，也起不了这么好的画名。"苏奴感慨地说。

"你是个懂画的人。"嘉措说。

"艺术是相通的。"苏奴说。

"你先到沙发那边坐会儿吧，茶几上有青稞酒，自己倒上。我把画画完，然后我俩去吃午饭。"嘉措说。

"好，我等你。"苏奴说。

苏奴给自己倒了一大杯青稞酒，一边慢慢地品，一边看嘉措作画。他有点儿佩服这个朋友，不仅善于观察生活，还会表达脑子里的奇思妙想，这《护灯者》，确实令人浮想联翩！

喝了一阵，苏奴突然替画中的老人有了一种担心：七岁是个门槛，一到七岁，男孩就得上学了，一个崭新的世界将向他敞开。那时候，或许他会越走越远，只身逃离，不再回来，毕竟，对陌生世界的向往和追求，几乎就是人类的天性。

"你画的是啥时候的事？"

"四十年前的。"

"那这老人和孩子还在吗？"

"老人早就去世了。这孩子，在金城经营一家鞋城。"

"哦，我明白了。这画，是他让你画的？"

"算是吧，两三年之前他找过我，我当时没答应。"

"那为啥现在答应了？"

"现在，我明白了他的心境。"嘉措说。

嘉措的回答，让苏奴想起了自家的往事，他忽然有了写作的冲动，便找来纸笔，写下一篇带有自传色彩的散文诗草稿：

　　我出门上学的时候，他们的争吵还在继续。一路上，我经过磨坊、油坊和染衣坊；我经过的田野里，到处是油菜花的刺鼻的芳香。我的老师已年迈了，他再也不能把悬挂在歪脖柳树上的铁钟敲得山响，他讲过的真理尚未被事实证明，他教给我的汉字尚未给我带来奇迹。

　　我放学回家的时候，他们的争吵还在继续。我自己做好了午饭，削好了铅笔。我写了一行文字，院子里的那些罂粟就想流出白色的乳汁，那些卧在红砖青瓦上的阳光就想背对着我悄悄地挪动身子。

　　我决定逃学的时候，他们的争吵还在继续。我度过了童年，又在少年的背叛情结里走向异域……最后，我还是回来了，但他们中的一个，已经死去。

苏奴五题

在慢慢到来的醉意里，苏奴觉得，这复杂而多变的人间，也许正因为有诸多遗憾，才会令人珍惜。

（原载于《百花园》2022 年第 6 期）

苏奴的飞行

苏奴要从甘南到云南去，一周之前就从网上订了机票。

本来他想坐火车去，这位守旧的诗人觉得在铁轨上行走，每时每刻都在地上，心里踏实，但他那上高中的儿子说："阿爸，你跟不上这个时代的发展速度啦！现在，坐现成的飞机，嗖的一声，就到了想去的地方，又快又安全，谁还坐那乌龟一样慢腾腾的家伙呢？"苏奴想说："你小子懂个屁，我正想在漫长的旅途中消化掉心中的块垒呢。"想归想，他却没说出口，也没反对儿子的建议，还是订了机票。

苏奴去云南的原因，是嫁到那边的妹妹突然得了重病，也许担心自己剩下的日子不多了，就想见家人一面。临死之人远隔千山万水打来的电话，仿佛就是亲情的召唤，使得苏奴对妹妹多年的怨恨之情竟在瞬间就消散了。

挂了电话后，他有点儿恍惚，很不相信：连高中都没读完就跟着来自云南的虫草贩子私奔的女孩——他的高鼻深目性格倔强的妹妹，真的将要离开这个世界吗？

从甘南前往兰州的途中，在大巴上，他始终沉浸在一种浓浓的悲伤中。从吃惊，到不相信，到接受那声音孱弱的妹妹命不久矣的现实，他整整用了三天时间。

当他从大巴上下来，走进宽大的中川机场，按照儿子教他的办法笨手笨脚地从取票机上拿到那张薄薄的机票时，那消散了的悲伤又从心底泛了上来。

他为妹妹的命运悲伤，也为自己，为机场里的其他人而悲伤。他认为，机场里这些密密麻麻的人当中的一部分，肯定也是像他这样，要去遥远的地方看望即将离开世界的人。

这想法越来越坚定，以至于当他排队过安检口时，始终觉得身前身后的旅客都走在通往另一个世界的路程中。过了安检口，也许就是那个自己不可掌控的完全陌生的世界了！

等到他在候机厅里变得越来越焦虑时，开始登机了。在他眼里，检票员就像引领他走向"中阴之路"的使者。

当他进入完全封闭的机舱，找到自己的位置坐下来，在胆战心惊中系好安全带，把身体紧紧地捆在座位上以后，他的悲伤竟莫名其妙地减弱了。

飞机驶上了跑道。天空不晴朗，甚至可以说有点儿阴沉，这使得苏奴的心情有点儿悒郁。

他的位置靠窗，当飞机在跑道上越来越快地滑行，继而飞速爬升时，他感觉到心脏缩成一团，胸闷气短。

这是他第一次坐飞机，按说应该有种莫名的兴奋，可妹妹的病情严重地影响了诗人的情绪，他感受不到一丝喜悦之情。

到平流层以后，他终于恢复到在地面时的那种还算比较舒适的状态。窗外的景致，仿佛积雪皑皑广阔无垠的南极，雪地上有规律地铺满雪橇滑行过的痕迹。整个雪原空无一人，看起来是那么空旷，让他感受到了无边的寂寞。幸亏机舱里还有三百多名和他一样沉默的乘客，这种由寂寞生发的大众都有的孤独感，才没有那么强烈。不过，这寂寞感和孤独感，在不知不觉中，竟然稀释了他的悒郁，让他的心情有所好转。

等飞机终于抵达云南上空，雪原渐变成"棉花堆"后，"棉花堆"之间的空隙里，断断续续露出了或多或少的蓝天，也露出隐约可见的地面上的景色：山像红铜，林木和绿地是斑驳的铜锈，房舍像极了顽劣的孩子随意搭建的积木，堆砌在沟沟坎坎里，虽被随意丢弃在草丛中，却与自然融为一体，又和谐，又好看。

这时，他心中的诗性苏醒了。他陡然发现，视野中的大自然，真的是伟大的雕刻家每时每刻都在打磨着自身，创造出了这么壮美的景色。在这样广阔盛大的美景里，人类的存在，虽然显得特别渺小，但对人类自身而言，又是那么重要。而人类的生老病死，在大自然面前，虽说轻如云朵，甚至比眼界中那银线一样的长河里的浪花还要碎小，似乎完全可以忽略不计，但依旧是不可忽视的。

这样想着，那种对每一种生命的热爱，就像心湖里的风波那样被鼓荡起来了。突然之间，一道闪电照亮了他，他心里升起对人间万物的悲悯情怀。

他有了一个决定："妹妹呀，等我见到你，我一定想办法让你振作精神活下去，一定要活下去！"

苏奴被自己的决定给弄激动了，他摸出一支笔，在手心里写下一首小诗：

我眼前的世界啊，你是如此壮美，

假若心中有爱，谁愿意舍得放弃？

（原载于《百花园》2022 年第 6 期，《微型小说月报》2022 年第 9 期转载，入选"中国小说学会2022 年度好小说"之"小小说·微型小说榜单"）

十二梦

苏奴梦见自己在一条狭窄曲折又破旧又肮脏的走廊里，深一脚浅一脚地前进。

他经过了模样完全相同的紧闭的房门，一扇又一扇，似乎没有尽头。

后来，他还是纵身一跃，跳出走廊，来到空地上。

他觉得自己挣脱了房子的束缚。

眼前是一片开阔的地界，有人在一片树林边砍伐树木。

他靠近他们。

其中一位面目清秀的男子，先用沉重的斧头砍倒一棵树，接着用电锯来锯，锯出一块又一块潮湿的木板。

他加入了他们，替他们砍树、锯树，也锯出一块又一块潮湿的木板来。

完成了砍树锯树的工作后，面目清秀的男子邀请苏奴去自己的家。

男子家的房子好奇怪呢，建在紧靠悬崖的一处山丘上，房子一间连着一间，一不小心就会迷路，像极了迷宫。

他在男子家里吃饭，喝酒，玩耍，他们就像一家人一样。

面目清秀的男子把漂亮的妹妹也介绍给苏奴，苏奴就跟她谈恋爱，砍树，锯树，又谈恋爱，砍树，锯树。

锯了三百六十五棵树后，他跟她也谈好了恋爱，住在了一起。

天哪，他们过的是怎样甜蜜的日子啊！想一想就让灵魂战栗不止，想一想身体就情不自禁地抖动，像电锯锯过了肉体。

他们用锯好的树木又盖起了一栋房子，这房子也像迷宫，一走进去就无法出来。

有一次，苏奴在新房子里，经过一扇又一扇门，就是找不到出口。幸亏他的女人找到了他，引领他走向出口。

他突然觉得这样的深陷迷宫的日子是多么可怕，于是就说服女人跟他一起逃离。

但女人成功地变身为告密者，他们把他堵在门口，试图让他再度陷于迷宫之中。

苏奴左冲右突，拼死拼活地突围出来，落荒而逃。他们在后面紧紧地追赶。慌不择路之间，他闯入了一片大森林。

他们不追了，只在林子外谩骂。

不知在林子里绕了多少路，经历了多少白天黑夜，屈指数了多少次日升日落，辨了多少次北斗星，苏奴终于依靠直觉，闯出了幽暗的森林。

森林那边，有条河流；岸边，一人在耕地，多人在午餐。

饥肠辘辘的苏奴加入午餐者的群体。

他们给了他食物，也给了他温暖，但很奇怪，他根本看不清他们的面容。

他们的五官是模模糊糊的，眼睛不像眼睛，鼻子不像鼻子，嘴也不像嘴。但他们的表情特别丰富、特别清晰，看起来就像罗马尼亚大画家柯尔尼留·巴巴画出来的人物。

饭后，苏奴准备向他们作别，他们热情地挽留他，要让他看一件神奇的东西。

他们从屋子里抬出一辆木车来。这车子好奇怪，有结实的车身和硬实的轮子，但没有车辕，车把只有一根，朝前撅着，车把头上有曾经套过什么东西的痕迹，现在却空空的。

苏奴问他们："那丢失了的是什么？"

他们看了看他，又看了看远处的耕地者，齐声笑起来。

他明白过来，起身向耕地者走去。

耕地者停止了劳作，赶走了耕牛，从地里拔出铧。天哪，那根本就不是铧，而是一个铁耙，只有耙头，没有可以紧握在手的把柄。

苏奴问耕地者："怎么就没有耙身呢？"

面孔模糊的耕地者清晰地冷笑起来。

在惊慌中，苏奴看到了耕地者脸上似曾相识的部分：他其实就是那个面目清秀的男子。

苏奴准备逃跑，但已经来不及了，一群人围过来，七手八脚地按住了他。

他苦苦挣扎，但他们还是像捆猪崽那样捆死了他，把他丢进他们的房子里。

苏奴的女人过来看他。他先是挣扎，试图脱困，却白费力气。

后来，他苦苦地哀求她，她无动于衷。

再后来，他甜言蜜语地哄骗她，给她许诺，给她发誓，给她赞美。她动情了，过来解开了他。

苏奴休息了一会儿，待体力一恢复，撒腿就跑。她大喊大叫，慌慌张张地来追他。

但他跑不出他们的房间，只能在迷宫里深一脚浅一脚地打转儿，找不到出口。

后来，那些房子变得又肮脏又破败，简直就像学校里被遗弃多年的厕所，他用尽了吃奶的力气也无法逃脱。

绝望之中，那熟悉的砍树、锯树、盖房的日子，又反反复复地扑面而来。

就像一盒老磁带，刚刚播放了一节就被卡住，嗒嗒嗒地响了几声，又重新开始播放……

苏奴醒了过来。

天哪，这些可怕的不断重复的情节，占据了他的全部记忆。

（原载于《百花园》2022 年第 6 期）

苏奴和他的自行车

在这家卖山货的店门口停好了飞鸽牌的轻便自行车后，苏奴还是扭头注视了它一会儿。

这是父亲五年前送给他的生日礼物，五年里，从老家到小镇的砂石路上，这个铁家伙，陪伴他度过了求学的漫漫长路。从初二到高三，它漂亮的外貌发生了质的变化：车座上的仿皮套子，被磨出了白色的纤维；车轮上的辐条，早已锈迹斑斑；外胎上的花纹，若不仔细观察，几乎看不清纹路的走向了。

而今，这个十七岁的少年，再次来到这个小镇，准备把它卖了，再买些土特产回去。他一连去了六家商铺：自行车店、五金店、酸奶店、烧烤铺、校门口的文具店、大卡车修理铺，都没有一个老板愿意要它。他们不要的理由，几乎是一致的："你这自行车，太旧了，再骑半年，就直接散架了。"

他只好进了这家山货店，打算先买好母亲急需的黄豆。

他把一个帆布袋递给老板说，来十斤黄豆！

叮叮叮……一阵轻响，接着，又瞬间变为沙沙沙的声音，铁质秤盘里，倒满了椭圆形的乳黄色的豆子。每一粒都在发光，每一粒都明晃晃地发出明示：这是人世间最饱满的东西。

提着秤环的手指粗短而僵硬，略微下垂的黝黑的秤砣，看起来冰冷而无情，将秤盘压得轻扬起来。

持秤者——店铺老板——圆头圆脑，看年龄，也就四十开外。在低矮狭窄的小卖铺里，那样子，不像个商人，倒像个僧侣。

看着老板的模样，苏奴禁不住笑起来。老板白了苏奴一眼，显得很严肃。苏奴忙正了正脸色。苏奴的表现，老板看在眼里，嘴角露出了不易觉察的笑意。

老板称了五次，才称够苏奴需要的斤数。的确，那个秤盘里，似乎每次只能放置二斤左右的谷物。苏奴想问老板，为啥不把黄豆直接装进袋子再称呢？但这问题还没出口，就被对方收秤盘的声音给堵截了，这问题只好重新回到苏奴的肚子里，令他感受到了一种自食苦果的郁闷。

苏奴问，总共多少钱？

老板说，五十。

这么贵？苏奴拿出了谈生意的架势。

嫌贵？那就算了。老板提起袋子，准备把黄豆倒回储物柜里。

苏奴慌忙摆摆手说，别倒，我要，我要！

他往兜里摸了半天，只摸出四十来块钱，递给老板。老板摆摆手，拒绝了他。

苏奴说，我只有这些钱。

老板问，真不够？

苏奴说，不骗你。

老板想了想，他的眼光穿过窗玻璃，焊在了门外静静等候主人的自行车上。

老板说，你还有一辆自行车。

吃了几处闭门羹后，苏奴出卖自行车的打算已经压在了心底，如今老板又提及这事，他的眼睛一亮，说，那车子，值二百多块呢。

老板说，那是新的时候的价钱，现在嘛，最多值五十。

苏奴露出不情愿的样子说，你要抢啊？

老板问，换不换？不换就算了。

苏奴的内心有点纠结。老板一看苏奴的脸色，又做出收回黄豆的样子。

苏奴忙说，换，换。又问，你打算用？

老板说，不，给娃娃玩。

苏奴提着黄豆从店里出来，路过自行车时，摸了摸车把，像摸着老朋友的手，一种无力的感觉，瞬间就进入了血液，使他有点站立不稳了。这种感觉还没消失，身后就传来重重的咳嗽声，他只好把伸出的手坚决地收了回来。

他觉得另一只手里的袋子有点沉重，几乎要把他拖倒在地。只好把袋子扛在肩头，打算步行回家。

一回头，又看到曾经属于他的自行车孤零零地靠在店门外，有点伤感，有点落寞，像极了少年时游戏之后被人抛弃的某个小伙伴。

苏奴扭头不看自行车，但眼里，还是有了泪水。也许，与这辆车有关的所有过往，只能储存在并不那么可靠的记忆中了。

（原载于《百花园》2023年第2期，获首届全球华人微型小说创作大赛优秀奖）

我带着茉莉花儿来

苏奴有个写作梦想，他试图以诗歌这种文体来写他生活地区的历史与现实——《桑多志》。

动笔之际，却纠结于一个不得不反复思考的问题：到底该以哪个民族的身份，来写这部诗歌版的地方志呢？

之所以出现这样的问题，还得从苏奴的出身说起。

苏奴是个混血，据父辈说，他们的先人，是明朝时从江淮那边来到青藏高原的移民，而母族，则是桑多这边地地道道的藏人。

苏奴明白，为了解决这个难题，他得再次进入故纸堆中，翻寻深藏于史料中的往事，还原父辈们来到桑多的足迹。

想到就得做到，他行动了。

从地理位置来说，桑多处于青藏高原东北部，西汉时就纳入了祖国的版图，民族间的对抗、交流与融合，成为这个地区永久的主题，衍生出千万个令人热血沸腾又唏嘘不已的故事。

先人是怎么来到桑多的呢？

带着这个问题，苏奴把从史料里搜集到的相关信息，记录在巴掌大的卡片上。仅仅一周时间，他就勾勒出了一条鲜明的轨迹。

洪武十二年，即 1379 年，朱元璋认为疆域西部虽地广人稀，然地理位置十分重要，扼要防患，战守可恃，是汉唐以来备边要地，不可"虑小费而忘大虞"，遂令军队就地驻防，实行屯田制。就这样，明王朝的部分精兵强将驻守桑多，绝大部分成为守边护家的屯兵，有人将眷属从远天远地的原籍迁来桑多落户，有人看轻了门户之见，就地娶妻生子，恍惚之间，他们成了明初桑多的第一批移民。屯田者战

085

时为兵，平时务农，也守城，也耕种，也放牧，也打猎，也买卖。他们在向阳处建筑攻防兼具的土堡，将历年囤积的辎重和粮草集中于堡内，以此储备之举，来防备突如其来的战争。于是，数不清的土堡一一出现，和平时期，则成为守护居家四世同堂的摇篮，那些战士，在边城岁月的寂然流逝中，化身为农民、牧人、猎户和商贾。而今，后裔的眉宇间，尚带着若隐若现的军人气息。

整理到这里时，苏奴心生感慨：历史过于遥远，但似乎凭借史料，也能看到面孔模糊的先人的形貌。

随后，他就在史料中找到了先人和母族之间发生巨大冲突的尘封往事：洪武四年，桑多地区的西番十八族归顺明王朝，七年后，受人蛊惑，又打算摆脱朝廷的统治，朱元璋派西平王沐英平乱。番人兵败，被迫迁徙到数百公里之外，沐英所率士兵占据了桑多，定居下来。自此之后，来自江南应天府一带的士兵，和随部西迁的南京百姓，开始了落居山野河谷、垦荒种地、休养生息的使命。

苏奴继续在卡片上写道："此时的桑多，遍地荆棘，山林茂密，野兽豺狼出没其间。士兵们面临着两种威胁：严酷的气候和土著的偷袭。"

那么，如何才能解决这一难题呢？

苏奴找到了先人们解决精神信仰的方法："生存的不易，居地的险恶，以及对前途命运的忧虑，使得士兵们不得不借助于开国元勋的威名来镇守边塞。于是，自14世纪末开始，朱元璋麾下的十八位开国功臣，就被驻守在桑多的士卒尊奉为十八路龙神。"

苏奴惊讶地发现，这十八位将领中，大多数是汉人，少部分却是少数民族。也就是说，这些不同民族的将军，在特定时期，不仅成为桑多人崇拜的天界英雄，还化身为呼风唤雨、护佑地方的神灵了。

他珍重地在卡片上记下这么一句："十八位将领自被封神的那一刻起，就加入了桑多地区的神佛体系，享受着各个民族的共同供奉。"

这些史料的出现，让苏奴的心情难以平静。他知道，自从文成公主嫁给松赞干布之后，唐王就开创了藏汉可以通婚的先例。此后的王朝，各民族之间的关系，始终遵循着"合久必分，分久必合"的铁律。民国时，桑多地区的土司为了平衡各种关系，迎娶不同民族的女子作为夫人，这种维权术，影响到了老百姓的爱情与婚姻。新中国成立后，提倡民族平等、婚姻自由，为各民族之间的交流与融合提供了广阔的平台，民族共同体意识也深入人心。而在当下，由于各民族之间的和谐共生，祖国的各项事业得以稳定而飞速地发展，使得千百年来过着半农半牧生活的桑多人，享受到了飞机、高铁、高校、医院、超市等现代化进程带来的生机勃勃的奇迹。

一种想登上喜马拉雅高歌的心情，促使他情不自禁地写道："现在啊，仇恨被人深埋，大爱突然出现，草木枯荣之间，江水昼夜流淌，绕过雪山，遇到了更为广阔的大野。"

他清清楚楚，自己将不会纠结于用哪种民族身份来写

《桑多志》了，既然身体里流淌着不同的血液，思想上也受到多种文化的熏陶，那么在做学术研究时，视野应该更广阔，认知应该更深入，观点也该更明晰。

这样想着，他便情不自禁地哼起一首花儿："你从哪里来？我从南京来。你带着什么花儿来？我带着茉莉花儿来。"刚刚唱罢，就心知肚明：这来自南方的茉莉花儿，已经化为一缕乡愁，流淌在自己的血液里了！

（原载于《红豆》2024 年第 9 期）

在想象中生活

1

2009 年 7 月，我所生活的桑多镇上，又开了几家酒吧。晚上十二点左右，喝得醉醺醺的年轻人，会从酒吧里拥出来，他们大声喧哗，左顾右盼，寻衅闹事，像极了凶猛的野兽。他们的服饰都比较怪异：男孩子，有的夹克衫配马靴马裤，有的风衣配西装领带；女孩子则是短夹克配牛仔裤，清一色的高靿靴，裹着正在发育的精瘦干硬的身体。

我和嘉措刚从一家奶茶馆里出来，看到不远处脚步趔趄的几个年轻人，我给嘉措说："你瞧，就是他们，给我们桑多镇带来了躁动不安的氛围，还有狂热危险的情绪。"嘉措说："就是，怪得很，他们在莫名其妙的仇恨里生活，却始终搞不明白仇恨究竟来自哪里！"

也许是我俩的说话声比较大，结果，让他们中的一个给听见了。他转身走到嘉措跟前，挑衅地问："你说啥？背后说人闲话，有意思吗？"

这青年体形瘦高，脸小，眼睛却大而圆。显然喝酒了，但似乎没有醉，问话时，声音尖而高，感觉神经兮兮的。

嘉措说："我说得不对吗？"

青年说："有种的话，你把前面说的话，再说一遍。"

他的伙伴们都反身回来，把嘉措和我团团围住。我环视他们一圈，见对方浑身都是火气，感觉有可能会挨揍，忙给对方解释说："甭生气，甭生气，我这朋友是个画家，性格有点怪，说话没高没低的，谅解一下吧！"青年说："哦，原来是画家，那你呢？"我说："我是个写东西的。"青年一听，瞬间就换了一副笑脸说："啊呀，作家啊，都是文化人，得认识认识，我们留个电话吧？"

于是，我、嘉措和这个青年，就算认识了。慢慢地，竟成了形影不离的朋友。

2

这个青年，就是苏奴，小我五岁，小嘉措三岁。

"苏奴"在藏语里，是"富贵"的意思，因藏语方言的差异，有时翻译为"索南"。普通藏族人的名字，有以自然界的实物命名的，比如"尼玛"指太阳，"万玛"指莲花，"措姆"指大海。有以出生的日子为名字的，比如"次森"指初三，"巴桑"指星期五。更多的名字，和"苏奴"这名字类似，大多数情况下，是由高僧大德来取的，因此最终取定的人名，带有宗教色彩，其含义，就有了祝愿和祈祷的意味，比如，名叫"扎西"的，祈愿吉祥，"才让"则希望长寿，"道吉"强盛如金刚，"丹增"与佛法同行。而"苏奴"这一人名，显然有着一种祈愿：活人，不能既贫又贱，得既富且贵才好。

为了实现命名者的祈愿，苏奴还是比较拼的：上学，考入大学，攻读汉语言文学专业。但毕业之后却阴差阳错，被分配到桑多镇档案馆里，工资和地位都不高，达不到"既富且贵"的标准。这样，心里的期许和现实之间就有了落差，这种落差似乎暂时无法调和，于是苏奴就和镇上的小混混们混在一起，喝酒，闲逛，偶尔打个小架。直到遇到了嘉措和我，才完全脱离了他的酒肉朋友。

说起当年相识的事，苏奴就兴奋起来，高声说："那时我只崇尚武力，相信刀子。"是的，多年后的今天，苏奴不仅迷上了写作，还自筹资金，出了一本诗集，算是个正儿八经的诗人了。在快速流逝的岁月中，他很快就掌握了如何寂寞而快乐地生活的能力。

我在一首诗里，这样总结他的过去："狂饮，神经质，/在人群里故意显得与众不同，/那时，这人还不会写疯狂的诗。//在白墙上画下黑太阳，/在荒野上长啸，在深巷里撒尿，/那时，这人还不会写叛逆的诗。//把啤酒瓶砸在别人头上，/也被别人狠揍，昏倒在大街上，/那时，这人还不会写失败的诗。//谈恋爱，高歌，/醉酒后大笑，在风中露出白牙，/那时，这人还不会写光明的诗。"

苏奴见到了这首诗，问我："你的意思是，现在，我会写疯狂的诗、叛逆的诗、失败的诗和光明的诗了？"我说："那当然，我发现你已经把侵害别人的利爪收起来了，像个文明人了。"嘉措听了，在一旁笑起来。苏奴也笑了。

其时，我们三人正在一家名叫"老地方"的茶馆里。茶馆设在一栋具有寺院外观的高楼的五楼，凭窗而眺，桑多镇正处在阴历十月的斜照里，整个小镇给人一种很沧桑的感觉，似乎完全对得起我们仨怀旧时的心情。

嘉措说："和你们在一起谈文学，是件挺有意思的事。"

我说："要不你把嫂子休了，向苏奴学习，娶个女诗人做老婆。"

苏奴一听，正告我们："我娶的，是个作词家，不是诗人。"

苏奴的媳妇名叫何卓玛，在镇文化馆工作，以前写诗，后来转向歌词写作，在桑多，算是个名人。

我问苏奴："诗人和词作家有啥不同的地方吗？"

苏奴说："诗人爱喝酒，爱抽烟，爱哭闹，爱醉生梦死。词作家的生活，就正常多了。"

嘉措说："苏奴的想法，跟我一样。说实话，我总觉得，有些女诗人，还真像个神经病！"

我说："你俩的观点，太偏激了。我觉得你俩直接生活在想象中。"

苏奴说："这话你说对了，既然现实如此无聊，我们生活在想象中，倒是特别好的选择。"

嘉措说："有道理，桑多镇的生活节奏慢，镇上的大多数人，除了工作之外，吃喝拉撒就是人生大事。在这样的环境里，没点想象当作作料，生活还真的没滋没味。"

苏奴一拍大腿："嘉措老哥说得太对了，都说到我心坎里了。"

3

随后，苏奴立刻就提出他的一个文学观点：文艺创作得有想象力，而想象力的提升，得靠吹牛才能激发。

嘉措完全肯定苏奴的观点，并建议我们各说一件发生在自己祖先身上的事，强调说："可以渲染，可以夸张，可以天马行空，总而言之，言而总之，反正得有想象力！"

我说："好吧，我这里，正好有个与我太爷有关的故事。"

嘉措说："那你先说。"

我把我手机里写的一段文字找了出来，一字一句念给他俩听："百年前的某个秋日，我的两个太爷从异乡出发，走在归家的道路上。途经一个小镇时，两人看到一处庄园，背靠在巍峨的西山下，那高耸的门楼在落日的余晖里显得异常壮观。一个太爷指着那处庄园说：'听说这就是土司居住的地方。'随后他俩就离开了。但还没走出那个小镇，就被一群人——老人和孩子——给堵住了。老人们神色都格外慌张，而孩子们个个手里拿着沙棘条，枝条上的绿叶和红果依然充满生机。他们用眼睛盯着那处庄园，指责他俩不该用手胡乱指点，说庄园的主人会很愤怒，而主人的愤怒必将给小镇带来看不见的灾难。两个太爷只好顺从了这些老人和孩子，被他们领着踏上赎罪之路。他们把他俩带到庄园门口，其中一个白胡子老人很小心地敲了几下门。等了好半天，没人来开。白胡子等得有些焦虑，就轻手轻脚地去推门，门也许从里闩住了，怎么推也推不开。又等了一段时间，没有一丝有人来开门的迹象。白胡子说：'也许里面的人都睡了。这样吧，你俩就等在门口，等第二天门开了去给主人赔罪。'可是，第二天，门没有开。第三天，门依然没有开。一个月过去了，门还是没有开。一年过去了，门始终没有开。时光老人挥舞着他的长鞭，把万物赶往岁月深处。两个太爷已经老了，同他俩一样坚守在庄园门口的那些老人，早就化为灰尘了。那些手执沙棘条的小孩，也长成了大人，他们早就不想等了，都悄悄地离开了那个小镇。但那扇在落日光辉里更显沧桑的庄园大门，一直不曾被人打开。"

苏奴说："比起我太爷的故事，扎西老哥的这个，就差远了。"

嘉措说："那好，让我们听听你太爷的故事吧！"

苏奴说："我的太爷身上，有一种奇怪的力量，只要一想什么，身边就会发生什么，他能让河水倒流，岩石开花，樱桃树上结出硕大的苹果，严冬时节陡现鲜花、绿草、碧树和汹涌的河流。人们都惊羡于他的这种能力，但他却陷入无穷无尽的烦恼：他能带给别人巨大的惊喜，而自己的生活，却像一潭死水，无法产生令他惊喜万分的波澜。有一天，当他为自己乏味的生活深感懊恼时，来了个和他长得非常相似的客人，在闲谈过程中，这人像磁铁那样悄悄地把他的想象和创造的能力吸摄去了。客人离开时，我的太爷就变成了平庸的人。从此，他的生活里处处都是惊讶，时时都有匪夷所思。他终于觉得生活开始变得很有意思了。然而，他就在这凡人才有的生活里突然消失了——那客人悄悄替换了他，并坐上了他的位置。"

苏奴讲完太爷的故事，有种遗憾挂在脸上，这种遗憾，是完全能够看得见的。

嘉措说："我不得不承认，苏奴吹牛的功夫，要比扎西老哥好。"

我说："确实，苏奴讲的这个故事，很有想象力。"

苏奴说："嘉措老哥，你讲吧。"

嘉措问："那要不要加入吹牛的成分？"

苏奴说："那是一定要的。"

于是嘉措说："我太爷六十五岁的时候，去参加聚会，反应总比别人慢几拍：听人讲笑话，等大家笑够了，散伙了，他才独自笑起来。因为把笑话完全想透了，所以他笑得时间格外长，要笑老半天。他想，这可能是我的脑袋缺了颗螺丝的原因。但他也有待人接物反应特别快的时候，和平时大不一样，像变了个人，显得另类，说出来的话，也隐藏着深渊般的玄机。他作出判断，认为他的脑袋里，肯定比别人多了颗螺丝。他甚至觉得自己与先知、巫师和算命先生，是走在同一条道上的。他有点后怕，决定把自己修理成普通人。他找到长相酷似巫师的兽医，兽医说：'这需要打开你的天灵盖，取出或添加一颗螺丝就成。'我太爷说：'那你就打开吧！'兽医说：'我只是个兽医，治人，没经验。'我太爷说：'我都不怕，你怕啥？'兽医只好抖抖索索地上阵了，但因这手术花费的工夫太大，操作过程过于复杂，结果还是出了问题：他还没打开我太爷的天灵盖，就被万一失败了怎么办的担心，给压得昏了过去。等他苏醒过来，我太爷发现，那个兽医，竟然变傻了。"

我问嘉措："讲完了？"嘉措说："讲完了，有啥问题吗？"我问苏奴："你觉得有啥问题吗？"苏奴说："没问题啊，嘉措老哥凭着想象力，还原了他太爷的故事，是不？"我说："好像就是，不过，这事在我们这里，能发生吗？"苏奴说："只要有强大的想象力在，我们这里，啥都会发生的。"说着，一拳砸到茶几上，茶水都溅出了杯子。

嘉措说："对，文艺创作，就得这样。"

苏奴说："最近我想象了另一种家庭生活，写成了一首诗。我感觉这些事，一旦写出来，就会成为历史。"

苏奴拿出手机，给我们看他新写的诗歌。诗名《当我从高山之巅回到小镇》，内容为："鸟儿在林子里飞累了，/迟早会化为鱼，/从山谷里出来，栖息在桑多河畔。/孩子们在房子里待久了，/迟早会穿上华丽的衣服，/跑出巷巷道道，聚集在桑多河畔。//香浪节这天，铁皮炉上/茶壶里的水开了，/那壶盖啪啪跳动，像人一样热烈。/先人的魂灵闻到了酒香，/就从供堂里出来，/桑烟那样在门口盘桓。// 卓玛啊，我要去/陪高山之巅的朋友喝酒，/三天三夜，你就别找我啦。/回来后，当我步上台阶，/你可不能陷在别人的怀里，/喝酒，亲吻，把对方搂得紧紧的。// 如果那样的话，我们的孩子/将会转世成猫，/在花园里徘徊，闪烁着红色的眼睛。/当他们被猴子和狐狸引向别处，/亲爱的，那时/肯定就是我们永不相逢的日子。"

我说："写得真好，我喜欢。"嘉措抢过手机，细看了一遍，说："兄弟，看来你不自信啊，只担心媳妇跟了别人。"苏奴说："啥呀，那是艺术处理，我媳妇在这方面，那还是有分寸的。"嘉措说："那可不能保证，我听说诗人都比较敏感，有未卜先知的能力，也许你写的，真会变成现实。"

苏奴变了脸色，语气冰冷地说："屁话！"

嘉措有点尴尬，看着我。我说："走吧，今天聊得太多了，下次再聊，好不好？"苏奴站起来，狠狠地说："走吧！"边说边离开包厢，不看嘉措，也不看我。

看来，嘉措的玩笑话，戳到苏奴的痛处了。

4

过了几天，听说苏奴和何卓玛吵了一架，之后，他从家里搬出来，住在单位的办公室里了。我约了苏奴，也约了嘉措，又去了"老地方"茶馆。苏奴的情绪特别低落。

嘉措说:"两口子吵架,是常有的事,你就甭伤心了。"

苏奴恼怒地说:"你就甭劝我了,我和媳妇这样,都是你那天说的那话咒的。"

我问:"到底怎么回事?"

苏奴说了事情的原委。我们才知道,苏奴果然如嘉措所说,心里还是怀疑何卓玛对自己的感情,就试探何卓玛,何卓玛爱理不理的。这更加深了苏奴对何卓玛的怀疑,连续几次试探后,何卓玛恼了:"你说我有相好,我就有相好,你能把我怎么样?"苏奴忍不住扇了何卓玛一巴掌,何卓玛十分委屈,去找自己的老哥诉苦。谁知两人在一起的情形又被苏奴的一个好管闲事的朋友见了,打电话告知了苏奴。苏奴赶过去,才知道自己确实冤枉了何卓玛。苏奴给何卓玛道歉,给何卓玛老哥道歉,但两人都不愿原谅他,他只好从家里搬出来,在单位暂住。

我说:"看看吧,捕风捉影,只会害了自己。"

嘉措说:"就是。"

苏奴说:"就是个屁,这人世间的事,没意思,我真想出家,当阿古去。"

我说:"想去寺院?那就得不惹尘埃。"

苏奴说:"对,不惹尘埃!"

我对苏奴说:"尘埃是啥?是情欲、贪念、嗔怪、痴迷,你能戒得了吗?"

嘉措帮腔说:"对,家庭矛盾、情场仇杀、商业机密、政界旋涡,都是尘埃。它们无处不在,你能做到都不惹吗?"

我说："对，还是去给媳妇道个歉吧。女人心软，说几句好话，就能冰释前嫌。"

嘉措补充说："对的，人人都感觉活得苦，活得累，但还得活着，对不？"

苏奴的情绪好转了，他喝了一口奶茶说："原以为只我一人活得不像人，一听你们的说辞，才明白别人也活得不怎么样。"说罢，他情不自禁地笑起来。

但再次聚会时，苏奴说他的道歉，还是没有感动媳妇。又说，他不想回家，也没心思工作，得请一个月的假，去他舅舅家，体验体验生活。

苏奴的舅舅家在农村，有一大片山地牧场。在那里，他将甩起抛石去放牧，在放牧之际，会把眼中所见，写成诗歌，通过微信发给我们。过了几天，我们果然收到了他的一首诗："积雪像刚剪下来的羊毛，/ 松松地堆在西山。/ 山顶的信息发射架上缠着经幡，/ 经幡上的文字像睁着的眼睛。// 灌木丛低伏着身躯，它们的 / 枝丫还未被北风吹干。/ 看不见北风的形体，当它掠过灌木时 / 的声音，让我想象到它的犀利的身影。// 听说只有雪豹，在那肉眼可及的 / 森林深处，仍保持着绅士风度。/ 这位雪豹家族的第七十二代猛士，/ 一边巡视着疆域，一边舔舐着伤口。"

再看诗名，是《我：雪豹》。作为在桑多镇长大的人，我们还是比较熟悉苏奴的内心的。当他放下抛石，拿起纸张，我们就知道，诗歌中的雪和雪豹，已经悄然进入了他的心灵。当天幕降下来，他回到冬窝子。屋子里，光线开始变得暗淡，沉闷地洒在床面上，炕桌上，和一把空空的椅子上。小小的房间只他一人，静寂的黄昏后，他得开始生火，把隔夜的剩饭加热，关上门窗，把北风堵在外面……

当我和嘉措忙于自己的俗务时，苏奴给我们发来了内容相似的微信："这一段时间，在山地牧场，我反复思考这样一个问题：活着究竟是为了什么？我回忆了我的过去：出生，哭闹，吃；成长，傻笑，大哭，继续吃；念书，做作业，挨老师批评，换着花样吃；买房，娶媳妇，生孩子，有时不想吃；工作，吵架，耍脾气，看到下一代开始重复自己经历的生活，气得不想吃。我终于发现，人类的生活方式远不如飞禽自由，也不如野兽那么简单。我突然明白，要活着快乐，还是要靠想象。只有通过想象，把得不到的都得到，才能过上永恒的好日子。"

过了几天，苏奴打来电话说："扎西老哥，我现在是这里村民们的导师了，他们特别信服我。"

我说："你就忽悠他们吧，不过，你得小心，也许是他们在忽悠你。"

一月之后，苏奴回到了桑多镇。

我问他："你这个导师回来了，那些村民会不会迷失了生活的方向？"

苏奴说："那不会的，我把我的思考和发现，都传给了另一个羊倌。"

嘉措戏谑说："那个羊倌，是不是充当了新的启蒙者？"

苏奴一脸自豪："那当然。"

嘉措说:"谁知道你说的是真还是假。"

苏奴说:"你不相信我?"

嘉措说:"等你媳妇原谅你了,我再相信你。"

5

新岁到来之际,在镇文化馆组织的茶话会上,我遇到了苏奴的媳妇——何卓玛。身为词作家,何卓玛身材颀长,眼神清澈,给人清爽干练的印象。

我说:"三个月前,听说你和苏奴狠狠地吵了一架,是不是?"

何卓玛说:"没有啊,谁说的?"

我说:"就是你家苏奴说的。"

何卓玛的脸上浮起了愁云:"他的话你都信啊?"

我说:"你的意思,这都是他想象出来的?"

何卓玛说:"我看他基本分不清想象和现实。"

我大大地吃了一惊。

我说:"他还说和你吵翻后,就去了他舅舅家,在牧场上待了一个月,这事不是假的吧?"

何卓玛说:"假的。"

我说:"你的意思是,这些都是苏奴编出来的?"

何卓玛说:"根本就没有发生过这种事。"

我说:"天哪,那他太能编了吧,我和嘉措都信了。"

何卓玛说："他总是编些乱七八糟的事，把自己弄得神经兮兮的。"

我问："那他还编过啥？"

何卓玛说："有一天，他竟然给我讲他死后的情形，还写成了一段话。"边说边拿出手机："你看，就这个。"

我一看，苏奴如此写道："我躺在湖边，头朝湖水，脚朝一片郁郁葱葱的森林。一个省上来的验尸官喃喃地说：'他的脑组织都溅到了草上。'埋葬我的时候，那些抬棺木的人，双腿发软，都走不动了，但还得朝挖好的墓穴慢慢挪去。那时，天色肯定是阴沉的，柏木棺材也比他们以前抬过的要重得多。当一堆湿土形成山峰的样子的时候，那些低空盘旋的桑烟，才很不情愿地升上了天空。"

我感慨道："他真有想象力啊！"

何卓玛说："他还想象了他走了以后我们的反应。"点开了另一个界面说："你看，就在这里。"

苏奴写道："送葬的亲朋好友一回来，洗净了手，开始吃羊肉泡馍，这时候肯定会想，苏奴已经吃不了羊肉泡馍了。当他们抽烟喝酒的时候，肯定会想，苏奴已经不是高声喧哗中的一个了。当他们熄了灯，搂着妻子或娃娃们睡觉，肯定会想，苏奴已经和家人永远分开了。那么，苏奴留在世上的，还有什么呢……衣服？被烧了。书籍？也被烧了。房子，还有妻子？成了别人的。他溅在草地上的脑组织？那会被蚂蚁分食，成为人类完全忽视的粪便。只有他的诗歌，还被人们记着，但在不久，若不进入文学史，也会被人一一忘掉。那么，在这人世上，他什么也不会留下，即使他的尸骨，也会化为腐土，永远地消失在地底下。"读完，我惊出了一身冷汗。

何卓玛说："这半年来，他一直活在想象中，都搞不清啥是现实啥是梦境了，让人担心得很，你们做朋友的，得劝劝他！"

我说："我得给嘉措打个电话，把这事给他说说。"

电话通了，嘉措说："扎西老哥，你在哪里？我和苏奴在一起聊天，这家伙太能吹了。"

随后，苏奴的声音就传过来："老哥，我想你了，你在干啥？"

我说："我在文化馆组织的茶话会上，和你的媳妇何卓玛在一起。"

电话里传来粗重的呼吸声，半晌，苏奴说："我就知道她会背叛我，和别人在一起，但我不知道的是，她竟然和你……不过，请你转告她，我不恨她，也不恨你。"

我忙说："兄弟，你误解了，事情是……"

电话里一阵忙音，这个苏奴，竟然切断了我和他的通话。

（原载于《回族文学》2022 年第 3 期）

洮州情歌

1

杨达吉和卢曼草，都是我在杨庄生活时的初中同学。

卢曼草十六岁那年，因皮肤偏黑，长得秀美，得了个黑牡丹的绰号。她家在杨庄北头，挑水要去南边。当她担着木桶穿过村庄去河边，总会遇到嬉皮笑脸的男孩，过来给她打招呼。她皱起眉，露出很不情愿的样子，像极了《边城》里小兽一样的翠翠。她之所以皱眉，不是她还不懂得情爱，那朦胧的感觉还是挺让她心慌的，只是不愿让别人见到她被男孩们追求的情景。然而，越是这样，那些男孩越是喜欢她，总要想方设法见到她。

那时她在桑多镇九年制学校里上初三，本来书念得好好的，父母却突然不让她念了。原来杨庄人在孩子读书方面，是有选择的：男孩，一定要读成干部，才是最好的出路；女孩，一旦嫁出去，就是别人家的人，识些字，醒个世，就足够了。但读书总是给女孩带来影响，她们觉得自己的人生，不该由家里人安排，自己走自己的路，最好。她们的这种想法，让做父母的知道了，顿时愁眉苦脸："不念书还好，一念书，还管不住了！"于是杨庄人来了个约定俗成：女孩一到十五岁，就要找婆家。等嫁过去，就十六七了，可以生育、持家、相夫教子了。所以当出落得有模有样的卢曼草要找婆家的消息刚刚传开，男孩们就担心地想：身边的散发着幽幽清香的尜苹果，要被别人摘走了！

男孩们的担忧显然是多余的，因为过了半年多，仍旧没有出现媒人踏破卢曼草家门槛的热闹景象。究竟是什么原因呢？大人们说：问题出在卢曼草的母亲的身上。

卢曼草的母亲是杨庄一带有名的洮州花儿把式。什么叫花儿把式？就是会唱能唱花儿的人。

杨庄这个自然村，是属于桑多镇管辖的。桑多镇所在的县，在宋时被称为洮州，明清以降，这称谓就生了根。洮州花儿就是当地的一种民歌，据说源自藏族的"勒"（民歌）和"拉伊"（情歌），洮州的藏人汉人，大多爱唱。这种在西北民谣中占有重要地位的乡土气息浓郁的花儿，或许因为内容上多涉及男欢女爱，登不了大雅之堂，只能在庙会、歌会等民间活动上出现。花儿把式们男女成群，各自占了地盘。这边一堆男的，主唱用手托腮，先拉一个长音：哎——接着以物比兴，三句一段，句句含情，肆意挑逗。那边一堆女人，用阳伞半遮了脸面，主唱颤着亮亮的歌喉，谋句定调，见招拆招。每唱完一段，众人齐声帮腔："花儿哟，两叶儿——"顿时打成一片，热闹至极。

卢曼草的母亲爱唱花儿，一不小心竟上了瘾，做姑娘时就爱出头，快成阿婆了，还是喜欢露脸。时时处处出头露脸的结果，就是坏了自家的名声："那个女人，腥骚得很呢！"这"腥骚"一词，说得太毒：风骚到怎样的程度了？带着腥味呢！话里头，其实也暗示了花儿把式的美丽、活泼、大胆和热烈，听其唱歌，会产生又爱又恨又羡又妒的感觉。

被人又爱又恨又羡又妒的母亲，自然会影响到女儿的声誉，甚至会影响到家庭的声望。好在卢曼草家也没有啥声望，因为她的父亲，也算个花儿把式，当年就是在一个叫"莲花山花儿会"的庙会上把会唱花儿的女人哄到手的。

从这样的家庭里出来的卢曼草，骨子里，也挺喜欢唱歌的。从小学到初中，她总是代表自己的班级，在各类音乐活动上，像她的母亲那样露面，挣回一张又一张奖状，都张贴在教室后头的墙壁上。洮州花儿，卢曼草其实是会唱的，听得多了，那曲调她已经烂熟于心了。身边没人的时候，她会偷偷哼几句，哼着哼着就羞红了脸，后边发出的，都是含含糊糊的音了，仿佛嘴里被塞了核桃。

2

男孩们悬浮的心还未完全落到实处，有一天，有个矮子领着一个瘦高的男孩，上了卢曼草家。

这个矮小敦实的男媒，是替某村的侯姓后生来说亲的。

侯姓后生，卢曼草是知道的，这是她的校友，比她高两级，高二那年辍学了，跟着父亲开班车。卢曼草的父亲一听后生是侯家的，只考虑了几秒，就点头答应了。这侯家，是洮州地界上有名的土司的后裔。如今虽是新时代，不兴提那往事，但侯家因为过去的辉煌，还是有地位和名望的。谁家和侯家联姻，那可是天上掉腊肉的好事。卢曼草的母亲也是喜形于色，她看着侯姓男孩，眼睛里渗着蜜意。那男孩显然见过世面，一点也不慌乱，话很少，问啥答啥，不问，就低头喝茶，本本分分的样子。

然而卢曼草不喜欢这个男孩。不是她看不上他，而是她喜欢另一个人。她渴望那个人到她家来相亲，甚至都想象出了那个画面：他跟着媒人来了，大胆地看着她；她羞涩地低着头，忍不住时会偷偷地看他几眼。所以当母亲试图喊她去给媒人和侯姓男孩倒茶添水时，她死活不答应，躲到邻居家去了。

卢曼草喜欢的男孩就是杨达吉，以前是我小学时的玩伴儿，后来又成了初中同学。杨达吉不是杨庄的，他住在小杨庄。小杨庄在杨庄的上头，大概七八户人家。小杨庄的祖先，据说是杨庄祖先的亲戚，有点血缘关系的那种。杨达吉家在小杨庄，算是家境殷实的。所以他在我们面前，常常拿出很有自信的样子，年龄又稍长一两岁，不知不觉就成我们的头儿了。

他和卢曼草的感情，就是唱"洮州花儿"唱出来的。因为同在桑多学校读书，上学放学途中，时常在一起。不过，由于被礼仪约束着，不在一起走，要分个前后：女孩们在前面走，男孩们缩在后面，相距百十来步，仿佛就是做给大人看的。远离杨庄后，就遥遥打招呼，要么喊，要么唱，都觉得有意思极了。男孩们这边，杨达吉爱唱花儿，也敢唱花儿。他用左手托住左腮，就像牙疼时那样，嗨出一声长调：哎——意思是他要唱了："清水盛在缸里呢，你在城里乡里呢？乡里哪个庄里呢？"刚开始，只杨达吉一人唱，女孩们那边，往往是一阵混乱，没人搭腔，男孩女孩之间的距离，却越来越远了。后来，有个女孩终于搭腔了："哎——皮条要扎连枷呢，你是那个谁家的？给我要说实话呢。"这女孩的声调刚开始较柔弱，声息低处，几不可闻。再后来，当杨达吉开口唱："哎——红心柳，四张权，你的名字叫个啥？不说名字姓留下。"这女孩才亮出金嗓子："哎——红心柳，一张权，你我见面头一茬，问名问姓想做啥？"

这搭腔的，就是卢曼草。她母亲不仅给她遗传了脾性上的活泼大胆，也把唱花儿的天赋给了她。

这种花儿对唱，在上初中的那两三年里，就成了我们上学途中必不可少的功课。花儿的对唱者，是杨达吉和卢曼草，花儿里的主角，也是他俩：

杨达吉："哎——园子角里种菜呢，人和人要相遇呢，相遇才有好事呢。"

卢曼草："哎——斧头要剁枕把呢，想那破事干啥呢，人知道了闲话呢。"

杨达吉:"哎——沙石河滩一棵柳,你像鹦哥才开口,你我怎么能牵手?"

卢曼草:"哎——红心柳,两张权,那是你哄我的话,实心你给我没拿。"

就在这花儿对唱的过程中,他俩之间的关系,发生了微妙的变化。我们其他的男孩女孩,也以朦胧情爱见证者的身份,过早地踏进了那条名叫乡村爱情的时光之河。

3

显然,杨达吉和卢曼草,彼此都是有好感的,这能从他俩唱的花儿里听出来。

卢曼草十五岁那年,她的父母按照村里不成文的乡俗,果然让她辍学了。这样做的结果有两个,一是卢曼草求学求知的路给断了,二是她见不到她喜欢的人了。这时父母又答应了侯家的求婚,她不好意思去找杨达吉商量,只好寄希望于能否在路上碰到他。恰逢我们初中毕业,去了距离杨庄三十里的另一个镇——新城镇读高中,且住在学校里,一月才能回杨庄一趟。

卢曼草在等待中数着日子,终于等来了杨达吉。两人羞于私下会面,杨达吉就拉了我去作陪。我们在河边坐下来,一边看那匆匆的流水,一边东一句西一句地闲扯。观众少,自然搭不起唱花儿的人摊子，他俩也就不再对唱。不过，对于好长时间不曾见面的有情人，见面后该怎么诉说彼此想念的情意，洮州花儿中有类似的唱词：

男："哎——拔白菜，擀菜汤，寻了三天两后晌，今个才把你遇上。"

女："哎——你到我的跟前站，有你我就心上宽，没你我的心上单。"

男："哎——想你想得满院窜，一身一身出大汗，不由人地只呻唤。"

女："哎——剁白杨么劈桦材，你想我时谁见来？打雷了吗闪电来？"

闲扯之间，卢曼草半开玩笑地提到了有人来相亲的事，杨达吉坐不住了，起身踢脚下的草根。但他又拿不出任何主意，只是陪着卢曼草发呆。我不能再当灯泡，起身去了河的上游。等我回来时，远远看见杨达吉牵着卢曼草的手，卢曼草的头斜靠在杨达吉肩上。我到了他俩身边，两人又坐开了。卢曼草脸色发红，眼睛也发红，像刚刚哭过的样子。杨达吉抿着嘴，不说话。我知道，他俩已经把事情说清了。

然而，只过了两月，侯家后生又托媒人，拿了四色礼来。哪四色？一块腊肉、一包冰糖、一袋茶叶、一瓶酒。这四色礼，叫"落话礼"。女方家接了这礼，就表示同意了婚事。卢曼草的父亲欢喜地接受了，为了招待媒人，他还请来了村里两个颇有威望的人作陪。

这个举动吓坏了卢曼草，她偷偷跑到新城镇，找到杨达吉，商量该怎么办？我给杨达吉建议说："要不你也找个媒人，去她家提亲。"他说："那我不念书了吗？阿爸要知道这事，肯定整死我呢！"卢曼草看了杨达吉半天，眼圈一红，扭头出了宿舍。杨达吉赶紧追了出去，过了好长时间，晚自习快结束的时候，回来了。我问："卢曼草呢？"他说："我打发走了。"我问："事情解决了吗？"他说："我向她许诺，工作后一定娶她当媳妇。"我说："那是七八年以后的事了，这么长的时间，她能等得住？"他说："她说她会等的。"我问："这么晚了，她到哪去了？"他说："到亲戚家去了。"

其实那天晚上卢曼草根本没在镇上逗留，她一个人循着夜路，孤孤单单地回到了杨庄。与杨达吉的见面，和她想的一模一样。她不愿嫁给自己不爱也不熟悉的人，又隐约觉得她和杨达吉之间，不会有啥更好的结果，但也只能守着承诺，安静地等待。这期间，他俩有过两三次的约会，再也不找我作陪。当卢曼草第四次来到镇上看望杨达吉时，两人在校外登记了房间，同居了。对于男女热恋期间的情事，洮州花儿里是这样唱的：

男："哎——毛毛雨儿下着呢，鹦哥缠着架着呢，缠住不想走着呢。"

女："哎——骑着马儿要走呢，我心还在你这呢，十里路上还想呢。"

男："哎——豹花骡子驮炭呢，叫你把心甭变呢，二次来了还见呢。"

女："哎——你我离得远么近，近了写上一封信，远了得个相思病。"

男："哎——象牙筷子夹粉呢，害怕你把我哄呢，一年两年白等呢。"

女："哎——象牙筷子夹粉呢，十年八年我等呢，茶饭也要凉冷呢。"

4

卢曼草回去半月后，就有消息抵达了杨庄：卢曼草让杨达吉给睡了。

这消息也传到了侯家，一月后，矮胖的媒人带来了侯家后生的口信："我家不娶没教养的女人，这姻缘，断啦！"卢曼草父母在羞愧和恼怒中，给侯家退了落话礼。

媒人走后，当父亲的第一次扇了女儿几耳光。卢曼草还未来得及哭，当父亲的就已蹲在地上干号起来。

卢曼草明白，父亲的哭，是因为家族的声誉被自己给污了。她只好默默地擦干眼泪，缩进厨房，坐在灶前发呆。忽听得父亲在揍母亲，忙跑出去看，母亲已倒在地上，浑身的土。父亲骂道："我家的家风，从你手里就败了，到卢曼草这一代，败得不成样子了！"母亲不还嘴，爬起来，去了上房，上炕，拉开被子，睡了。父亲在院子里待了片刻，出去了。等卢曼草做好了晚饭，父亲依旧没回来，母亲也没有起床的迹象，她自己又不想吃，一锅饭就慢慢地凉了。

月亮照到院子里的时候，父亲回来了，带着点醉意，但看起来已经没有了愤怒。卢曼草赶紧生好炉子，烧了水。母亲也从炕上爬起来，陪父亲坐着。喝了几杯茶后，父亲说："事情已经这样，该想办法解决问题了。"见母女俩都不搭腔，又说："他杨达吉坏了卢曼草的名声，就得负责任，明天我就去找他父母，说说这事，看该怎么办。"见母女俩还不表态，又说："那就这样了，睡吧！"

第二天，吃罢午饭，卢曼草的父亲就去了杨达吉家。晚饭过后，回来了，说是谈妥了。两家有血缘关系，按说是不能谈婚论嫁的。但因为早就隔了好多代，这婚事也就有得商量。商量的结果，就是杨达吉家必须要娶卢曼草，先结婚，不过，杨达吉的书，还得念。为了不让学校知道，结婚的事，要保密。结婚证，也不能领。等杨达吉考上大学，有了工作，再补领结婚证。

卢曼草觉得这样处理，倒是很好的法子。翌日清早，打扮好，去了镇上，找到了杨达吉。这时杨达吉还没得到家里的态度，一听是这结果，也格外欢喜，俩人又去登记了旅舍，放开睡了。洮州花儿里这样传唱小情人之间的深情蜜意：

男："哎——镰刀割了灵芝草，把你从小缠到老，谁坏良心死得早。"

女："哎——皮褡裢里装糌粑，我的魂儿你收下，死了就埋一疙瘩。"

男："哎——脚户骡子驮洋盘，活着和你来恩爱，死了埋在一坟摊。"

女："哎——我俩前世有姻缘，死时若把你不见，鬼门关上等三年。"

男："哎——拿上镰刀割草呢，要说死时嫌早呢，我要把你陪老呢。"

女："哎——斧头剁了挑草杈，千斤万担我挑下，白头到老也是话。"

这简直就是相互之间发的毒誓。越是毒，这情越真。俩人你恩我爱，缠绵不休。高二寒假期间，两家办了一桌席，省掉了洮州地区男婚女嫁时装箱和打发的习俗，悄悄把婚事给办了。为了避人耳目，卢曼草仍然住在自己家里，杨达吉则刻苦攻读，立志要考上大学，活出个人样。卢曼草隔三差五地去镇上，给杨达吉带去干粮和情感上的慰藉。两人总是处在时合时离的煎熬中，这个阶段中的不舍和痛苦，唯有花儿才能表达：

女："哎——翻开园子要种呢，走时我把你问呢，你看谁把我送呢？"

男：“哎——清油碗里点的灯，你是我的有心人，你离我时我不成。”

女：“哎——斧头剁了灯杆了，你我相互缠惯了，这会怕你不见了。”

男：“哎——园子里的红根花，去时你把魂留下，想了我和魂说话。”

女：“哎——高粱秆秆扎笤帚，在一搭时拧辘轳，离开把人想糊涂。”

男：“哎——尕妹走了心气乏，眼泪就像豆子大，手绢擦罢袖子擦。”

短暂的相聚，长久的分离，这相思的滋味，应该是很难熬的。卢曼草熟悉洮州花儿，她觉得那些先人传下来的歌词，活脱脱地说出了她和杨达吉的心思：

男：“哎——三张镰刀九斤铁，没有见你两个月，心里想你嘴不说。”

女：“哎——镰刀割了荞草了，想你想得都老了，脸蛋想成黄表了。”

男：“哎——星星出来把门闩，尕妹不见哥的面，肠子想断心想烂。”

女：“哎——晚上想你没睡过，衣裳披上当院坐，天上星星十万九千零四颗。”

男：“哎——想你三天没吃饭，手爬墙头站着看，一直等你见个面。"

女："哎——把你想得想傻了，想到天聋地哑
了，浑身肉像刀刮了。"

5

但读书真是个奇怪的事。没有那男欢女爱，或者有点男
欢女爱，却没有肉体上的关系，只有暗恋或为对方读书的奋
斗劲儿，这书才能念成。

杨达吉升入高三，学习更加吃紧，又不愿舍弃和卢曼草
的肉体之欢，这学习成绩就一日不如一日，期末考试后，发
现成绩竟垫底了。这下家里人就慌了神，赶紧找原因，发现
问题就出在婚姻上。于是约法三章：卢曼草不能随便去找杨
达吉；杨达吉不能随便请假回家；为了避人耳目，暂时不要
孩子。

其实这时候卢曼草已经有了身孕，在约法三章的约束
下，高三第二学期临开学的时候，杨达吉陪着她去了镇医
院，硬是把孩子给拿掉了。卢曼草的母亲听说后，懊悔地抱
怨："我都梦见一窝黑蛇了，肯定是儿子，说不定还是双胞
胎呢，结果就这样走了，造孽哪！"卢曼草的父亲说："说
那干啥呢？大事要紧！"女人还想争辩，一看男人黑煞煞的
脸，赶紧闭了嘴。

因为行为被约束，无法见面诉说相思之苦，两人间的猜

忌就开始了：

> 杨达吉："哎——铁匠打了铁铲了，你把阿哥
> 不管了，把金子当成铁片了。"
>
> 卢曼草："哎——斧头剁了红桦了，你把好的
> 寻下了，给我打起回话了。"
>
> 杨达吉："哎——灯盏放到柜上了，你把我的
> 心伤了，伤到肝花肺上了。"
>
> 卢曼草："哎——我像牡丹开败了，嫩枝嫩叶
> 不在了，蜜蜂把花不爱了。"

相互猜忌的结果，就是卢曼草背着家人往镇子上跑。两人还是偷偷地亲热，偷偷地分离。杨达吉悄悄地对我说："女人，神奇得很，只要你和她睡在一起，就觉得啥都不重要了，丢了魂哩。"我没有经历过和女人睡觉的事，听了杨达吉的话，凭空生出对女人的无限向往，忽觉得这想法既荒唐，又无耻，忙抵制住心猿意马，一头扑在学习上，想圆了自己的大学梦。

人说种瓜得瓜种豆得豆，果不其然。被卢曼草弄得丢了魂的杨达吉，高考成绩一公布，就发现自己已经败下阵来：四十个学生的班级，考上了一半，而他，就在这一半之外。

我起身上大学的那天，他没来送我。倒是卢曼草来了，她说："他心情不好，嫌丢人，叫我来送送你，还抱怨说，

是我坏了他上大学的事。"我说："他没考上，有他的原因，不过，他确实把好多时间，都花在你身上了。"卢曼草的眼圈红了，有点尴尬地说："不过这样也好，我和他可以踏踏实实地在一起过日子了。"

后来听说杨达吉要补习，但终究还是没补习，回到杨庄，把卢曼草接回家，正儿八经地过起了婚姻生活。三年后，他成了两个孩子的父亲，也替换父亲做了家长，开始操心春耕秋收、夏牧冬藏的事了。

6

现在，当我追忆这三十年前的事时，我和杨达吉他们，都年近半百了。

今年春节期间，我去看望他们。酒过三巡，都情不自禁地说起当年。那时的我们，青春年少，对未来充满理想，对情爱充满敬畏，在如生铁般冰冷的乡村里，体验着洮州花儿的旋律，经历了那段神秘、激荡、美丽又生涩的读书生活。

我问杨达吉："你还唱花儿吗？"杨达吉说："父母过世后，我早就不唱了，倒是她，有时还喜欢哼一段呢。"卢曼草在一旁听了，已经有了太多皱纹的脸上，还是浮现出了羞涩的红晕。她嗔怪杨达吉："你就别给人家胡扯了，人家是干部，不爱听这酸不拉唧的东西。"我正要辩白，杨达吉抢过话头说："干部，才爱听呢。"又问我："对不对？"我点头说："就是，洮州花儿，其实挺好听的，都成遗产了，公家准备抢救呢。"卢曼草觉得奇怪："这东西公家也要抢救？"我说："再不抢救，就叫流行歌给淹没了！"卢曼草说："也是，我家男娃女娃，净爱唱那些唱不像唱说不像说的歌，就是不爱花儿。"我说："你和达吉哥，说不定会成为传承人的。"杨达吉问："传承人是干啥的？"我说："就是公家选中的要把这洮州花儿传下去的人。"他俩明白了，都说，公家的这个决定，是对的。

又喝了一会儿酒，杨达吉突然问我："想听花儿吗？"我问："你要唱？"卢曼草说："他才不唱呢，有光盘，也有U盘，能听也能看。"

电视屏幕上，远远走来一对俊秀的男女，画面背景，是藏地甘南广袤又碧绿的草原。哦，我终于在故乡又听到那情真意切荡气回肠的花儿了：

男："哎——毛蓝手巾包苹果，把你寻了三年没寻着，我的冤枉给谁说？"

女："哎——红心柳的两张杈，你把阴山上的花摘下，叫它重打骨朵重开花。"

男："哎——把你总算寻见了，再把别人不看了，一心跟上你转了。"

女："哎——雷响天下响着呢，你想我也想着呢，眼泪一样淌着呢。"

男："哎——不为你是我不来，露水湿了我的鞋，湿了也要把你寻。"

女："哎——你想我来我也想，比起人心都一样，谁把年轻人没当？"

（原载于《民族文汇》2025 年第 1 期）

我是丹尼索瓦人

　　画家孕藏告诉我，我们之所以时常感觉到孤独，是因为作为个体，无法完全被群体所容纳。打个比方，一只蚂蚁迷了路，它找不到自己的蚁群了。它慌张、无助，感觉自己似乎被蚁群给抛弃了，坐卧不宁，进退无路，那巨大的孤独感，就唰地降临了。

　　"当然，另一个原因，也让我们格外孤独，"孕藏说，"那就是，这只蚂蚁感觉到原先容身的蚁群，是不适合自己的，或者说，是自己所不喜的，想从中脱离出来。"他强调说，"脱身"期间的痛苦和纠结，必然会不断地滋生出孤独的情绪，在未找到新群体之前，这孤独是无法排解的。

　　但这两种孤独产生的原因，在我们的朋友道吉身上，都没有。他的孤独，来自另一处：有人竟然想摆脱家族血脉的延续，要自寻一条路。这样的选择令他迷惑、费解、恐惧。在道吉看来，追根寻祖就是人的天性，对祖先血脉的延续，应该是家族成员的使命。面对族群内突现的问题，作为家族利益守护者的道吉，有他的坚守，但当他的坚守被鲜活的现实碰撞之后，他动摇了，不知该何去何从。

1

道吉是桑曲县人。

我对桑曲县是特别感兴趣的，原因，完全可以拎出来说说。历史上，桑曲，这个青藏高原东北边缘的雪域名城，曾经是安多地区的政治文化中心，且不论宗教文化如何智慧博大，游牧文化如何源远流长，自然人文如何吸睛勾魂，民俗风情如何迷人醉心，单就科学家于 2018 年在白石崖溶洞中发现丹尼索瓦人下颌骨一事，就很容易让人初闻怦然心动，继而沉溺其中了。我想，我们文化工作者，假如想梳理草原部落辉煌的历史，了解从岁月深处走来的民族，进而探究人类在如此高海拔的地方竟然能够长久生存、诗意栖居的奥秘所在，那么，桑曲县无疑是最典型的母体之一。这种研究与解惑，可能更接近我所认为的史诗写作的本义。

所以当尕藏打电话邀请我去桑曲看望道吉时，我欣然答应了。

尕藏也是桑曲人，二十多年前从西北师范大学美术系毕业后，就在州上的一所中学当老师，一边教学，一边主攻油画专业。这家伙瘦高瘦高的，留着一头长发，浓眉深目，似乎有康巴人的基因。可能因为学油画的缘故，满脑子的西方文化，看问题的角度，总和别人不太一样。

我问尕藏："道吉他又怎么啦？"

"犯病了呗，硬说他是丹尼索瓦人。"

"丹尼索瓦人？他？好像八竿子也打不着啊！"

我之所以感到吃惊，只因对丹尼索瓦人，还是有点了解的：据国际顶尖学术期刊《科学》报道，丹尼索瓦人是生活在上一个冰河时代的全新的人类种群。2008 年，科学家在西伯利亚南部一个名叫丹尼索瓦的洞穴内发现了人类的牙齿和指骨化石，过了四年，经过对提取的 DNA 进行分析，证明了丹尼索瓦人的存在。1980 年，桑曲县的一位藏传佛教修行者在白石崖溶洞内发现了一块颇为巨大的人类下颌骨，就慎之又慎地呈献给拉卜楞第六世贡唐仓大师，后者又将这块人骨交给科学家研究。三十年后，也就是 2010 年，研究工作启动。2019 年，兰州大学和中科院青藏高原研究所一并发布研究成果，鉴定此下颌骨的主人，便是丹尼索瓦人，其生存时间，距今至少十六万年。此项研究的重大意义，是将丹尼索瓦人的活动空间分布，首次从西伯利亚地区扩展至青藏高原。显然，这是丹尼索瓦人研究和青藏高原史前人类活动研究的双重重大突破。

但这事与道吉，会有着千丝万缕的联系？会不会是他脑子发昏了，在胡言乱语？

有可能！

我忽然想起半年前与道吉有关的一件事来。

2

正是年前，一场冬雪之后的中午，道吉来到我居住的羚城，说是参加有关文化方面的培训。他在电话里说："好长时间没跟老兄联系了，这次约你出来，想探讨探讨有关婚姻的话题。"

我愣住了。听说道吉的婚姻，是家里指定的。女方是邻村的，祖上曾做过头人，算是根基深厚。婚前，道吉只与对方见过一次面，见女方眉清目秀、寡言守静，也就欣然同意了。女方似乎也没异议，没过两月，就轰轰烈烈地办了婚礼。记得道吉曾告诉我们："婚后，我才和媳妇谈起了恋爱，那感觉，倒挺有意思的。"这话，后来却被尕藏给否定了："我可听说道吉和他媳妇的关系，不是那么融洽。"不管尕藏说的是否属实，但空穴来风，只要有风，那穴必然存在。而今，道吉要与我探讨婚姻话题，我暗暗思索：一个与女方没谈任何恋爱就在父母的安排下结了婚的人，有什么婚姻经验值得探讨？或者，他的婚姻出了问题？

于是依约去了。天气寒冷，街上积雪未曾消融，脚踩上去，发出咯吱咯吱的响声。我很喜欢这种声音，就像喜欢道吉一样，即使他有这样那样的臭毛病。约定的地点，是家茶馆，名字起得怪怪的——"糊涂客"，让人怀疑老板是个因游戏人生而无法回头的人。

道吉一身灰色西服，浅蓝衬衣，深蓝领带，看起来正儿八经的，不像客人，倒像这家茶馆的老板。

先是拥抱，后是寒暄，之后，各自要了茶。我要的是铁观音，道吉要的，是雷打不动的喜好——奶茶。我喜欢铁观音的重口味，而他，还是喜欢传统奶茶独有的甘醇。

几杯茶下肚，话就多起来。起先，我们聊起了政治、宗教和文学等话题，后来，又聊到爱情和婚姻。因为观念上的差异，使得我们的聊天，有着浓浓的火药味。

他和我的分歧，在于婚姻观的不同。

道吉自认为是唃厮啰的后裔。我学过藏族历史，知道唃厮啰是吐蕃王朝赞普的后裔，十一世纪初成为青唐（今西宁）吐蕃的首领。那时，桑曲就在唃厮啰的羽翼之下，而道吉，据尕藏说，就是"唃厮啰遥远血脉中的一分子"。

也许正因为是赞普后裔，道吉对于正统血脉之说，特别赞同。他说，只有最为纯正的血脉，才能保留家族的骄傲和高贵，所以，无论什么时候，无论情况怎么特殊，贵族就得与贵族联姻，贫民只能与贫民联姻，藏人和其他民族之间通婚，那是不可取的，甚至就是一种不可饶恕的行为。

"比如说你这个洮州人，"他对我说，"说得好听点，是混血儿，说得不好听，就是个杂种！"

我撇撇嘴，对他下定的结论，有点恼怒，有点反感，但不置可否。我父亲是汉人，临潭籍。母亲是藏人，卓尼籍。临潭多汉人，卓尼多藏人，这两县没分设之前，统称为洮州，只隔着一条洮河，历史上有汉藏通婚的习俗。这种婚姻关系诞生的后人，是没有任何血脉选择的权利的。我对自己的混血事实，颇为尴尬却不反感，因为只要学过历史，只要对"民族大融合"这一概念有所了解，就明白正统血脉之说，是经不起严格的考证的。

"你知道哪些人会和异族联姻吗？"

我知道答案，但我不说，反问他："你知道？"

"当然，一清二楚。"他说。

道吉认为，只有三种情况下，或者说只有三种人，才会和他族联姻。

"第一种，是贵族，他们和他族联姻，其目的是为了各自的利益，要么是构建起双方之间的和平，要么是相互牵制，要么是一方讨好另一方，认个亲戚，彼此之间有所照应。我记得你们祖辈信奉的土司，娶了个蒙古贵族的女人，就是属于这一种。"

他说得对，第十一代卓尼土司，的确在其祖母的安排下，娶了蒙古王爷的女儿，这一联姻，对于部落之间的和平和地方政教的发展，确实起到了非常重要的作用。

"第二种，是穷人。"道吉说，"穷人因为穷，或者由于其他原因，娶不了本族女人，只好离开本土，到他族那里找运气。运气好的话，能引起某个他族女人的青睐，进而入赘女方家，慢慢地，就成了大房子的主人。"

这一点，道吉说得也对。在新中国成立前，河湟一带的汉人，就因为战乱，从河州来到洮州，有些青年，入赘藏家，取了藏名，成了藏人家的成员，也是事实。

"第三种，是那些被爱情毒药弄糊涂了的人。"道吉说。

爱情确实是种毒药，一旦误食了这种药，贵族和贫民，藏人和汉人，老头和少女，老妇和男儿，都会稀里糊涂地纠缠在一起，阻力越大，想冲破阻力的愿望就越强，有时候，男女双方，甚至会拿出破釜沉舟的勇气，即使舍了性命，也要在一起。

我知道他说的误食这种毒药的后果，我，就是这种毒药的力量下诞生的生命。但我清清楚楚，父亲爱上了母亲，汉族男儿爱上了藏族美女，他们并非"误食毒药"，他们是心甘情愿在一起的。这样的爱情，的确受到了两族的阻挠，但在新婚姻法的庇佑下，他们不但没有分离，还以民族团结的名义，孕育出了爱情的结晶——我和我的兄弟姐妹。

"除了这三种情况，我想再没别的可能。"道吉说。

我说："不，还有另一种情况，那就是国家之间的侵略，民族之间的征服，部落之间的吞并，也能产生类似于婚姻的关系，当然，这样的婚姻关系，是浸染着鲜血和泪水，经受过傲慢和耻辱，感悟过欺凌和痛苦的。"

道吉说："这和我说的第一种没啥区别。"

我说："不，有区别。区别就在于自愿和非自愿，平等和非平等。只要是通过侵略、征服和吞并这样的方式出现的婚姻关系，必然隐藏着反抗之心，婚姻中的双方，是体验不到幸福的。这种婚姻所诞生的子女，是尴尬、痛苦和茫然无措的。我听尕藏说，你的太奶奶，就是牧人的女儿，因为长得漂亮，被你的太爷霸占了，对不对？"

"他知道个屁！"道吉很是恼怒。

"难道这不是事实吗？你家太奶奶，是自愿的吗？"我追问道。

"这有啥不对吗？牧人的女儿也是藏人，我们家族的血脉还是没有乱！"道吉高声说，"跟你这人聊天，没意思得很！"说罢，打算摔门而去。

"但你家的贵族血脉还是不纯啦！"我对着门吼了一声。

道吉气得浑身发抖，回头盯着我："我不想和你交往了，你不配做我的朋友！"

我站在窗前，感觉心里被什么给堵住了，呼吸也不顺畅。抽了支烟，又灌了杯茶，那种闷气，才慢慢地压了下去。

窗外，又飘起了雪花，大片大片的，从高空蜂拥而下，雪中路人，小如蝼蚁。有道人影很像道吉，只片刻之间，就被雪花裹进了街口。

3

半年后的今天，我却愉快地答应了尕藏的建议：去桑曲看望道吉。

一个朋友邀请另一个朋友，去看望远方的朋友，化干戈为玉帛，这本身就是彼此人生中非常有意思的事，何乐而不为？

不过，我还是给孕藏提出另一个建议：要不今天我俩去"糊涂客"喝喝茶，聊聊道吉这个家伙吧？

"好，过会儿见。"孕藏说。

说实话，我对道吉——这个在县文化馆工作的朋友，心里还是有点反感的。我觉得，他太固执了，像极了野牦牛，只会朝一个方向疯狂地冲撞，几乎没有变通的思路。但又舍不得真的跟他断了联系，总觉得他品质不错，就是脾气太大，脑子太顽固，得找方法敲打敲打，才能和我们站在同一队列。

我在"糊涂客"预订了位置，又忙着处理手头的活。等我赶到茶馆，孕藏早就到了。

孕藏："刚才我给道吉打了电话，那家伙一听我俩要去看他，又高兴，又不高兴。"

"你这话啥意思？"我很奇怪。

孕藏："那家伙一听约了你，有点不高兴。你俩闹了矛盾？"

"他没给你说吗？"我问。

"说了些，他对你我都很生气。"孕藏说，"你不该提他太奶奶的出身，他很在乎这个。"

我问："本来就是事实，他为啥生气？"

孕藏："那是他的伤疤之一。"

"他还有别的伤疤？"

"有，还有好几个呢。"

"告诉我。"

"不。"

"为啥不？"

"我担心你还会告诉他。他太爷和太奶奶的事，你就不该说是我说的。"

"哎，我和他争论时，话赶话，一不小心说漏了嘴。下次我绝对不说，就烂在肚子里，行不？"

"你保证！"

"我保证。"

于是孕藏给我讲了三件与道吉有关的事。

"第一件事，与道吉的家族有关。"孕藏说，"他家，的确是唝嘛啰的后人，不过，那血脉正如你说的，越来越淡了。人类社会的发展，就是这样。一个家族的崛起和衰落，只要经过三代人，这种先起后盛继而没落的抛物线，就出来了。但奇怪的是，对于祖先贵族血脉的痴迷和依恋，会成为他们活着的力量。他们为拥有这样的血脉而自豪，道吉的家族，也是这样。这和外国那些贵族的想法，一模一样。"

"外国也这样？"

"一样的，不管哪个国家的，只要人性一样，结果就差不多。"

"不是说大部分贵族都是出身于贫民吗？"

"是这样。不管是贫民发家成贵族，还是贵族沦落为贫民，人性这玩意，变不了，只不过贵族善于掩饰，会装而已。"说着，孕藏耸耸肩，摊开手，强化了他说话的力量。

"这么说，你把人性都看透了？"我眯着眼问他。

"早就看透了。哎，不说闲话了，我们言归正传吧！"

"想说道吉家族的事？"我笑了。

"对，那件事很可笑。"孕藏说，"道吉的父亲与道吉一样，很看重家族的血脉，为了延续这种血脉，老人家竟然打算把自己的大女儿，也就是道吉的姐姐，嫁给堂姐的儿子。"

"还有这么荒唐的事？"我很吃惊。

"是啊，确实荒唐，那时道吉的妹妹刚从大学毕业，一听大姐要嫁给姑舅，坚决反对，理由嘛，说是近亲结婚对后代不利，要么智商不高，不痴就傻，要么会得怪病，治也治不好。"

"道吉的妹妹？哦，旦正草吧，我知道，听说很有主见。"我说。

"对，就是她。那丫头条子展，脑子活，看起来聪明得很。"孕藏说，"不过她的反对意见，她父亲根本就没听。"

"道吉也没管？"

"他是管的人吗？不但没管，还推波助澜，硬给弄成了。"孕藏又摊开手，耸耸肩，像外国人那样撇了撇嘴。

"生孩子了没？"

"生了，是个儿子，头大身子小，两岁多了，还不会说话。道吉的父亲说，这是贵人话少。我觉得，这孩子可能脑子有问题。"

"哎，叫人不知说啥好。"我说，"还一件事呢？"

孕藏："哦，就是刚才提到的旦正草的事。"

"她又有啥事？"

"她在上大学时，谈了个对象，不过，是成都那边的汉族小伙。那小伙为了旦正草，毕业后没回老家，直接来到我们这里，在羚城考了个工作。"

"好啊，千里姻缘一线牵。"我说。

"好个啥？八字只写了一撇。"尕藏说，"道吉一听对方是汉民，头摇得像拨浪鼓。又听说小伙子家境不是太好，见了旦正草，直接不给好脸色了。"

"哦，这家伙这么势利？"

"啥呀，这不是势利的问题，是这里的问题。"尕藏指着自己的脑袋说。

"道吉的父亲啥态度？"

"道吉父亲？哦，老人家比道吉还愚，听到消息，就要旦正草和小伙断绝关系。旦正草不听，闹了好多天，白闹，没闹出个所以然来。"

"那道吉母亲呢？"我问。

尕藏："道吉母亲吗？好像也不是特别反对女儿和那小伙来往。"

"哎，看来希望不大，这丫头可怜啊！"我叹了口气。

"确实可怜。听说道吉还威胁旦正草：要么和那小伙断绝关系，要么和他断绝关系，再没其他路子可选。"

"旦正草选了啥？"

"你说胳膊能扭过大腿吗？扭不过的！"尕藏摊开双手，做出很无奈的样子。

4

我和尕藏赶到了桑曲。为了表达和好的意思，我给道吉置办了礼当：两瓶五粮液，一条如意兰州。这酒这烟，也是道吉的喜好。他认为，只有这样的酒，这样的烟，才能配得上他的贵族后人的身份。

尕藏："你这办得太丰盛了吧？这样一来，我不知道我该拿啥了！"

"就说我俩一起办的。"我说。

到了道吉家，正是午饭前。一见到我们，道吉故意露出很不高兴的样子："哎呀，桑曲人陪着洮州人来了！"

我反问："桑曲人陪洮州人，跌了身份了吗？"

道吉："你们洮州人就是敏感，连个玩笑也开不起。"

尕藏只好当和事佬："这种地域攻击不好。都是藏民，就甭分面子和里子了。"

我瞥了尕藏一眼："让他说，我无所谓。"

尕藏："就是，你和道吉不一样，你又不是丹尼索瓦人。"说着对我挤挤眼，我瞬间就明白，话题入道了。

果不其然，一提到丹尼索瓦人，道吉的兴趣一下子就上来了："嗯，这丹尼索瓦人，真和藏民有关系，来，坐下，我给你们分析分析！"

我和尕藏对望一眼，笑了，走近藏式沙发，隔着一张长条茶几，坐在道吉对面。道吉也不问我俩爱喝啥茶，直接就倒了两碗热气腾腾的奶茶，很严肃地搁在我们面前。

"你们知道的，丹尼索瓦人是个神秘的人类种群，三万年前，就与其他人种共同生活在这个世界上。"道吉说，"青藏高原，就是他们生活的重要区域。你俩猜猜，他们为啥能在这高海拔的地方生存呢？"

尕藏和我看向道吉，都故意皱眉使劲想，而后，又一起摇头。

"我就知道你们肯定不知道答案，"道吉得意地笑了，"因为，他们有三大法宝！"

"哪三大法宝？"我来了兴趣。

"第一，他们的身体里，有适应高寒缺氧环境的基因。"道吉说，"我查了很多有关丹尼索瓦人的研究资料，2014年，科学家发现藏族人群体内适应高寒缺氧环境的基因，丹尼索瓦人居然也有。也许可以这样理解，来到青藏高原的丹尼索瓦人，他们的遗传基因发生了一种突变，这种突变，有助于他们在高海拔低氧环境中生存。这就证明，藏族人的这种基因，有可能来自丹尼索瓦人。"

我反驳道："那不一定，汉族、蒙古族、土族，还有其他民族，如果长期生活在青藏高原，也能适应这里的海拔，也能生活得很好。这其实是人类对自然环境的适应能力决定的，不是说得有那种基因才能生存。"

"你总爱和我抬杠！"道吉生气了。

"我觉得，扎西说的也有道理。"尕藏看了看道吉的脸色，小心地说。

"对个屁，你们总是想当然，"道吉说，"给，看看我收集的资料。"

道吉拿出一本黑皮笔记本，翻到其中一页，有力地推给我。我接过来一看，是篇剪报，文章名《人类"失散"多年的神秘表亲：丹尼索瓦人》，出自《海南大科技》杂志。文章的以下文字，被道吉用红色曲线作了勾画：

"藏族人怎么会与丹尼索瓦人扯上关系？2019年，中国兰州大学的考古学家终于找到了一些线索。他们对一块来自甘肃省桑曲县白石崖溶洞（海拔3250米）的下颌骨进行了研究。结果显示，这是一块人骨，并且它已经有大约十六万年的历史，这将人类最早在青藏高原活动的时间提前了大约十二万年！经过分析对比，考古学家发现，这块下颌骨的主人正是我们神秘的远亲丹尼索瓦人！这是考古学家第一次在丹尼索瓦洞之外的地方发现丹尼索瓦人的化石……考古学家认为，丹尼索瓦人可能在青藏高原生活了很长时间，这使他们获得了适应青藏高原恶劣环境的突变基因，而在与藏族人祖先交往的过程中，他们把这些突变基因传给了藏族人。而这个发现也震惊了考古学界，因为它填补了丹尼索瓦人迁徙的历史，还改写了古人类在青藏高原活动和扩散的历史。"

我哑口无言，把剪报递给尕藏。尕藏看后说："还真是这样哎。不过，这是科学家的猜测吧？"

"你们不信？那好，我再说第二个法宝：他们有强壮的身体。"道吉说，"你们知道丹尼索瓦人长什么样子吗？"

尕藏和我互看一眼，又一起摇摇头。

"科学家在西伯利亚发现丹尼索瓦人的化石后，就大致复原了丹尼索瓦人的脸，"道吉说，"大概来说，他们身材高大，十分强壮，额头低，脸部宽大而扁平，几乎没有下巴，但牙齿坚硬有力，能咀嚼坚硬的食物。听到这些特征，你们就没啥感想吗？"

我想了想说："这些特征，有点像我们藏人，但大多数藏人，额头坚挺饱满，脸部颀长，有棱有角，不但有下巴，还强劲有力，这和丹尼索瓦人的特征，显然不大一样啊！"

道吉："哎呀，进化，进化，知道吗？什么是进化？就是为了适应恶劣的环境，人类不得不改善自身的身体特征。现在的藏人，是进化成这样子的，懂了没？"

我尴尬地笑了笑，不知道该怎么回答他。

尕藏："那第三个法宝是啥？"

"第三个法宝就是：丹尼索瓦人有很强的捕猎能力，善于在极端环境中生存。"道吉说，"他们很会捕猎，听说十万年之前的青藏高原上，早已绝迹的犀牛、猛犸象、鬣狗，到处都是。面对这些强大的物种，丹尼索瓦人以群体之力，直面危险，用围猎和捕杀的方式来对付猛兽，硬生生地在这危机四伏的高海拔地区生存下来，创建了自己的家园。"

说到这里时，道吉站起身，用拳头击打自己的胸脯，发出砰砰砰的声音。他的这种动作，不得不让我关注到他的形象：头发浓密卷曲，剑眉蓄势待发，仿佛要钻入鬓角深处，眼睛大而明亮，鼻梁高耸，嘴唇丰满而方正，下巴显得短促有力，脖颈颀长，身高在一米八左右，确实属于美男子中的一种类型。难道这就是唪厮啰后裔的形象特征？难道这就是他之所以特别看重唪厮啰血脉的原因吗？

5

正说着，门帘被人掀开，进来一时髦女孩，端着一盆热气腾腾的手抓羊肉。

这女孩年龄大约二十四五，着红色夹克，牛仔裤配高勒马靴，丰乳翘臀，青春逼人。看眉眼，竟和道吉有些相似，但比道吉俊俏，显得妩媚动人。

道吉介绍说："我妹妹，旦正草。"

孕藏看着旦正草，眼睛发直，半张着嘴，想说啥又说不出来的样子。

我忙跟旦正草搭话："我叫扎西，喜欢写作，朋友们都叫我作家。"

旦正草笑了："我知道你，阿哥道吉常说起你。"她的眼睫毛长长的，说话时，连眼睛都眯了起来。

"这位，就是画家孕藏吧？"她看向孕藏。

孕藏忙装模作样地叹息道："唉——我记得你，但你把我给忘了。"

"啥呀，没忘，记得呢。"旦正草说，"你们都是文化人，阿哥道吉就喜欢跟你们交往。"

旦正草挨着道吉坐了。尕藏感慨地说："六七年前吧，也就是你还没考上大学的那会儿，还是个黄毛丫头，时间过得真快啊，一晃，你就出落成大美人了。"

旦正草有点害羞，但还是回话说："大美人？我？尕藏，你的嘴，甜得很哪！"

"不是我嘴甜，我得实事求是。"尕藏说，"啥时有空，给我当回肖像模特，我把你画成蒙娜丽莎，行不？"

"好，我有空时联系你，"旦正草说，"不过，蒙娜丽莎是谁？"

尕藏："一个历史长河里的外国妞，贵妇人，和你一样好看！"

旦正草一听，露出高兴的样子，说："好，到时我参观一下你的画室。"

道吉："他那画室，没看头，就三个字：脏乱差。"

"你甭听你阿哥乱说，"尕藏急了，"画室就应该那样，不乱不脏，就画不了油画，对不，扎西？"

我忙接了尕藏的话茬："对对的，有的女孩就喜欢男朋友的脏乱差，还说这男人有个性。"

旦正草："我也有个性。"

"就是，我能感觉到。"我说，"说实话，你长得耐看，是很特别的那种好看。"

尕藏："看看，扎西一见美女，说的话比冰糖还甜。"

"不是，不是，旦正草真的耐看。"我辩解着，也反击道，"尕藏，你看她时，眼珠子都转不了了，对不？"

尕藏:"啥话嘛,我是以画家的眼光在看她,我在审美,你在好色,我俩不一样的。"

"你们三个,都是活宝。"旦正草轻笑起来,对我说,"我阿妈是你们卓尼那边的,是个大美女呢。"

我问道吉:"真的?"

道吉:"就是,车巴沟的,那里出美女。你这半个卓尼人,竟然不知道?"

我不接他话茬,反而说:"你阿爸是桑曲人,却找了个卓尼美女,这缘分,叫人浮想联翩啊!"

旦正草解释说:"我阿爸和阿妈是师范学校的同学,上学时彼此都有好感,毕业后,征得双方家庭的同意,就结婚了。"

我坏兮兮地问道吉:"那这血缘,合适吗?"

道吉恼了:"滚,我阿妈那可是大户人家的子女。"

旦正草一看气氛变了,忙说:"甭吵吵,来吃羊肉。听说你们要来,阿哥给你们准备了我们这里最好吃的甘加羊肉。"

尕藏:"啊呀呀,今天真的有口福了!"

甘加羊是桑曲县真正意义上的特产,与玛曲县的欧拉羊一样,在藏区声名远播。与欧拉羊不同的是,甘加羊没有欧拉羊强壮高大的体格,相反,却显得矮小,有种"瘦是瘦腱子肉"的优势。因为肉质细嫩,嚼时满口生香,被列为 2008 年奥运会指定绿色产品。名气一大,大多都外销了,本地人倒很不容易吃到。

道吉正了正脸色，问旦正草："你端肉给我们，可能还有别的事，对吧？"

"啥意思？"旦正草说。

我和尕藏也愣了。

"本来说好是阿妈上饭的。"道吉说。

旦正草看看我和尕藏，欲言又止。

道吉："说吧，他俩都是朋友，没啥忌讳的。"

旦正草："今天他打电话来，问我到底啥态度，不行的话，他想回成都去。"

"这个事，我的态度，你知道。你还是问阿爸吧。"道吉说。

"阿爸不想理我，我问了三遍，他叫我问你。"旦正草委屈地说。

道吉："有朋友在，这事先不说了。"

旦正草气红了脸："生在这个家里，我连选择婚姻的权利都没有了！"

道吉用力拍了一下桌子："你啥意思？这个家对你不好吗？要是在以前，你连上学的权利都没有。"这一拍，桌上杯子中的奶茶都溅了出来。

尕藏忙说："不要这样吵，有话好好说。"

我也劝解："就是，不要吵，不要吵。"又给旦正草使了个眼色，让她出去。

旦正草的泪水快要涌出眼眶，她白了道吉一眼，扭头出了房间。

6

旦正草出去后，我们三人都没说话，房间里出奇的安静。

过了半晌，尕藏打破了沉默："道吉，我觉得你和你阿爸，得好好考虑一下你妹妹的事。"

道吉："一个藏族丫头，硬要找个汉民，又门不当户不对的，有必要考虑吗？"

我皱起眉头："道吉，你这话，不像是做兄长的说的。"

道吉："正因为我是她阿哥，我就得对她负责。"

尕藏："你先甭为她考虑，你得为自己考虑了。"

道吉："我怎么了？我结了婚，也有了娃娃，足够了。"

尕藏："可我听说你跟媳妇的关系不好，你俩好像没啥共同语言吧？"

道吉："一起生活就行了，没必要你侬我侬，让人见了，笑话死呢！"

我问道吉："我听说你媳妇和你也有亲戚关系，对不？"

道吉："有点，血缘关系还在，但都隔了三四辈了，不影响啥的。"

"兄弟，你说的有道理，但我总觉得哪里不对劲儿。"我说，"你刚才还说我们是丹尼索瓦人的后裔，甚至就是丹尼索瓦人，但我觉得，我们不是丹尼索瓦人。"

道吉纳闷了："为啥？"

我是丹尼索瓦人

我理了理思路说："据我所知，在十万年到六万年之间，不知道什么原因，丹尼索瓦人从遥远的南亚来到青藏高原，正如你说的，为了适应高原气候，他们的基因发生了突变，突变的原因，是为了能让自己在雪域高原立足。你还说，我们藏族人之所以能在高原生存，就是因为传承了他们的基因。这话，我能不能这样理解：丹尼索瓦人可能和我们藏人的祖先通婚了，只有这个原因，才能解释我们身上有他们之所以能在高海拔地区生活的基因，对不？"

道吉："嗯，你说的有点意思。"

尕藏："对啊，正因为丹尼索瓦人和我们的祖先通婚了，才适应了恶劣的环境，成为新的人种，有能力在恶劣的环境中存活下来，既然这样，那我们为啥不能和同族内的其他阶层的人通婚呢？"

"对对的，"我说，"我们常见的麻雀，听说就是从低处的平原来到这高海拔的地方的，为了生存，它们在几千年时间里，进化了心肌和飞行肌，这样做的目的，就是为了适应空气稀薄、氧分低缺的环境。"

尕藏："扎西这个例子，有意思。我们身边常见的生物——河曲马、欧拉羊、藏羚羊和野牦牛，为了能够在高海拔的环境里活下去，也在千年光阴里，悄悄地衍增了心脏和肺脏的重量。所以，要优生，就得适应环境，适应时代，就得有所改变。"

我插话说："进化心肌和飞行肌，是种改变，衍增心脏的重量，也是改变。不同族之间的通婚，更是一种改变。"

尕藏："扎西说到点子上了。外国好多画家，都是混血，比如哥伦比亚画家费尔南多·博特罗、英国画家罗宾·埃利、美国画家约瑟夫·克莱奇、英国画家本杰明·韦斯特，都这样。所以这个混血，不会让后代变笨，只会让后人更加聪明，家族里出人才，那是迟早的事。"

道吉："你俩说的，是有点道理，但我不认可。"

尕藏看看道吉，又看看我，无奈地撇了撇嘴。

我问道吉："你研究过丹尼索瓦人，那我问你，他们中的大部分，是怎么灭绝的？"

道吉："史料上记载的，是他们在五万年的时候，与来到中国的第二批智人发生了竞争，后者拥有更高级的武器，打得丹尼索瓦人节节败退，被迫迁徙到西伯利亚一带，最终在那里消亡了。"

"确实是这样。"我说，"但科学家还有另外一种解释：丹尼索瓦人，整个群体，患有严重的自闭症，不愿彼此交往，致使人口基数越来越小了。"

"自闭症？"道吉露出吃惊的神色。

"对，自闭症，这可不是我说的，是科学家分析的。"我说，"科学家认为，丹尼索瓦人可能与现代人类的自闭症患者相似，在语言、交流和社交方面有障碍。这种基因的异常，可能与他们曾经长期生活在又寒冷又封闭的高海拔环境中有关。"

道吉："嗯，我们的祖先，世世代代过的是幕天席地的游牧生活，牧场广阔，人口稀少，确实有很多人不爱说话，

是丹尼索瓦人

时间一久，患上自闭症的可能性，确实有。"

我赶紧接过话茬："所以任何人之间还得交流。这种交流，不应该仅仅局限于民族对话、商品交易这些方面，爱情和婚姻的发生，算是更深层次的交流。对吧，尕藏？"

尕藏："对对的，我认为，同族的不同阶层之间可以通婚，异族之间，只要双方家长同意，通婚的事，也是可以考虑的。知道法国人、巴西人、意大利人、俄罗斯人为啥那么好看吗？就是因为他们大多是混血人种的原因。"

我差点想为尕藏的说法鼓掌了："就是，打个比方，我们种的青稞，同一种类种得时间长了，产量就下来了，啥原因？是这种种子的品质不行，得换新的品种，甚至得换杂交的，这样才能保证生产出足够多的粮食。"

道吉："嗯，你举的这个例子，好像有点说服力。"

尕藏趁热打铁："那你再甭反对旦正草的事，行不？"

道吉："旦正草又不是青稞！"

尕藏："物种都这样，人种，也差不多。"

道吉："我说不过你们，行了吧？……不过，旦正草的事，容我再想想。"

7

忽听门外传来女人的声音："你还要想啊，我看你就答应旦正草吧！"这声音虽醇厚温柔，但语气里带着一丝请求。

道吉忙站起身，同一时间，门被人推开，一个五旬年岁的女人缓慢进来，她身材高挑，仪表端庄，脸上有着被风霜侵蚀过的痕迹。她的身后，紧跟着旦正草，眼圈红肿，显然是痛哭后的症状。

"阿妈，您也要插手这事吗？"道吉有点紧张，显出尴尬的神态。

"再不插手，你就害了旦正草了。"道吉阿妈说。

我们也起身给老人让座。老人伸出右手，手掌虚虚向下压了三下，示意我们就座，而她和旦正草，则坐在了道吉的身边。

我刚准备把尕藏和自己介绍给老人，老人就对我俩说："你俩不用介绍了，道吉和旦正草早就给我说了你们要来的事。你就是扎西，对吧？"

我连连点头："对对，老人家。"

尕藏："老人家，来的时候没见您，我还以为您串门去了。"

老人："我在厨房里给你们做羊肉藏包，还没好呢！"

道吉："阿妈，那你做好了再来吵，你看客人都饿了！"

老人："等藏包做好了再来的话，你那私心就坏了好事了。"

道吉："我哪有私心？我都是为了妹妹好！"

老人："你以为我不了解你？你和你阿爸一样，打着为别人操心的幌子，干着自己想干的事，从来就不考虑别人的感受。"

道吉："阿妈，家里的大事，你们女人们甭管哟！"

老人看看我和尕藏，对我们说："你们听听，他这是说的啥话？这话，是做儿子的该说的吗？"

我和尕藏面面相觑，不知该如何回答。

老人："有的大事，你和你阿爸决定，我没任何意见。旦正草的事，我得表个态。"

道吉："阿妈，那你啥态度？"

老人："你知道你的阿姐，现在过得好吗？"

道吉："过得好不好，她从来没给我说过。"

老人："她当然不说给你们男人，担心说了，你们就会骂她。"

尕藏插嘴说："她过得不好？"

老人："好不好，能从气色上看出来。她越来越瘦，脸色也黑黄黑黄的，这是日子过得好的样子吗？"老人看着尕藏，貌似在答复，其实就是说给道吉听。

道吉听了，咧咧嘴说："阿妈，这事，你甭表态行不？"

老人："你阿爸和你，已经毁了你阿姐，我再不表态，你妹妹，也会让你们给毁了！"

道吉："旦正草谈的对象，可是个汉民啊，阿妈！"

老人："汉民怎么了？汉民配不上我们旦正草？"

道吉："阿妈，老祖宗说了，汉藏不能通婚的！"

旦正草一听，急了："汉藏不能通婚？都啥时代了，还这样想，哼！"

旦正草红着脸拌嘴的样子，煞是可爱，我不禁笑出了声。这一笑，室内紧张的氛围顿时就变得缓和了。老人的情绪变得温和，她低声对道吉说："汉藏不能通婚？那你的这个朋友扎西的父母为啥就能通婚了？"

道吉："那不一样，他家又不是贵族。"

老人："哎，都解放七八十年了，你还贵族贵族的。"

尕藏："老人家，您这儿子，就是个犟脖颈！"

"就是，汉族、藏族、土族、蒙古族……没必要分得这么清楚。"老人说，"尕藏，你听过'和气四兄弟'的故事吗？"

尕藏："老人家，您指的是大象、兔子、猴子和鹧鸪鸟这'和睦四瑞'吗？"

老人："哦，你听过啊！"

尕藏连连点头："我不但听过，还画过呢。"

原来，在《释迦牟尼本生传》里，记载着这样一则故事：相传，在古印度波罗奈斯国时期，世尊化身为一只鹧鸪鸟，居住在噶希森林，当时，这个森林里，还住着一只猴子、一头大象和一只山兔，它们和睦相处，过着安详自在的生活。有一天，它们聚在一起，商议要分一下长幼。鹧鸪鸟指着一棵菩提树，让大家说出第一次看见这棵树的时间。大象说："我第一次看到这棵树时，这棵树和我的身体一样高。"猴子说："我看到这棵树的时候，它和我的身体一样高。"兔子说："我看到它时，它只有两片叶子，我还舔过叶子上的露珠。"鹧鸪鸟说："这棵大树的种子是我带来的。"

于是，年龄被排定，长幼已区分，也诞生了一幅著名的画作：一株高大的菩提树下，大象驮着猴子，猴子驮着兔子，兔子驮着鹧鸪鸟，鹧鸪鸟头顶，累累果实压弯了枝条。这幅画的名字，就叫"和睦四瑞图"，喻指尊老爱幼，和平相处。画作以唐卡、壁画、刺绣、雕刻等不同表现形式在藏地随处可见，寄托着民族和睦、幸福吉祥的美好愿望。

老人："那就好，和你们画家、作家在一起，我虽识字不多，不过也得讲讲古今，借这个古今，来说我想说的话。"

道吉："阿妈，你想说啥？"

老人："我觉得，这森林里的四个动物，不管鹧鸪、兔子、猴子、大象谁大谁小，它们总得一起生活。就像我们这里的民族，要一起生活，就得你帮我、我帮你，总不能你对付我、我算计你，弄得森林里整天乌烟瘴气的，对吧？"

老人的话，一下子就说到了我的心坎里："老人家说得对，对得很。"

道吉瞥了我一眼："那它们之间总不能通婚吧？"

我争辩道："它们物种不同，当然不能通婚，但人类，可是同一物种。"

尕藏："就是，我前面就给道吉说了，在国外，欧洲人和亚洲人、白人和黑人搭伙过日子的，多得很。"

道吉看着尕藏和我，嘴角勉强浮起一缕笑，不再有争辩的意思。

老人："要想过好日子，就得相互包容，以前，老祖宗说过这样的话，现在，我把这话也说给你们听。道吉，你们兄妹之间、朋友之间，也得这样啊！"

道吉沉思半晌说："阿妈，你说的有道理，有道理。"

旦正草搂住了母亲的胳膊："阿妈，我说阿哥道吉最爱听您的话，对吧？您看，您一出马，这头野牦牛就松口了！"

道吉："谁是野牦牛？"作势要打妹妹，旦正草夸张地惊叫，众人都笑起来。

老人："去看看藏包蒸熟了没？熟了就给你哥他们端上来吧！"

旦正草愉快地应了一声，笑嘻嘻地走出房间。

8

一周后，尕藏打电话给我说，旦正草来他的画室做肖像模特了，顺便还带来了她的对象，就是那个成都小伙，说实话，小伙子长得挺帅的，很适合做肖像模特。

"那你应该给他俩画个肖像，就是在一起的那种。"我说。

尕藏："那还用说？我要把民族融合的这种观点表现出来，只有树立中华民族命运共同体的观念，才能让我们的五指握成拳头，我不但要把这种观念画出来，还要拿给道吉看，气气那个犟脖颈！"

我心情愉悦，说："对，让他知道各民族融合的必要，让他知道这是大势所趋，让他知道爱情的力量。"

尕藏沉默了半晌说："其实旦正草也给我说了，她阿爸和阿哥，好像不那么反对她和成都小伙恋爱的事了。她估计，事情的反转，与我俩去她家有关，也和她母亲有关。她很感谢我俩，说道吉有这样的朋友，值了！"

我笑出了声，心里还是感觉有些疙瘩。

事实上，我对道吉的思想的转变并不持乐观态度，半生的经历告诉我：想在短时间内改变一个人的思想，是何其艰难。有时候，偶尔相聚时的深入交流，的确能暂时改变人的三观，甚至给人带来醍醐灌顶的效果，但"偶尔"之后，很多倾听者，又会回到原先的思维状态，除非有关乎自己的大事发生，否则，他还是愿意沉浸在固有的生活状态中。

也许我们都听说过：遭遇车祸或身患大病的人，在住院期间，把一切都想通了，待其恢复健康，在红尘中浸淫一段时日，他们又会被俗事所困扰。换句话说，他们又深陷到原先的生活状态中，走不出来了。

这就像原定的人生之路上，突然出现一条岔路，有人起了踏上新途的打算，有人犹豫不决，更多的人，还是选择了原先的道路。之所以出现这样的选择，归根结底，还是因为各自早已固化的思想，决定了各自的出路。或许，人生中频频出现的不如意，甚至于人生悲剧的根源，就在于此吧。

在无法预测结局之前，我只有给旦正草和成都小伙默默祈祷：但愿他俩的爱情，能瓜熟蒂落！但愿他俩的婚姻，能喜结良缘！

（原载于《西藏文学》2024年第3期）

来自牧场的女人

1

这老头儿，自来熟。他从洮州宾馆门口停放的一排私家车夹缝里挤出来，对我高声说："从洮州城到桑多镇，班车的票价是三十元，我给这个私家车司机添了五元，他还是不松口，硬要四十元！"

我有点吃惊：我根本就不认识他。就是说，他试图和一个陌生人对话。午后的阳光照在他乳黄色的毡帽上，帽檐的阴影使他圆乎乎的脸膛变得瘦削了些。说话时，他那黑色皮夹克也被太阳照得热烘烘的，我完全能感受到来自他身上的热能，竟然情不自禁地对他露出笑容。我不得不承认，我开始喜欢这偶遇的年过五旬的矮胖的老头儿了。

或许正是要迎合他的建议，我也对那脸膛黝黑的年轻人说："我也添五元，你看行不？"

年轻人的眼神犹豫了一下，只两三秒，就做出了决定，摇摇头："大过年的，面的司机都缩在家里，我只多要了十元，你们还要讲价钱，还让我们挣辛苦钱不？"

其实，我对年轻人要四十元车费，是没有异议的，也愿意给他，毕竟逢年过节跑出来挣辛苦钱，挺不容易的。但既然别人只给三十五元，我如果给四十，就是对市场交易规则的漠视。于是我只好用询问的目光看老头儿，老头儿再次讨价还价："年轻人，这洮州的边墙不是一天修成的，这人世上的钱，不是一天能挣够的，我看你还是甭硬撑了，我俩每人三十五元，走吧！"

年轻人对老头儿的劝说置若罔闻，保持着坚定的沉默。

这时，另一辆私家车出现了。老头儿忙撇开黑脸年轻人，跑过去隔着车窗问司机："去桑多镇，三十元，行不？"

司机是个戴眼镜的瘦瘦的青年，略略一想，就点头答应了。老头儿拉开车门钻了进去，坐在副驾驶位置后，摇下车窗问我："你去不去？"我点点头，坐入后排位置，扭头看车外蹲在马路牙子上的黑脸年轻人，他的脸上有一丝无奈，也有一丝怨恨。

"那个年轻人不高兴了。"我说。

老头儿将毡帽从头上取下，搁在风挡玻璃后，扭头看我："他不识时务，我老人家出手，他都不给面子，就让他干等着吧，看他还能拉几个人！"

说罢，露出得意的笑容，这笑容配上他那被毡帽压得不见样貌的灰色长发，给人一种非常滑稽的感觉。我忍住笑，对他竖了竖大拇指。

2

　　车子驶离了洮州城，车上三人，暂时都没说话。沉默如黑铁，寂寞而冰冷。我掏出手机，找到"雪莲花"的微信公众号，回看她一月前发布的文字。

　　"一觉醒来，天还没亮，山那边的鸟鸣清晰地传来。我笑了，做好了起床的打算。昨夜的酒杯，还放在茶几上，昨夜的激情还未消失殆尽。我的心里有个声音：终于开始了，开始了就好。房间里，他留下的老年男人的体味，比记忆还要清晰。多年来的困惑和焦虑，在如释重负的感喟中，变成了一种用来远离的东西。我从床上爬起来，走向穿衣镜。我看到了镜子里的自己：胸脯依旧饱满，臀部还是那么结实，只是肤色偏黑，若再白净些，就好了！窗外虽是冬天的景致，但室内的暖气，还是热烘烘的。我不想穿衣，裸身站在窗前，远处，我熟悉的那片山地牧场，清晰可见。我来自那里，现在，算是离开了那里。以前，我陷于混乱不堪的情感泥沼，挣扎着，一直走不出来。现在好了，现在，经过昨夜的事，我就成了个有依靠有方向的女人了。"

　　她的公众号，有显明的特点：一是总喜欢写一大块富有文学性的文字，不分段，但条理性强，分不分段，那意思一清二楚；二是只配一幅图，所配之图，与文字有紧密的联系，有点"图 + 文"的感觉，但图和文，似乎又能各自独立。这次，她配的图，是一幅草原清晨的远景，牛羊如黑色白色的点，一簇又一簇地点缀在偌大的草原深处。帐篷隐约可见，有炊烟袅袅升起。

"雪莲花"公众号是一文友给我推荐的，他发来名片说，你们当文艺杂志编辑的，应该多关注这样的写家。他用了"写家"这个词，成功地引起了我对"雪莲花"的兴趣。我关注了"雪莲花"，这公众号的头像，是用工笔画出的一只白色小狐，看起来有点狡黠。我象征性地留言问候，但对方却不理睬我，过了两三天，才发来一句："感谢您的关注！最近很忙，有空时聊。"我只好一边保持沉默，一边翻看她的往期的内容。

这不看不知道，一看，竟喜欢上了她的文风。

3

过了会儿，司机忍不住打破沉默，问那老头儿："老人家，你是干啥工作的？"

"我在畜牧局，和牧民打交道，不过，快退休了。"

"那你到洮州城来做什么？"

"来看我那败家子！"

"败家子？谁？"

"我侄儿。我活了一大把年纪了，没见过他那样败家的！"

我瞥了老头儿一眼，他说起侄儿时恼怒无奈的样子，让人觉得他对侄儿的不满，是与生俱来的，都成墨锭了，一时半会儿，是怎么化也化不开的。而老头儿的回答，也激起了我的兴趣。我退出"雪莲花"公众号，收起手机，脸上浮起想参与对话的那种笑容来。

司机不再追问。但我知道，带着强烈仇恨情绪的人，会主动向人倾诉他有限人生中的故事的。果不其然，老头儿开始了他的讲述——

"我那侄儿，说他是败家子，说得轻了。他爸得了重病，没治好，临死的时候，把他托付给我，要我照顾他，那时他才十五岁。也不怕你们笑话，我真后悔死了，当时干吗要答应啊！这狗东西，一长成人，就不听我的话了，畜牲都知道守院顾家呢，他倒好，净由着自个的性子胡来！我叫他念书，他偏要去放牛。我让他守家，他偏要去闯江湖。结果呢，书没念成，也不愿在家里待，满世界乱跑。十八岁前后，他安稳了一两年，后来又跑到桑多镇去了。一去就不回来，在那里找了个狗头蜂一样的女人，死活不回家。"

"狗头蜂一样的女人？啥意思？"司机说。

老头儿："没见过狗头蜂？就是那种胸大尻大腰细细的，爱在山梁上采蜜的，身上红黑红黑的大个头蜜蜂儿！"

司机："哎呀，老人家这比喻，形象得很。"

"你侄儿从不听你的话？"我问。

老头儿："小时候听话，翅膀硬了就不听了。我让他找个贤惠持家的媳妇，他倒好，就爱找狗头蜂那样的，那屁股和奶子能当饭吃？问他，他还有一套说法，说这样的女人能生养。能生养个屁，我看只会生事。在我看来，那些女人，都是天生的祸害人间的妖精，能跟你，也会跟别人，不会跟你踏踏实实过一辈子的。我是过来人，啥都看得一清二楚。"

我问老头儿："你的意思是，那女人和你侄儿没成？"

老头儿："就是，跟了几个月，就拿了我侄儿的钱，跟一个二流子跑了！"

司机："你侄儿就没去追回来？"

老头儿："哼，追个屁，那败家子只烦恼了两天，就笑嘻嘻地物色新的对象去了，时间不长，又找了个腰细奶大的。我看那败家子就是《西游记》里的猪八戒，没长心，没长肺，也没长别的，只长了个×。"

老头儿这么一说，我和司机都笑了。按我们家乡的话说，这老头儿算是个潮人，该说的，不该说的，都爱一股脑儿往外倒，活得不清透。果然，老头儿像个话痨，自顾自地往下说："你再找个女人也算好事，好好把日子过下去，多好！可那家伙，还是和第二个女人没生活在一起。他太好色，太爱寻女人，挣的钱都花在她们身上了。你说说，女人又不是矿山，犯得着那么折腾吗？真是个败家子，都快三十的人了，从不考虑结婚的事，只想着睡女人，睡睡睡，睡得天昏地暗的。我看外国那些黑人，都没他那么猛！"

我和司机都吃了一惊，对老头儿的生活，顿时来了兴趣。

司机："老人家，你真的是过来人啊！"

老头儿："你以为只有你们年轻人爱看那些片子吗？"

司机和我相顾愕然，不知该回啥话好。

司机："那你侄儿到底结婚了没？"

老头儿："后来遇到一个来镇上做生意的岷州女人，倒是收了心，和人家在一起了，但没领证。"

"那可是无证驾驶啊！"司机开了个玩笑，"不过也好，你侄儿算是走上正途了，看来岷州女人还是有办法。"

老头儿："有屁办法！那女人没安好心，一年后，也拿了我侄儿的钱，跑了！"

"好奇怪啊，你侄儿找女人，找一个跑一个，这问题，可能不在女人身上。"我说。

老头儿："你觉得我侄儿有问题？"

"对啊，好女人还是比较多的，他为啥就遇不上？"我说。

老头儿："你说的有道理，那个败家子，身上毛病确实多。祖上留给他爸的几百摞银圆，都让他给糟蹋完了！"

4

我始终认为这社会上好女人还是比较多。

"好女人"标准有没有？有。优美聪慧、温柔体贴、自尊自爱、乐观自信、耐心宽容、教养孝顺、感情专一、坚强自主……似乎都是"好女人"的标签。但这些标签之间，显然有着难以调和的矛盾，比如要"坚强自主"，就不容易做到"教养孝顺"，要"温柔体贴"，也不容易做到"乐观自信"，要"耐心宽容"，就很难做到"自尊自爱"！

不过在"雪莲花"这里，在她公众号的文字背后，我隐隐约约看到了另一种"好女人"的形象。

"高中毕业时，我没考上大学。这事，原因多，让人伤心，我不想多说。没考上大学，人生的路，当然也断不了。我不愿生活在别人异样的目光中，就去了牧场。但上学时养成的读书的习惯，却还坚持着。我想用阅读来改变我的命运。我想用结实的松木做成周正的书架，让那光亮的清漆，呈现出木头的纹理。门扇上，得装饰干干净净的玻璃。——此门一旦打开，你们就会走进我的秘界，观望到我的心地。最上层，我想摆上文史类书籍：《中国历史》《藏传佛教历史》《普贤上师言教》《名家说佛》，藏传佛教爱国主义教育学习宣传材料……更有《安多研究》和《文化玛曲》，这些书会肩并肩安安静静地站着，等待着焚香净手后的深度阅读。呵，我想这阅读，肯定能给我带来奇迹！我渴望着与世界的交流，在第二层，做好了沟通的种种准备：《藏汉大辞典》《英汉大辞典》《新概念英语》《现代汉语》《藏汉对照常用合称词词典》……我甚至接触到一把钥匙：翻译！哦，不，我其实很想架构起一座桥梁：要靠自身的努力，走向新的领域。有时，我自己问自己：你是怎样一个女孩？第三层，或许能告诉答案：《居里夫人自传》《聪明女人必读》，当红作家六六写的《女不强大天不容》。当然，我也注重那外修内养：《美育基础知识》《做人就这么简单》。我早就有了漫游的打算——《中国地图册》《西藏旅游手册》《香巴拉之旅》。我是怎样一个女孩呢？这谜底，我的朋友，你肯定无法洞悉，你只能揣测三分之一！不过，我显然和众多女孩一样，也有着情的坚守和爱的私语：在最底层摆放的书籍——《茶花女》《傲慢与偏见》《挪威的森林》《致永恒的恋人》，哪一本不是曾经让我魂牵梦绕的？我甚至买了伊丹才让的诗集：《雪域的太阳》。哦不，我其实最想当的，就是安多的月亮，要在新时代的星空中悄悄地升起。"

这一段文字，她配的图，是高山之巅安静而明亮的圆月，山下，模模糊糊能看清壮美宏大的建筑群，细加辨认，有寺院，有民居，有高楼，有街道，有行人，显然是个静美和谐的红尘，令人向往，甚至会沉迷其中。

这样的文字和图片，使我对她满是好奇。我真的好想看到现实中她真真切切的样子。

5

就像现在，老头儿的一句"祖上留给他爸的几百摞银圆，都让他给糟蹋完了"，又引起了我对这老头儿身份的兴趣。

"老人家，你是哪里人？"我问。

"洛村的。"

"哦，洛村我知道，在洮州城的北面，是个藏族村。我们洮州末代土司的头人，有个大婆娘，就是那里人，对吧老人家？"我说。

"哎，没想到你还是个有文化的人，知道这么多的典故。那大婆娘，就是我的远房娘娘！"

我和司机不约而同地偏头看着老头儿，原来这不起眼的话痨，竟是头人的外戚。这头人，虽是洮州土司的手下，但家族的声誉，在老百姓的心里是扎了根的。

"没想到老人家竟然是头人的亲戚，遇到你，真是缘分哪！"我说。

"是亲戚，真不假，不过，这都新时代了，就不提那过去的事了。"老头儿的语气里有骄傲，但也有一丝淡淡的失落。

我安慰说："老人家，过去的事，说是过去了，还是留在我们的记忆里，还是不容易忘掉的。"

"这倒是实话。"老头儿说。

司机："你侄媳妇儿跑了，就没去寻？"

老头儿："当然去寻了，没寻到，那女人用的是假名字。"

司机："到岷州去寻啦？"

老头儿："寻了，但岷州那么大，谁能寻得见？"

司机和我都不知说什么好，看不见的东西把我们的嘴封住了。老头儿却唠叨起来："再后来，那败家子又找了个牧场上的女人，名叫卢佳草，那身材，没说的，两人一见面就对上了眼。"

我插嘴道："我高中时有个同学就叫卢佳草，一不小心和美术老师好上了，结果没考上大学，只好去了牧场。你那侄媳妇和我同学，会不会是同一个人？"

老头儿："那肯定不是。这个卢佳草，能持家，心肠好，见了我很亲热，叔叔长叔叔短的。我挺高兴的，当我侄儿提出要买车跑客运时，看在卢佳草的面子上，我二话没说，就资助了他们。"

我问："就是说，这次你侄儿终于改邪归正了？"

"还是和以前一样，都是他妈的假象。"老头儿说，语气里有了一丝愤怒，"那败家子根本就不是过日子的人，他又迷上赌博了，爱摇碗子，爱斗地主，把我资助的那些钱，都打了水漂了！"

6

老头儿的愤怒，让我忽然想起"雪莲花"半年前在公众号里发布的有关赌博的文章：

"我那男人，再次夜不归宿。我知道，他又去玩金花了。金花，这么好听的名字，却是个用扑克来赌博的名称！给他打电话，他不接，连续打了五六次，他竟然关机了。我恼怒极了，一宿没睡好。第二天，都日上三竿了，他还没回来。我只好干我日常的活：挤奶，打酥油，把牛群赶入牧场。我安静地坐在凸出的山头上，我的三十一头牦牛，在向阳的斜坡上低头吃草。第三十二头，是个牛犊，一身黑白相间的皮毛，它蹦蹦跳跳地跑到我的身后。我常常这样想，也这样做：等它靠近我，我必然搂它入怀，等它以黑亮眼睛看我，我必然给它以安慰。似乎只有它在我身边，才能给我以安慰，我喜欢它，要胜过我男人才行。想到这，我不禁黯然神伤，想哭，又哭不出来。山下碧青的洮河蜿蜒南去，河边渡口，旧船不在，一座钢筋水泥的高桥，飞架西东。时光如水流逝，河东河西早已异于往昔，让人伤感，让人无奈，也许，我心，好像还有点欣慰。我知道这欣慰来自何处：实在凑合不下去了，分手，离开，也许就是最好的选择吧！"

这一次的配图，是幅居高临下的俯瞰图：一桥飞架洮河两岸，恰是初冬，山林里的灌木赤红一片，而广袤的山地牧场上，草色早已泛黄，一片肃杀荒凉的景象。

7

司机："你侄儿，看来真的是扶不起的阿斗！"

老头儿："就是，谁扶都扶不起。我那侄媳妇儿倒挺能吃苦，硬是靠那几十头牛，把家给撑起来了。"

"夫妻俩有一方能持家，这家就不容易倒！"我说。

老头儿："不，你说得不全对，能持家，也得能守家。我那侄儿，就不是守家的人，他那好色的臭毛病，还是把好端端的家，给整散了！"

司机："怎么回事？"

老头儿："那败家子败了家业，就打媳妇的牛群的主意，媳妇不答应，两人闹掰了，那败家子就到洮州城里给人盖玻璃暖房，赚点小钱。房子还没盖出来，却把主人家的老婆给盖了。那女人比他大十来岁呢，长得皮糙肉厚的，一点都不好看，估计是会耍的原因，就把那败家子给迷住了。结果呢？弄得人家两口子也离了婚。他倒好，屁颠屁颠地搬了过去，跟那女人住一搭了！"

司机："那你侄媳妇儿肯定很伤心了。"

老头儿："那还用说？侄媳妇儿一气之下，病了多半年哩！"

司机："没离婚吗？"

老头儿："离了，各过各的了。不过，我侄媳妇儿对我好，倒是常来看我。"

司机："这倒是怪事！"

老头儿："说怪也不怪，人都是有感情的，你对人家好，人家就对你好。你对人家无情无义，人家也不搭理你。"

司机似乎嗅到了老头儿话里的其他意思："这么说，对待侄媳妇儿，你有办法？"

老头儿："当然有办法。女人，心软，都喜欢被人疼，你没权没势，但只要你会疼女人，她也会喜欢你。你在人家跟前耍威风，摆架子，充好汉，人家表面上服你，其实心里早就看轻了你。我那侄媳妇儿，念过书，有想法，知书达理，又爱操心，这么好的女人，对她不好也不行哪！"

司机："她真的对你好？"

老头儿："那肯定的，就不说洗衣做饭了，有时还给我擦脸洗脚呢！"

我禁不住笑道："这种关系，不像叔叔和侄媳，倒像两口子呢！"

老头儿笑了："你说对了，她现在和我在一起呢。"

"天哪！"司机惊呼一声，连车都颤抖了一阵。

"竟然能这样？"我不相信自己的耳朵。

老头儿："你们都甭激动，我那侄媳妇，和别的女人不一样，不是个特别传统的人，她对这世事看得开，想得通。说句真心话，她可是我遇到的女人中有脏腑、能吃苦的。"

8

"有脏腑"，在桑多方言里，指的是有胸怀，有抱负，有理想，有担当。而"能吃苦"，在桑多，似乎就是女性共有的美德之一。

有脏腑的女人？能吃苦的女人？"雪莲花"的公众号里，好像写过这样一位女性：图片中，女人的侧脸有棱有角，眼神执着犀利，黑亮的头发被一一拉直，干练地垂向肩部，像极了那些 T 台上英姿飒爽的模特。

而给图片配的文字，则是这样的："我的闺蜜——金店老板周毛吉，像个商业街上的飞行者。她奋力飞向既定的目标，市场上弥漫的大雾，没有减缓她飞行的速度。她的脖颈细长，头如利刃。她浑身金光闪闪，双翅自由地向后伸展，显然是为了减轻飞行的阻力。她飞向前方，早就是离弦之箭。她一边飞行，一边定轨，任何嘘声，都不能更改她的使命。这个执着的女人，比那箭羽还要灵敏，在有限的空间只身前进，有几人一心追随？"

字里行间，流露出对金店老板周毛吉的钦佩、羡慕和追随之心。那么，这个"雪莲花"，在实际生活中，是否也是个漂亮、干练且雄心勃勃的女人？

9

女人离婚后，竟然和男人的叔叔生活在一起，这事在桑多镇，算是大新闻了。或许因为司机过于惊讶致使气息难平，车吱的一声尖叫，停下了。

往外一看，草地尽头有座雄伟的红色大山，我顿时明白：离桑多镇已经不远了。

老头儿："停啥呀？走啊！"

车子重新发动起来，车厢内传来引擎的声响，闷闷的，如公牛发出的低吼。

司机："老人家，你以前有老婆吗？"

老头儿："有啊，不过她一直没生养。正因为这个原因，我才答应我哥替他照顾儿子的。"

司机："那你老婆还健在吗？"

老头儿："二十年前就走了。"

司机："走了？啥意思？"

老头儿："就是死了呗。"

司机被这句话给噎住了，半天无语，斜看了我一眼，意思是让我接话茬。

老头儿注意到了我和司机之间无声的交流，叹了一口气说："你们年轻人，经历的事不多，好多事背后的因果，就看不透。我没了老婆，一个人生活了多年，而今遇到了这么好的女人，这就是因果。她和我侄儿过不到一起，倒和我过得来，这也是因果。也就是说，这人世间的事，该发生的，总得发生。时候到了，这事就会按冥冥中指定的那个方向走，不会再有别的路的，你们明白不？"

我说："你的意思，人和人会不会相遇，都是注定了的？"

老头儿："对，你们年轻人爱说性格决定命运，实际上，这性格，就是一种选择，这选择在催着你往你想走的路上走呢。"

司机揶揄说："所以你就和侄媳妇走在了一起？"

老头儿："我是大家族出来的人，这一辈子经历过的事，你们想都想不到。我现在想通了，人生一世，就得图活得痛快，活得心安。要痛快，要心安，就不能被那些乱七八糟的礼数给约束住。"

我说："老人家，给你开个玩笑，行不？"

老头儿："行，你说，我不在意。"

我说："你侄儿找媳妇，找一个离一个，离一个又找一个，这毛病，看来是受了你的影响吧？"

老头儿："不，他那是不珍惜，不知足。当然，他在婚姻上有太多的坎坷，也许真和我有关系，这或许是一种因果吧！"

我还想说什么，但司机按了一声喇叭，往车外一看，说话间，已到桑多镇，街道上有了三三两两的行人。

老头儿掏出手机打电话，接通后，按了免提大声说："侄媳妇儿，我到镇上了。"

只听得女人娇声回答："嗳，啥侄媳妇儿，是小猫咪！连甜话都不会说，真是个老头子。"

老头儿得意地一笑，对我和司机解释："我这侄媳妇儿，啥都好，就是不会说话！"

女人在电话那端嚷道："还有别人？你这老头子，想羞死我吗？"说罢，就断了通话。

我们三人都笑起来。老头儿是很享受的那种笑，我和司机，则是拨云见日后意味深长的那种笑。我觉得，人会笑，会用笑来表达感情，表达想法，真是件很奇妙的能力。

10

这时，我的手机传来一声嗡鸣，一看，关注的微信公众号里，有人做了更新，是"雪莲花"。和往常一样，还是图配文的惯例。但那图，瞬间就拉直了我的眼光：一个侧脸女人，眼神宁静，嘴角泛笑，正愉悦地看着前方，人物背景，是一条繁华的长街，人影幢幢，不甚清晰，但却凸现了侧脸女人的心态：满足、自信又憧憬。

图片中的女人，虽是侧脸，但给我特别熟悉的感觉。这谁啊？我在记忆中搜索了好半天，脑子里突有灵光一闪：这不就是卢佳草吗？我的高中同学卢佳草！莫非"雪莲花"就是她？若是她的话，若干年后，我们的网上相遇，是不是也是一种因果呢？

忙看为这幅图所配的文字，试图从其中找到我想知晓的信息：

"人生真的非常奇妙，在婚姻和爱情上，这种奇妙尤其令人难以置信：我本来和他的侄儿生活在一起，后来就掰了。谁知阴差阳错，一个月前，又和他走在了一起。他大我整整一轮，整整十二岁啊！这选择，虽令人意外，但一切，又都在情理之中。他真是个有趣的人，爱照顾人，会关心人，还特心疼人，私底下，竟然叫我小猫咪，我呢，就称呼他为老头子。我感觉这样真好。前段时间，我给他说，我想把牛群都卖了，牧场也租给别人，然后开个实体店，就做藏区女人喜欢的服装营销。他听了，很高兴，愿意在精神和经费上，都支持我。他说，等做得好了，再扩大经营规模，把鞋店也做起来。我依偎在他怀里，觉得自己和闺蜜周毛吉是一类人，都想拥有自己的事业，自己养活自己。而在感情上，也想有个能真真切切落到实处的婚姻。现在，我的理想的生活，开始了。在前往成都考察的那天，当飞机腾空而起，俯视窗外，我看到广袤的草原缩小为一方五彩的地毯，

我是丹尼索瓦人

168

低缓的山脉，如交颈的游龙一般。那白色黑色的斑点，已不是我记忆中牛羊的样子，是蚂蚁在搬运它们的卵。桑多河，真的是一条白练，在七色里隐身，又陡现。我觉得：千百年来这小小的世界一片静好，这天然牧歌还能在今后的世纪里，轻扬又回旋。但也深知：这世界，早已悄然改变，在这桑多河源头，定会诞生新的文明——铁路、机场、超市、高校、医院……古老的土地上，将是黄金打造的家园。我感觉到，因为他，因为他的支持他的付出，我正在东方之光的普照下，走向逐梦的坦途。是的，坦途，亲爱的老头子，这路途上，有你对我的呵护，有我对你的关爱！"

11

"雪莲花"究竟是不是卢佳草？我感觉到这谜底，似乎快呼之欲出了！

我说："老人家，你那侄媳妇，哦，不，就是卢佳草，爱写东西吗？"

老头儿："啥意思？"

"就是，就是……她爱看书吗？"

"这话你问得好，她特爱看书，有个带玻璃门的大书柜呢，里头满满当当都是书！"说这话时，老头儿的自豪感一下子就溢了出来。

"那她有没有微信公众号？"

"微信公众号？啥玩意儿？"

"就是在网上写文章给人看，类似于我们上学时教室墙面上办的学习园地。"司机插话说。

我说："对，就那种。"

老头儿思谋了半晌说："她好像爱写些日记，有一次，我想看看她写的啥，她笑着拒绝了，说日记里记的，都是她的秘密，越亲近的人，越不能看。我想这是她的自由，也是她的权利，不能干涉，就再没强求。怎么，你在网上看到她写的东西了？"

"那倒没有，我只是觉得你这俫媳妇很神秘，想了解一下。"我说。

老头很严肃地说："你这啥意思？有我了解她就行了，你了解她干啥呀？"说罢，他自己倒先笑出了声。

我说："对对对，你老人家说得对。"

司机把老头儿送到住宿楼下，一个围着红围巾的三十来岁的丰满女人，笑盈盈地等在马路对面。看那身材，果真是丰乳肥臀型的，像极了老头儿说的"狗头蜂"。老头儿下了车，走过去，女人忙做出搀扶的动作。老头儿顺势想搂住女人的腰，女人眉头一锁，打开老头儿的手。老头儿讪笑着，脸上荡漾出了满足的光晕。

我也下了车，想坐到副驾驶的位置去。老头儿以为我要送他，挥了挥手。又把嘴凑近女人耳边，嘀咕了几句。不知说了什么，那女人匆忙回头看我。这一眼看得清晰，她的眉眼，像极了我的高中同学卢佳草。

也许她也认出了我，那脸色，一下子就寡白了，接着又变得绯红。但只是一瞬之间，她的脸上也浮起了笑容，那笑容，显然是淡定的、自信的、热情的。

她朝我走过来，素面朝天，不急不缓。包裹着头颈的红围巾，像极了一团热烈燃烧的火焰。

（原载于《飞天》2024 年第 1 期）

沉　香

1

我与徐淮南的相识，源于一次作家采风活动。

我是土生土长的玛曲人，小学毕业后，跟随父亲到羚城上中学。父亲说，羚城是甘南州的州府所在地，教育资源要比县上好得多。果然，高中一毕业，我就考上了当地的一所民族师范学院，攻读旅游专业。学得越多，学得越深，我对本土旅游资源的热爱，就与日俱增，特别是对玛曲自然资源和民俗文化的研究，成为我功课学习中最喜欢的内容。大学毕业后，我通过了公务员考试，如愿进入玛曲县旅游局工作。心想事成的感觉，让我觉得这人世间的好事、美事、快意事的发生，似乎都是冥冥中注定了的。

前段时间，旅游科的九魅主任对我说，州上要组织本土的作家到玛曲采风，写诗作文，宣传玛曲的变化和发展，你熟悉玛曲，口才又好，就去给那些文人墨客们做回导游，行不？说罢，他伸出修长的手臂，试图拍打我的肩膀，那意思，仿佛要把重担压在我身上似的。

我慌忙避开了，父亲曾说过，每个人的肩上都有两盏看不见的长命灯，一旦被人不小心拍灭了，那可是危及命运的事。我虽对父亲说的这种观念持怀疑态度，但也偶尔信其有。

九魅有点尴尬，缩回了他的手。又问我，愿意当导游不？

我想了想，觉得这倒是个锻炼自己的好机会，就说，没问题，若是那些作家到了，你就给我说一声。

作家们到来的那天，我穿上高筒羊皮软靴，配上宝蓝色博拉，又将头发高高盘起。我打算给作家们留下一个秀美、干练又不乏活泼的导游形象。

穿衣打扮的效果，我是有自信的。果然，当我出现在九魅面前时，这个三十岁的男人也咂舌赞叹道，简直就是新时代的仙女嘛！又坏兮兮地问，给我当媳妇，行不？

我一口就拒绝了，你想得美！

九魅说，考虑一下嘛，你看我说身材有身材，说长相有长相，说幽默有幽默，哪里配不上你？

我说，等你把贡塘·丹白准美的《水木格言》背下来后再说吧！

《水木格言》是安多高僧贡塘·丹白准美创作的藏族格言诗，多达239首，内容分为两大部分：一部分以"水"作比喻，另一部分以"树"作比喻，其实就是用大量的比兴手法把安多地区的自然现象、民间典故和地方谚语糅合在一起，来阐释社会生活中的宗教观念、道德规范与修行方法，以此实现答疑解惑、指点迷津的目的。我特别喜欢"水格言"中以水的特性比喻人的处世智慧的那些精美感人的诗句。实际上，《水木格言》的诞生，已有二百多年了，经过时光的磨砺与淘洗，以诗教化的作用越来越突出，已然成为安多民众为人处世的生活指南。

我要求九魅背诵《水木格言》，实际上是想婉拒他的企图，但九魅似乎没听出我话里的意思。

九魅说，那可是贡塘仓的大作，长得很，偶尔说几段还可以，背是背不下来的。

我斜瞥了九魅一眼说，机会我给你了，能不能抓住，就看你的能力了。

九魅皱皱眉，若有所思地走了。

作家们到达玛曲后，第一站去的就是河曲马场，但他们似乎有点失望。大名鼎鼎的河曲马场，竟然见不到一匹河曲马。身为导游的我只好解释说："当野马被驯服成家马后，它们的主要使命，就是成为牧人的坐骑。后来，战争频发，高大、俊美、善跑的河曲马，自然而然成为将军和战士们的新宠，这也是河曲马的高光时刻。再后来，冷兵器退出历史舞台，热兵器飞速发展，作为冷兵器最为重要的配备之一的战马，也面临着被淘汰的命运。再再后来，草原上出现了新的交通工具——摩托、皮卡和轿车，早已退出战场的马匹，也失去了牧人坐骑的身份。于是，养马的牧人就越来越少了，自然而然，你们渴望一见的河曲马，在部分牧民的家里才能找到，而眼前的河曲马场，只是一个追怀历史风云的代名词了。"

我的解释冲淡了作家们的遗憾，可一缕明显能感受得到的尴尬，恰如看不见的气流，游荡在我和作家们之间。似乎为了缓解我的尴尬，一个瘦高的青年挤出人群，站到我身旁，面对大伙说，本土诗人阿信曾写过一首诗，就叫《河曲马场》，里头有这么几句："有人说，马在这个时代是彻底没用了。/ 连牧人都不愿再牧养它们。/ 而我在想：人不需要的，也许 / 神还需要！/ 在天空，在高高的云端，/ 我看见它们在那里。我可以把它们 / 一匹匹牵出来。"

这个青年，就是徐淮南。上身着浅蓝色休闲夹克衫，下身则是深蓝色束口牛仔裤，脚蹬黑色马丁靴，看起来又清爽又精神。他在诵读阿信的诗歌时，用了低沉的诵读的腔调，这种腔调，恰好准确地表达了这首诗潜在的情感。大伙听后，有人摇头，有人叹息，都感慨说，阿信的诗，写出了大家伙的心声。

但我的注意力却不在诗句中，而在徐淮南的身上。这个青年诵读诗歌时隐约可见的忧郁气质，在我的心湖上，悄悄地、轻轻地荡出了几圈涟漪。我感受到这些涟漪，它们倏然出现，缓缓洇开，又静谧地消匿于无形，那轻微的动荡，却在我脑子里有着幽叹般的回声。

我瞬间就有一种很奇怪的感觉：我可能遇到了命运中的男子。

我想抓住这个机会，打算主动出击，却有些羞怯。在玛曲，从来就是男人追求女人。女孩主动追求男人，一旦传出去，会被人笑话的。再说，这男欢女爱的事，凭什么让女孩主动呢？说不过去嘛。但若不主动，也许我就真错过这个缘分了。

思来想去，我还是厚着脸皮，找了个只有两人相处的机会对徐淮南说，我叫梅朵吉，你叫啥？

徐淮南说，我没叫啊，我干吗要叫？

我急了，嗔怪道，你就甭嬉皮笑脸了，我在问你的名字！

徐淮南笑道，开个玩笑啊，你甭生气，我姓徐，名字嘛叫淮南。

这名字听起来很舒服。

你的名字也好听，"梅朵吉"，是美好之花的意思，对不？

你懂藏语？

稍微懂一点。

懂一点藏语，很有必要，就像我懂一些汉语，感觉也挺好的。

听你介绍河曲马场的历史，感觉对于汉语你不是懂一点，是懂得很多。

听徐淮南这般夸人，我心里有种很舒服的感觉。我说，我喜欢读汉语书，也喜欢听人诵读，但怎么读，怎么诵，还是不太懂行，您能不能教教我？

徐淮南有点尴尬地问，现在？

我说，不，以后。

徐淮南干干净净的瘦脸上浮起了笑容。我从他的笑容中直觉到一丝难以言说的意味，显然，加我为友于他而言，是令他愉悦的一件事。如果主管姻缘的神灵此时出现，她会注意到这样一幕场景：我和他并肩行走在草原深处，他俊秀开朗，一身书卷气，他身旁的我深目隆鼻，身材高挑，又沉稳又体贴，这一对，应该像极了神仙眷侣。

在这想象的刺激下，我掏出手机，向他要联系方式。但在扫我的微信二维码时，他还是做出了犹豫的样子。我估计他这样做的目的，一是当有人注意到我俩互加微信的行为时，可以表明并不是他主动的，二是他要给我留下"非登徒子且颇有教养"的印象。在我的主动下，他的两个目的，都达到了。

没人怀疑我俩互留微信的动机，而我的心里，也有了徐淮南帅气而忧郁的形象。等到采风活动结束，也就是两三天时间，我俩基本上确定了异性朋友的关系。

2

从玛曲回到羚城后，徐淮南写了一篇短文发给我看。文章名为《河曲马的诞生》：

"巍峨连绵的阿尼玛卿雪山之下，有玛曲曼尔玛的乔科滩。乔科滩上，群马驰骋，自由生长，传说，正是这群胸宽背长四肢健壮的灵兽，成就了岭·格萨尔的宏图大业。我也曾记得：汉唐时期，'洮马东运'；而在北宋时期，甘南曾设马市和榷场；明清两代，又专设茶马司，来自'十二南番'的河曲宝马，再次背负起护国守家的使命。而今，这里有时雨雪霏霏，有时雷驰电掣，有时烟雨蒙蒙……当雨过天晴，霞光万道水天辉映，虽不见万马长啸垂鬃汲水，却见时代英杰驾驶豪车，在群山之巅遥望那黄河源头的日月星辰。"

我在微信上问徐淮南，这是谁写的？

你看写得怎么样？

想听实话还是恭维话？

别磨蹭了，说实话。

我沉思片刻说，从文学性上来看，没有阿信的《河曲马场》好，不过，从精神上来看，面对河曲马的消失，不伤悲，不颓废，有男儿气概，我想我还是比较喜欢的。

徐淮南说，只要你喜欢，我就满足了。

我明白过来，这短文肯定是他写的，不禁感慨说，看来你是查了资料的，佩服啊！

徐淮南说，是佩服我这个人，还是佩服我的钻研精神？

我说，都佩服。

这一番交流，我觉得我和他之间的距离，竟拉近了不少。

徐淮南说，过几天我到玛曲来看你，欢迎不？

我说，还是我到羚城看你吧，我在那里整整待了七年，感情深着呢。

徐淮南愣了一会儿才细加询问，知道我是在羚城度过中学和大学时光的，便打趣道，那时我怎么就没遇见过你呢？是不是月下老人那段时间睡着了？

我给徐淮南发去三个傻笑的表情，心湖中，再次被难以察觉的微风吹皱了几轮涟漪。不过，我不愿意把两人的感情往爱情和婚姻上扯，毕竟才认识几天，得稍微矜持点，这样既能保持淑女的形象，又不显得孟浪，不会给对方造成很容易掌控的感觉。

于是发去一个问题：你在哪个单位？又解释说，都认识好几天了，我还不知道你的来龙去脉呢。

徐淮南说，我就在州文联上班，编一本杂志，叫《格桑梅朵》，你听过吗？

我笑了，说，不但听过，还看过，看过好几本呢。

喜欢吗？

不是太喜欢，那里边的小说和散文，能看懂，诗歌作品不容易懂，得猜。

小说是老人，散文是少妇，诗歌嘛，就是你这样的未婚美女，你们的心思，谁能懂呢，也得猜啊。

我低声偷笑，"未婚美女"这个词，让我陡然间就想起仓央嘉措一首诗："在那东方顶上，升起洁白月亮。未嫁娘之身影，浮现在我心上。"未嫁娘，未嫁娘，对女人来说，是个多么有意思的身份哪。

这么一联想，就觉得徐淮南这人还是比较有趣，值得进一步交往。于是相约，利用周六周日两天，在羚城见面。

沉

香

179

3

到达羚城的那天，天气格外晴朗，确实像个草原夏日的样子。好天气给了我好心情，以至于我出现在父亲面前时，一脸的愉悦，感觉自己的精神状态与"梅朵吉"这个名字完全相符了——就像花朵一样美丽多姿。

父亲看出了我的愉悦，也感受到我的快乐，不禁问道，看来遇到好事了？

我不回答，给自己倒了杯茶，喝了一小口才说，哪有那么多的好事。哎，阿妈呢？

你阿妈听说你要来，去转经了。

她中午也去？

她说你到成家立业的时候了，想给你求个好姻缘。

我参加工作才一两年，就要找对象，就要结婚，太早了吧？

早结婚有早结婚的好处，这点道理你都不懂？

有啥好处？

我先说说坏处吧，你才参加工作，我就退休了，啥原因？就是因为我和你阿妈结婚太迟，把你也生得太迟了。

父亲的话，令我哑口无言。父亲说的是大实话，他结婚那年，已经三十五岁。迟婚的真实缘由，父亲没说过，问的人多了，就随便找了个理由：工作太忙了。我偷偷问母

我是丹尼索瓦人

亲，母亲倒是知道那么一点：好像是你阿爸看上了一个汉族姑娘，对方父母不答应，你爷爷奶奶也不答应，结果那事就黄了。

知道父亲的秘密之后，我对父亲看上的汉族姑娘，产生了一种奇异的感觉，那女人似乎就在不远处，面孔模糊，身影飘渺，与她的父母若即若离。我知道这只是自己的一缕臆想，根本捕捉不到什么，但我愿意这样想，希望那女人突然就出现在我身边，即使在茫茫人群中，她也能一眼就认出来——"虽未谋面，心已有君"。

说话间，母亲回来了，一见到我就抱怨玛曲的太阳太毒，把她的小藏獒给晒黑了！

"小藏獒"是母亲给我起的绰号，说我小时候脾气太躁，动不动就生气，像极了牧场上的藏獒。说是绰号，其实我一清二楚，这就是个昵称。似乎只有这个昵称，才能表达出阿妈对我的疼爱。

我说，阿妈，你转经去了？

母亲隐秘地一笑，对父亲说，高僧说今年是我们家的好年头。又抱住我，嘴巴凑近我耳边低声说，这好年头，可能就要落在你身上了。

我羞红了脸，嚷道，阿妈，你这是啥意思嘛！

母亲说，没啥意思，只是想让我们的小藏獒尽快找到中意的小牦牛，没小牦牛的话，有小绵羊也成。边说边对自己的男人挤挤眼睛，父亲大笑起来。

我脸上是懊恼的神情，心里却有点感动，我清清楚楚，最疼爱自己的，莫过于父母了。这么一想，心中就觉得有点甜，这甜味，又使我想起下午的约会，脑子里一下子就浮现出徐淮南帅气而忧郁的形象来。

4

还没到下午三点，徐淮南的电话就来了，他压低声嗓，故意用磁性的声音缓慢地问我，尊敬的女士，不知您的车驾是否已顺利抵达羚城，马车夫徐淮南在此久候了。

我赶忙把手机贴在耳朵上，唯恐那声音传出去，被父母听到。我制止徐淮南说，你就甭阴阳怪气了，告诉我见面的地点，我就过来。

见面的地点是在一家茶餐厅。等我赶到时，徐淮南早就静候在一间清雅的小包间里。房子坐东朝西，午后的阳光扑满室内，正是我喜欢的那种氛围。

我调侃说，哟嗬，还会挑房间啊！

徐淮南很绅士地接过我的外套，挂在墙面的衣钩上，扭头说，羚城算是你的第二故乡了，是不是有种宾至如归的感觉？

我说，你就甭贫嘴了，我家就在羚城，每隔半月，我就会回家一趟，难道每次都宾至如归？

徐淮南恍然大悟道，原来你才是本地兔鼠啊！

我被逗笑了，你才是兔鼠呢，不，你就是草原上的獭拉，又肥又萌的那个。

说笑间，我俩隔着一张低矮的茶几，面对面坐到布艺沙发上。徐淮南把菜单递给我问，你爱吃啥？这里西餐、中餐、藏餐都有。

先来杯茶吧。

爱喝啥？奶茶还是清茶？

奶茶吧，一小壶就行。

徐淮南点了壶奶茶，又为自己要了杯龙井。

我问，你不喝奶茶吗？

徐淮南说，喝不惯，一喝就闹肚子，也不知啥原因。

我"哦"了一声，第一次感觉到我和他在饮食习惯上的不同。

茶上来后，徐淮南再次让我点餐。我点了份九分熟的牛排，一份糖醋里脊，徐淮南则点了一盘发子，有肉肠也有面肠，又点了两碗蕨麻米饭。我俩点的菜合起来，竟真的成西餐、中餐、藏餐的杂烩了。

我问，你爱吃藏餐？

徐淮南说，当然啦，我这身体里，有一半的血脉，是静静流淌的高原雪水，另一半，是男耕女织的田园牧歌。

你真的是半藏半汉的混血？

我父亲是汉族，母亲是藏族，真是混血。

怪不得长得这么帅气，跟那戏台上的小白脸有一拼呢。

我这容貌，虽比不上格萨尔王，但应该比西门庆更有男子汉的味道，对不？

看把你美的！

我这样说的目的，是希望我能配得上你，自个给自个打气呢。

我噗嗤一声笑了。

徐淮南做出喃喃自语的样子，低声说，笑都笑得这么美，简直就是电影《唐伯虎点秋香》里的秋香那个小妖精。声音虽低，但控制到我恰好能听到的程度。

我说，想不到你还是个撩妹的高手啊！

徐淮南说，都是从电影里学来的，四不像，若打分的话，你看能及格不？

我给你打七十分。

要不再往上加一点，整成八十分行不？

我没搭腔，白了他一眼。

说话间，点好的牛排和糖醋里脊上桌了。我本就在家里随便吃了点午饭，觉得不太饿，但看到那牛排，食欲一下子又上来了。于是动刀动叉，切成窄窄的条块，把一大半搁在徐淮南的盘子里，少半留给了自己。

徐淮南叉了一块，咀嚼了一阵说，熟得稍微过了，有八分熟最好。

我说，不太熟的，吃了也容易闹肚子。

徐淮南说，这倒是实话，还是你会吃。

我说，你的意思，我是个吃货？

徐淮南说，不不不，你是美食家，我才是个吃货，下一步，我打算把某些人吃进肚里。

我说，别说得那么恶心，还让不让人吃饭了？叮的一声放下刀叉，佯装生气。

徐淮南嬉皮笑脸地说，玩笑开得有点过了，莫生气，莫生气啊，气多了，容易伤身体滴。他把"的"字说成了"滴"字，尾音托得长长的，有种哄孩子的味道。

我一听，笑骂道，你这家伙，真的是能说会道。又岔开话题说，你是混血儿，那你的户口本或者身份证上，写的是啥民族？

徐淮南说，你问这干啥？是不是对我有点动心了？是不是打算和我在一起？

我说，啥呀，我只是随口问问。嘴上虽这样说，心里其实已经回答了徐淮南的问题，竟然隐约有和对方成婚成家的想法，但前提是，对方应该是个藏族。

徐淮南把自己的身份证递给我。我一看，"民族"那一词后，竟是个"汉"字，一丝忧虑悄然缠上心头。又看年龄，大自己三岁，倒是蛮合适的，可以名正言顺地撒个娇啥的。这样一想，那丝忧虑似乎已消弭了形迹。

我把身份证还给徐淮南说，你大我三岁哎。

徐淮南说，女大三，抱金砖，男大三，闹翻天，我要把你闹得心神不宁，眼里心里只有我。说这话时，态度强势，语调却柔柔的，没有任何硬气感。

我霸气地回应说，你敢！

徐淮南把糖醋里脊推给我说，甭这么吓人哟，快吃点甜食，据说甜食会让心情好起来。

我问，真的假的？

徐淮南说，真的，这个观点，不止一个专家说过。

我用叉子插了一块，一品尝，真是自己喜欢的味道，心情果真就大好了。

我说，为啥没把民族身份改成藏族？

徐淮南说，想听实话吗？

别磨蹭，快说。

我爷爷不让改，老人家说，在我们这个地方，汉族本来就比较少，不改过来有不改过来的好处。

那你阿妈的意思呢？

我阿妈听从我阿爸的意思。

那你阿爸又是啥态度？

我阿爸觉得还是保留汉族的身份好，这样，家里边民族团结的味道更浓些。

哼，不是这样吧，我听说你们有大汉族观念，骨子里，是瞧不起少数民族的，对不？

冤枉啊，冤枉，都啥时代了，谁还会有这么奇怪的想法。难不成你有这种想法？

我不过是试探一下你，若你有这观念，我扭头就走，绝不迟疑，明白不？

明白，明白，我大大的明白。

说罢，我俩都笑起来，把端来发子的服务员看蒙了。徐淮南用筷子给我夹了一根面肠，又夹了一根肉肠，话里有话地说，看看，不管是面肠还是肉肠，都在你碗里。

我也用叉子叉了一根面肠一根肉肠搁在徐淮南盘子里，也话里有话地说，不管是面肠还是肉肠，都应该在这个盘子里。

这可是你说的，到时别后悔啊！

啥意思？我听不懂。

你给我装，继续装。

徐淮南一边说，一边眯眼看我，眼里尽是得意。我脸一红，低着头不敢看徐淮南的眼睛，正不知该说啥好。恰好服务员又推门进来，将两小碗蕨麻米饭上到两人面前，红蕨麻，白米饭，那一红一白的搭配，煞是好看。

我说，我最爱吃这个了！

徐淮南说，我就知道你爱吃，当然，我也爱吃。

5

自上次约会后，我俩留给彼此的印象，都格外地好。我没把与徐淮南交往的事告诉父母，但我的欢喜是挂在脸上的，连父母都能感觉得到。父亲说，我说我女儿遇到好事了，还死不承认。母亲说，有好事就好，有好事就好，高僧说得准得很啊！我说，你们都在说啥呀，牧场上的草，还没发芽呢。父亲说，只要有长的想法，迟早会长起来的。母亲说，你们甭乱说，都夏天了，那牧场上的草早就高过膝盖了。

返回玛曲一周后，徐淮南来看望我。他抵达玛曲的时间，是周六下午四点多。入住宾馆后，他邀请我去饭馆里吃饭，但我却邀请他到了单位，这里，我有一间自己的温馨房间。

我说，我父母感觉到我俩的交往了。

徐淮南说，那是好事啊。

我说，如果你继续和我交往的话，有没有来玛曲的打算？

徐淮南说，我不是来了吗？

我说，我不是这个意思，你是不是在装傻？

徐淮南恍然大悟，说，我明白了，你的意思是，如果我俩谈成了，就把家安在玛曲县城？

我目光闪躲，不好意思地说，这不过是我的想法。

徐淮南说，羚城很好啊，啥都方便。

我说，你就说你愿意不愿意来？

徐淮南说，看来你很爱玛曲，对不？

我说，就是，我是在这里出生的嘛。

徐淮南说，看来我得走阮亚寿老先生走过的路了。

徐淮南嘴里的阮亚寿，祖籍上海，20世纪60年代初，应国家号召，从上海水产学院毕业后，主动请缨，要去自然条件严酷的黄河首曲实现报国的宏愿。在西风凛冽的玛曲渔场，阮亚寿暗暗立志，要扎下科学的根须。他成功地把原产于美国加利福尼亚州的峡谷，后移植日本、朝鲜及欧洲各国的虹鳟鱼——肉质细嫩、味道鲜美的世界名贵鱼种，在玛曲饲养成功。这个来自遥远内地的知识分子,在海拔3000米以上的高寒地带,创造了玛曲有史以来的养殖奇迹。后来,他在玛曲迎娶了当地土著,成为汉藏一家的典范。他本人,也成为甘南当代人物中的一颗璀璨星辰。

我说,那你想不想做21世纪的阮亚寿?

徐淮南说,我要做21世纪的徐淮南。

我说,你不想来玛曲?

徐淮南说,不,我要来玛曲,但我不是来成就我的事业,我只是想来陪你。

我一听,心一热,情不自禁地投入到徐淮南的怀里,炽热的嘴唇主动地凑了上去。我俩边拥抱边亲吻,室内的气氛也变得暧昧起来。

这时,有人敲门。我开了门,是九魅。

九魅说,听说你这里来客人了,不打算介绍我们认识认识?

我只好把九魅让进门,对徐淮南说,这是我们单位旅游科的主任,名叫九魅。又对九魅说,他叫徐淮南,是我在羚城的朋友。

九魅说,啊呀,从羚城来的,我代表梅朵欢迎你。

我一听,有点不高兴。我知道九魅故意把我的名字叫做"梅朵",是想以昵称的方式表明他与我的关系,给徐淮南施加一定的压力。

我说,九魅主任,我俩的关系,还没到这样称呼我的程度吧?

九魅顿时有点尴尬，向徐淮南伸出手，边握手边解释说，我们私底下都叫她"梅朵"，叫惯了。

徐淮南顿时明白，他可能遇到了一个情敌。他紧握着九魅的手说，我知道您是梅朵吉的领导，非常非常感谢您对她的照顾。说罢，加大了手上的握力。

九魅抽出手说，那是肯定的，照顾和关心，都是我必须做的。说话时，是倨傲的神态，眼里藏着冷意。

九魅对我说，要不我请你的朋友去吃饭？

我说，主任，不用那么麻烦了，我们早就订好了，你若想跟徐淮南交朋友，就约到下次，行不？

九魅说，好吧，那就下次。说罢，重重地拍了拍徐淮南的手臂，拉开门走了。

房间里出奇的安静。

过了半晌，徐淮南说，你的这个领导，好像对你有意思哎！

我说，我才不要他对我有意思。

徐淮南说，看来他入不了你的法眼。

我说，你不知道，这家伙就是个色魔，听说跟他好过的女人，没有一打，五六个肯定有呢。

徐淮南说，那他在你身边，你就不感到危险？

我说，放心，都法治社会了，他不敢胡来。

徐淮南说，也对，法治社会，有法挡着，谁也不敢胡来的。又问，他是玛曲本地人吗？

我说，就是，欧拉镇的。说到这里，似乎想起了啥，脸一下子就红了。

徐淮南说，你怎么脸红了？

我说，你知道吗？他有一个绰号，难听得很。

徐淮南很感兴趣地问，啥绰号？

我说，人们叫他……叫他"欧拉种羊"。

徐淮南说，种羊？哦，我明白了，这绰号，确实难听。

我不好意思地说，不说这些了，我们还是出去吃饭吧。

6

饭后，徐淮南准备送我回单位，我说，我还是跟你去宾馆吧。

来到宾馆。徐淮南给我倒了杯自带的普洱茶，我呷了一口说，这茶我没喝过，有股甜味，好喝，我喜欢。

徐淮南说，好喝的话，以后我一直泡给你喝。

说好了哦，你得发誓。

这也要发誓？

我在开玩笑，看把你吓的。

你若让我发誓，我就发誓。

我却岔开话题说，你的名字怪怪的，淮南，淮南，啥意思？

徐淮南说，我祖先是南方人，江淮那边的，明朝时来到这里驻守边疆，从此就像阮亚寿一样扎根了，但我爷爷还是挺在意祖籍的，就给我起了这样一个名字——淮南，意思是不要忘了自己的祖先来自哪里。

我说，这含义深刻啊。又问，你有藏族名字吗？

徐淮南说，有，我阿妈叫我才让道吉。

好名字，长寿金刚的意思。

对对对，不仅长寿，而且金刚。

这名字让你这么一说，就变味了。

你啥意思？

没啥意思，你还想有别的意思？

说实话，夜深了，我还真有些别的意思，你有这个意思吗？

好吧，今晚不回了，陪你。

说罢，我主动投入徐淮南的怀抱，再次拥吻在一起。我知道，我已经爱上他了。这种爱，让我欢喜，自信，无所畏惧。徐淮南的双手在我的身上滑动着，我的身体开始战栗，就像干涸的河谷，承受了突然而起的雪崩的侵袭。

……事后，徐淮南说，你流血了。

我说，我知道。

徐淮南说，第一次？

我不回答，搂紧了徐淮南的脖颈。

徐淮南说，我听说牧区的女孩，一到十六岁就在远离父母大帐篷的地方，再搭一个小帐篷，来接待自己的情人，是不是？

就是，只要怀上孩子，就可以结婚了。

未婚先孕，别人不说闲话吗？

不会的，牧区孩子成活率低，很容易夭折，能怀上孩子，能生下来，就是天大的喜事了。

那生了孩子后，会被人嫌弃吗？

能生孩子的女人，是个宝，部落里的男人抢着要呢，谁还会嫌弃？

那不就成生育的机器了吗？

这可能就是牧区女人共同的命运吧，不过，我不喜欢这样的命运安排。

你们女人，命真苦，但也真的很伟大。

如果我怀上了你的孩子，该怎么办？

好办啊，我娶你！

我要的就是你这句话。

我知道你的意思，为了保险，要不再来一次？

你好坏啊！

话虽这样说，我的身体却有了反应，忠诚地迎了上去。

7

肌肤相亲的结果，不仅加深了我与徐淮南的感情，也使我们走上通往婚姻的道路。

我们都把已找到对象的事，告诉了各自的父母。

想象中的困难基本没有遇到。说是"基本"，是因为出现了小小的波澜——我父亲一定要见见徐淮南。当听说女儿找了个汉族小伙，这个头发渐白的老人，似乎被什么给划开了往昔的伤口。待见到诚实稳健又高大俊秀的徐淮南时，笑容也慢慢地浮现出来。又听到男孩的身上有着藏族血脉时，就一口答应了。我母亲又笑眯眯地去了寺院，回来时满面红光，仿佛年轻了好几岁。

徐淮南说，我给爷爷和父母翻看了手机中的照片，老人家点头说，这姑娘看起来不错。父亲说，只要您觉得不错，那就真不错。母亲把照片看了又看，连连赞叹，说这女孩真漂亮，还是我娃有眼光，有本事。

我说，没人反对？

徐淮南说，时代不一样了，反对也无效，你说对不，娘子？

徐淮南一叫"娘子"，我觉得浑身都酥了，这称呼，仿佛有着奇异的魔力。

我们确定了恋爱关系。两家人比我俩还急，打算选个良辰吉日，把婚事给定了，说一旦订了婚，两人算是名义上的夫妻，只要再到民政局领取结婚证，那婚姻这张铁板上的钉子，就钉牢了。

徐淮南开始考虑彩礼的事。这事定然会在订婚那天商量好，所以提前得和我透个气。按照徐淮南老家的习惯，这彩礼得准备十万多元。当他向我试探彩礼的确切数字时，我却说，就按我们玛曲那边的习俗走吧，我家给你十万元彩礼，你呢，只要给我买一身藏服，一串红珊瑚项链，再配上金耳环、金戒指、金手镯就成了。

徐淮南说，这些东西全部算上得多少钱？

我说，十万不到。

徐淮南说，那你家好像吃亏了。

我嗔怪道，你看你说的啥话，两个人要在一起生活，不在于谁家拿得多，谁家拿得少，只要你理解我我理解你，你支持我我支持你，相知相伴，相亲相爱，两个家庭都幸福美满，就足够了。

听了这话，徐淮南抱住我说，我怎么会遇到你这么好的媳妇？真是前世修来的缘分哪！话还没说完，声音就开始哽咽了。

你不要高兴得太早，这婚房，你得买。

放心，这个婚房，我买，必须的。

有一点，你也得同意，这是我阿爸阿妈的想法，就是婚礼，得办成藏式婚礼，婚房里的沙发茶几啥的，也得买成藏式的。

要不要办成藏式婚礼，我得问问家里人的意思，我估计没啥问题，不过，这茶几沙发，为啥也要买成藏式的？

你呀，看起来聪聪明明的，有时脑子怎么这么笨啊，藏式沙发和茶几，都是优质柏木做成的，虽然价格贵一些，但样式好，质量高，摆在客厅里，又显大方，又有气派，能用好多年呢。

好好好，就按你说的办，在婚礼上，我俩得互相交换戒指，这样的话，你和我，就永远也不分开了。

沉香

195

那样的话，是不是又有了西方婚礼的影子，不伦不类的，别人不会笑话吧？

那我不管，我就想这样做。

徐淮南说的，让我的脑子里瞬间就出现了一个场景——西装革履的大耳司仪要求我俩当着众多婚宴上的来宾交换各自的戒指。这虽然不是藏族人的礼仪，但又有什么让人担心的呢？我试图说服自己：既然女孩像饱满的果实一般诱人，而男孩的身躯如高耸的柏树，他们的双手，就该在交出真爱后柔情而有力地绞合在一起。

8

一切都朝好的方向发展着，就像万涓成河、百川归海那样，我和徐淮南都憧憬着美好日子的到来。

但突然就发生了一件事。

那事发生在一个秋日的下午，玛曲——这座高原上的小县城，趴窝在绵绵细雨中。这雨至今还浸淫在我的记忆中，似乎永远也无法停止。

因为阴雨，来上班的人不多，我手头暂时没啥工作，在办公室里待得格外厌倦，打算回到自己的宿舍刷刷小视频啥的。正要出办公室，九魅主任进来了。

九魅说，哦，就你一个人吗？

我说，这雨一时半会儿停不了，同事们就先回家了。

九魅说，还是你有责任心啊。

我说，主任你就甭夸我了，再夸，我会骄傲的。

九魅说，你知道吗？你骄傲的样子很美。说着，带上了办公室的门，走到我的办公桌旁，拉了把椅子坐下。

我问，主任，你来有啥事吗？

九魅说，没事就不能来看你吗？一边说话，一边观察我的穿着，夸赞道，你知道不，你穿牛仔裤的样子真美，性感得很。

我说，我可是有对象的人，你这样乱说话，别人听到会说闲话呢。

九魅说，闲话我听得多了。又说，这几天你对象好像没来看你，他就那么忙吗？

我说，他单位上事多。刚解释罢，又觉得对九魅没有解释的必要，就警惕地问，你怎么这么关心我们的事？

九魅说，我是你的领导，应该关心你们的生活，对不？

主任你管好自己的事就行了。

你给我说实话，你和你男朋友谈到什么程度了？

快订婚了，你管得可真宽啊。

哦，这么快啊！

遇到对的人，当然快啦。

你蹬了他吧，跟我一起过。

九魅的话令我反感。我说，主任，这样的玩笑可不能胡开。说罢，心里却想，这人今天怎么怪怪的，有点神经质的感觉。

九魅说，不是开玩笑，说实话，我真的喜欢你。说这话时，九魅吐字清晰，语气凝重。

我问，你怎么会喜欢上我呢？

九魅说，你就像我们那里的欧拉羊，品种好，能生孩子。边说边看向我的胸脯。

一听这话，我有点恶心，这不是把女人直接看做生育机器了吗？没想到眼前的主任，竟然还有这样的思想。有这种思想的人，不是怪胎，就是神经病吧！

这样一想，我顿时紧张起来，用双手护住胸脯，心底升起一种不祥的感觉。

我以厌恶的口气说，你都喜欢过五六个了，还没选好？

九魅说，那不一样，我跟她们是玩儿，跟你，是真的想谈，你让我背诵《水木格言》，我都背了很多了。

说着，就背诵起来，像老僧念经那样，一口气背诵了四首：

心力懦弱之人，虽获圆满亦减，
小小满池断水，便会迅速干涸。

百人有一勇士，千人有一智者，
无恼河中水金，珠宝源于大海。

言语无论多寡，做事方知此人，
河流无论宽窄，渡过方知深浅。

草尖每滴露水，皆可显现月影，

此论每一喻中，能诠轮涅诸法。

看他滔滔不绝背诵的样子，我几乎被惊得呆了。

九魅说，刚才背的，是《水格言》，我再给你背《木格言》啊，这个我最喜欢了，借树木的生长规律来探讨道德修养和处世准则，很有意思。说罢，就又背诵起来，语速比较快，那些脱口而出的句子，仿佛被狼追逐的兔子：

纵是百年古树，有朝一日必倒，

趋至三有顶者，复堕难忍恶趣。

树之凉荫平等，日月之光平等，

云之雨水平等，国王法律平等。

白色旃檀妙树，世间绝无仅有，

具足暇满人身，百般难得仅此。

九魅背诵罢，对我说，我感觉我刚才背的《木格言》的最后一首，简直就是写给你的。

你真的都背下来了？我问。

九魅说，还没背完，不过剩余的不多了，我再给你背一首，这一首专门献给你：

沉 香 ∵ ●

沉香纵剁百瓣，不舍天然芬芳，

正士如何衰败，不舍善良本性。

我说，这啥意思？

九魅说，就是说你像沉香一样，即使被剁成上百块，也不会失去那天然的芬芳。

我一听"剁成上百块"这句话，有点恐惧，一时竟不知该说什么，只好连连道谢。

九魅说，谢啥呀，你是不是该兑现诺言了？

我说，啥诺言？

九魅说，你忘了说过的话了？你说若我会背《水木格言》，就和我谈对象。

我说，那是我跟你说的玩笑话。

九魅一听，恼了，眼神瞬间变得格外犀利，问道，你说啥？你和你的领导开玩笑？

我解释说，我以为你在开玩笑，所以也就开了句玩笑。

不解释还好，这一解释，九魅就生气了，站起身，绕过办公桌，两手抓住我的双肩说，我可不是开玩笑的人，我说到做到。说着，就把我拉入他的怀抱。我奋力挣扎，始终无法脱身。就在这种撕缠与抗拒的过程中，九魅的双手在我的敏感部分走走停停，停停走走，一种异样的酥痒的感觉如溪流般汩汩涌来，之后又化为巨浪，扑打着我的身心。我失去了抵抗的能力，如一只待宰的绵羊。看到我已不再反抗，九魅的嘴角浮起一缕得意的笑意，他一把扫掉了办公桌上的物件，把我按住，就像屠夫剥离肥羊的皮毛那样，轻车熟路地剥掉了我的衣裤，然后，从我的身后进入，冷酷而霸道地占有了我温热但惊悚的胴体。

我感觉到了深深的屈辱，这屈辱来自肉体，但似乎又通过肉体，要攻击我的意志。我的心底再次萌发出一丝反抗的想法，不过这想法还没实施，就被九魅连续不断的撞击给消弭得无影无踪了。随之到来的，是那熟悉的快意的淹没感，这感觉是如此强烈，使我难以自禁地发出呻吟。这呻吟，让我突然觉得自己像个荡妇。我终止了呻吟，紧咬着嘴唇，有意识地对抗那种潮水般不断涌来的快感……"这是痛苦，不是快乐"，我的意志一而再再而三地警告着我的肉体，但没有任何作用——肉体一阵痉挛，一种强烈的释放欲瞬间自体内冲出，我颤抖了一下，又颤抖了一下。

此时，九魅抽离了我的身体。他一边提裤子，一边观察我的裸体，低声叹道，你真是一只漂亮的小母羊啊，这奶头，这屁股，啊啧啧，没说的，真没说的。他这话不说还好，一说，羞辱感恰如一座大山，又压在我身上。这种感觉来得格外真切，格外尖锐，让我疼痛，无助，且绝望。生命中最宝贵的东西虽已给了徐淮南，但在此时，我又有了最宝贵的东西再次失去的感觉。

"我真的成高僧笔下的被剁成碎块的沉香了！"

我这样想着，默默地穿好衣裤，慢慢地整理凌乱的情绪，试图从刚刚经历的屈辱中走出来。

九魅靠在椅背子上，两手扣在脑后，一脸满足的样子。他近距离地打量着沉默地整理衣裤的我，待我弯腰擦拭皮靴时，也许是牛仔裤勾勒出的曲线又勾起了他的兽欲，他起身走到我身后，抓住我的裤腰，打算把我的裤子剥扯下来。我明白自己将再次遭到侵犯，那尚未退去的潮水般的屈辱和羞耻，立刻被愤怒所替代。情急之下，我提膝往九魅的裆部撞去。只听一声惨叫，九魅甩开我，弯腰下蹲，用手痛苦不堪地护住他的隐私部位。

　　在九魅的一甩之下，我踉跄后退，跌倒在地板上。担心九魅会继续施暴，我匆忙爬起来，磕磕绊绊地冲出办公室。原打算回到宿舍，现在，宿舍显然是不能回了，只好跑到街道上。我的打算，是找一辆出租，直接去羚城。天可怜见，真有一辆出租车在缓缓驶来，我感觉那速度几乎要长过一个世纪。

　　我打开车门扑倒在座位上。司机似乎被吓坏了，颤声问，去哪里？

　　我说，羚城！快！

　　司机说，这雨一时半刻停不了，天又快黑了，你得多给些车费才行。

　　我说，你到底要多少呢？

　　司机说，五百,五百就走。

　　我连还价的心思也没有，直接说，好，快走，甭啰嗦！

　　司机缩了一下脑袋，他可能没遇到过这么粗暴的乘客。

　　半个小时后，我的心情才平静下来。掏出手机，想给徐淮南打电话，刚找到名字，想了想，还是没有拨出。只在微信里说，今晚我赶回羚城！

又没到周末，怎么就想回来？徐淮南说。

我想你了。我回复道。

<h1 style="text-align:center">9</h1>

赶到羚城的时候，已经是晚上九点。我不想把受辱的事告诉父母，就直接来到徐淮南的住处。

徐淮南在羚城有住房——一处一室一厅一卫的安置房，是他的父母从亲戚手里转买来的。从我进门的那一刻，他就观察到我的不正常：脸色发白，目光无神，一副失魂落魄的样子。我知道，他是个细心又敏感的人，他肯定知道我在微信里说的"我想你了"是话里有话，这句话，肯定掩盖了某些无法启齿的事实。

徐淮南赶忙煮了一碗面，热气腾腾地端到我的眼前。待这碗面下肚，我才缓过神来，脸上有了那种健康的红晕。

徐淮南担心地问，你到底遇到啥事？

我该不该告诉徐淮南自己被凌辱的事实呢？

我出生在牧区，对成年后的女孩另搭帐篷寻觅情人的事，不是特别反对。我曾经告知徐淮南一个事实：牧区女孩在婚前与一个甚至几个情人发生关系，不是什么可怕的事，考虑到人种繁殖这一重要因素，我甚至认为试婚是很有必要的。因此，我对九魅的侵犯行为，有屈辱，有愤怒，有仇恨，但对当时的性事，心理上虽然抗拒，身体却有点诚实地接受了。或许，对我这样的女孩来说，身体就是蕴藏且传递灵魂之声的最忠实的载体。

我说，我先……先去洗个澡。

徐淮南进入洗浴间，给我调好水，反身出来后说，你慢慢洗，在浴缸里好好休息一会儿。

我将自己沉入浴缸，温热的水拥抱着我，似乎要将我经历的屈辱和愤恨泡软、泡化。和许多经历过屈辱的女孩一样，我反反复复地清洗着下身，试图将九魅施与我的一切都清理掉。我感觉到了我的歇斯底里，我的执念，我的反常，但还是在机械地用手揉搓着躯体，仿佛唯有如此，自己才能变得干净、透彻，还原成噩梦之前的样子。等我清洗好自身，着衣而出时，已经做好了把整个事件给徐淮南和盘托出的打算。

我说，我让九魅给欺负了。

我用了"欺负"这个中性词，觉得这样说，徐淮南能够接受我失身于九魅的事实。也许正是"欺负"这个词，使得徐淮南没有考虑到事情的严重性，他说，那你为啥在电话里不说？

我说，我担心你会跑到玛曲找九魅打架，那样，事情就会变得更加复杂。

徐淮南听出事情有点不对劲，沉声问，究竟是怎么回事？

我说，你给我倒杯水，我慢慢说给你听。

徐淮南给我泡了杯普洱，那茶水在沸水的浸袭下，只一会儿就变成了暗红的血色。我浅浅地喝了一口，这一口，与其说是品茶，还不如说是静心。

我整理好思路，把自己与九魅发生冲突的过程一五一十地说给徐淮南听，说着说着，那屈辱而悲愤的眼泪就滚出眼眶，打湿了端着茶杯的袖口。

听到九魅把我拉入怀里的一幕时，徐淮南愤怒了，腾地站起身，骂道，这个狗杂种，真不是个人！又说，你有他手机号吗？给我，我要把这狗日的臭骂一顿。

我当然不会把号码给徐淮南，反而劝道，你先甭生气，听我说完。

待听到我被九魅强暴的情节，徐淮南直接蒙了，像个呆痴者，一句话也说不出来。

我在心里对自己说，我就知道是这样，是这样。心里又疼又酸，泪水顺着脸颊簌簌而下。

徐淮南终于从震惊中回过神来，他转起身说，这是犯罪行为，得报案，必须得报案。说着就要拨打报警电话。

我说，你想干啥？你不嫌事大吗？这种羞耻的事，一报案，人人都知道了，你让我阿爸阿妈怎么活人？让你父母怎么活人？你怎么活人？我能承受这种羞辱，你们能承受吗？

徐淮南说，那你说怎么办？说着，手里一使劲，竟把小茶杯都捏破了，瓷片钻入手指，鲜血一下子就冒出来，滴滴答答地落在茶几上。

我忙取抽纸给徐淮南包扎手指，谁知那血冒得快，片刻之间，就把抽纸给染红了。

我慌忙找了条休闲裤上的布带，一边包扎徐淮南的手指，一边哭着说，我不知道，我不知道该咋办。

徐淮南说，这事，你给你父母说了吗？

我说，这事能给他们说吗？说话间，手指包扎好了，这次再没鲜血渗出。

徐淮南笨拙地动了动手指，眼白微微发红，说，后来呢？

我说，后来，那家伙又想来一次，情急之下，我往他那里使劲一膝盖，估计伤到了他的命根子。

徐淮南咬牙切齿地说，伤得好，伤得好，像这样的欧拉种羊，就该让他感受到钻心的酸痛，就该让他绝种，下半辈子啥也弄不成。

我见徐淮南把九魅骂作欧拉种羊，那种愤懑的情绪竟有所消淡，不安的心境莫名其妙地趋向了平和。

我说，他欺负了我，我也给了他教训。

徐淮南说，你做得对，这种人，就该以牙还牙，以血还血。

我说，也不知道他现在怎么样了，我担心把人家伤得太重，弄不好有可能住院呢。

徐淮南恼怒地说，你这说的啥话，你才是受害者，不是他！再说，那狗东西的身体，真的像种羊那样强壮，能出问题吗？

我说，你是不是特别痛恨那家伙？

徐淮南说，我俩都快订婚了，也就是说，你快成我媳妇了，有人欺辱我媳妇，我若不生气，是不是有病？有没有脏腑？

我说，我知道你有脏腑，也知道你关心我，有你这态度，今后无论你怎么对待我，我都知足了。

徐淮南说，可我心里堵得慌，我给你讲个故事吧，与欧拉的种羊有关。

我心里想，都这时候了，还有讲故事的兴致？但嘴上还是说，你讲吧。

徐淮南说，前两天我去了乡下，看到一只欧拉羊，你是干导游工作的，对欧拉羊，应该很熟悉吧？

我说，嗯，我知道，这欧拉羊是野生盘羊与本地藏羊交配后的东西，体大肉多，是玛曲县的一个品牌。

徐淮南说，正因为这样，那个村子为了提高当地羊种的品质，在搞欧拉羊与当地绵羊的杂交实验。

我问，有那个必要吗？

徐淮南说，我也觉得没必要，那欧拉镇距离术布乡，也就半天的车程，但只要是人，总会有千奇百怪的想法，对不？

我说，对，那实验成功了吗？

徐淮南说，成功了，说是花了整整三年时间，不过，我想说的，是群尕崽娃，他们趴在羊圈外的护栏上，在看一只欧拉羊给当地的母羊配种。

我尴尬地说，那有啥看头？

徐淮南说，当然有看头了，不过，重点不是孩子们在看配种这事，而是那些尕崽娃嘴里喊的话。

啥话？

他们这样喊："身体像牦牛一样大的羊啊，留下你的种吧！卵蛋像铜铃一样大的羊啊，留下你的种吧！"

真难听！

还有比这更狠的话呢，那些尕崽娃们又喊道："等它干了好事后，留下它的皮和肉吧；等它干了坏事后，留下它的骨和血吧！"

这简直就是卸磨杀驴，他们为啥有这样的想法呢？

应该是嫉妒情绪在作怪吧。

他们才多大？不会有这样的心理吧？

那不一定，大多情况下，上梁不正，下梁就会歪，大人们平时说的话，让尕崽娃们听到，会像病毒那样传染给他们的。

你为啥给我讲这个故事？

能为啥？我现在的心情，比那些尕崽娃们还坏，我真的想扒了九魅那家伙的皮，剐了他的肉，抽了他的筋，用盆子装满他的血，只有这样，才会排除这心里的恶气。

你就这么恨他吗？

难道你不恨他？

这还用问吗！

那就对了，再说，你就没看出他也恨我吗？

实话哎，细细想来，还真有这样的感觉。

这一切，都是为了你。

我知道，我知道，不过，这不是我的错吧？

是你的错，错就错在你长得太漂亮，女人太漂亮，就是恶的源头，这你知道吧？

这个……算是吧。

什么算是吧，九魅就是恶的代表，他有一点说得对，他说你像欧拉羊，品种好，能生孩子，我看这倒是大实话。

你这话啥意思？

啥意思？我想干你，我想让你给我怀上野崽子。

说罢，徐淮南就把我扑倒在沙发上。我本能地抗拒着，徐淮南眼里掠过狠毒的光，他加大了撕扯的力度。我想了想，就摊开了躯体。整个过程中，我没有感受到他以前的温柔与呵护，这个男人似乎变了一个人，凶狠、野蛮而冷酷，浑身充满仇恨的力量，一个劲地撞击着我，手底下的抓力也格外强狠，都弄疼了我。我清清楚楚，自己是被当作对方发泄仇恨与愤怒这些情绪的对象了。这种发泄方式，却成功地唤醒了我体内的那个名叫情欲的野兽，就像九魅在办公室强暴我时出现的体验一模一样，在一阵浪涛般的战栗袭来时，我情不自禁地发出了呻吟之声。

事毕，徐淮南的脸上没有丝毫做爱之后的愉悦表情，更没有像往常那样把我拥进怀里卿卿我我，也没有再次掀起第二轮情爱风暴的意思，他似乎变得冷漠了。

我说，你是不是不爱我了？

徐淮南不回答，沉默了半晌，突然说，要不把你从玛曲调到羚城来吧。声音里带有一丝决绝。

你啥意思？我有点迷惑。

徐淮南解释道，这样，你就到我身边了，也到你父母身边了，再说，有了九魅这种丑事，再把你留在玛曲，你说我能放心吗？

我感觉到揪心的疼痛，瞬间就明白了，即使时光的巨轮已辗入了新的世纪新的时代，男人们的贞操观，还根深蒂固地扎在他们的灵魂深处，否则，徐淮南绝对不会用"这种丑事"来概括九魅强暴我的事实。

我沉默着，过了会儿才问他，有这个必要吗？

徐淮南说，有，必须这样。语调坚定，似乎没有任何商量的余地。

我只好弱弱地问，你有这方面的关系？

徐淮南说，我父亲与那边的一个领导熟，调你上来，应该没啥问题。

我说，我们不是要准备订婚和结婚的事吗？都是大事情，能顾得上吗？

徐淮南说，订婚和结婚的事，暂时停下，先把你调上来再说。

我说，那好吧，你说咋办就咋办。

说出这话时，我心里却有点黯然。不管多么爱那片土地，一旦遇到人事上的纠葛，山水之情似乎就得给人世之恶让位，这是怎样的一种悲哀啊！

我蜷缩在徐淮南的怀里，看着他。突然发现他看向我的目光，已失了怜爱的成分。我再次感受到来自情人的恍若生铁般的冷意，心中又是苦涩，又是茫然。

10

第二天上午，徐淮南上班去了。

以前，徐淮南会给我准备好可口的早餐，但今天，餐桌上空空荡荡，一片空寂。

我口中发苦，心中也空空落落。起了床，想起昨天经历的一切，竟感觉那么不真实，仿佛做梦一般。但这些梦，又是无比清晰：九魅在背诵《水木格言》之后，因为被忽视，就将我压在办公桌上，他蛮狠而有力地进入了我；徐淮南在听闻我被人强暴后，以报复之心愤怒而仇恨地再次占有了我。

我的身体，承受了他们的负面情绪，成为一种恶的容器。现在，即使时间已过了一夜，过了七八个小时，这些负面情绪，却没有消失，似乎已通过施暴者的行为，悄无声息地深入我体内，且正在努力生根、抽芽，试图繁衍出千百片恶的叶子，使我焦虑不安，又无所适从。

我洗漱梳头，简单地收拾了一下自己。镜中的我，肤色虽然略显暗淡，不过那来自肉体的青春气息还是格外醒目。我朝着自己笑了笑，这一笑，就在镜中盛开了一朵晨昕之花，心情竟慢慢地有所好转。

我决定去父母家转转。

父亲正斜坐在阳台上晒暖阳，身边圆形小茶几上，停着一杯铁观音。见我回来，高兴起来，赶忙去厨房端了奶茶和麻花出来，说，这是你阿妈刚刚做好的早点，你赶紧吃些。

我问，阿妈又去寺院了吗？

父亲说，是啊，这可是她雷打不动的日常生活。见我的脸上没有笑意，又问，好像不太高兴啊，是不是徐淮南那小子又欺负我家宝贝了？

我说，他敢！嘴上虽强硬，心里却有个声音响起："他欺负了你，就在昨天晚上，不是吗？"另外一个声音反驳道："那不是欺负，那是爱。"前一个声音说："有那样的爱吗？"后一个声音说："有，那叫因爱生恨，爱恨交加。"

父亲说，我知道他不敢的，这么优秀的姑娘，哪里能遇上？

我说，阿爸您说的都是对的。心里却想，如果说我与徐淮南的相遇，就是缘分的话，那九魅与我的冲突，是不是也是缘分呢？

父亲说，梅朵啊，你那小嘴，还是像以前一样甜啊！

我说，我说的都是实话，以前听说过这样一句话，"世上对自己好的只有父母"，我还不太相信，现在越来越信了。

父亲敏感地听出了我的弦外之音，问，有人欺负你了吗？

我忙辩解说，那倒没有，再说谁还敢欺负你女儿？脑中却有声音道："明明受了大委屈，还死装！"这个声音一下子就击中了我，我的身体微微颤抖，情绪一下子就跌到低谷。我产生了想倒在地上的欲望，双腿开始发软，那镇定站立的力量，似乎即将溢出体外。但那声音又出现了："你想让你年迈的父母也伤心欲绝吗？也轰然倒地吗？"这几乎就是一针强心剂，使得摇摇欲坠的我，瞬间就清醒过来：是的，不能倒下，一旦倒下，被强暴的事，就会暴露在光天化日之下，就会人尽皆知，我的命运，就会被彻底改写，再也无法回到既定的轨道。

我迫使自己坚强起来，我听见自己说，阿爸，你想得太多了，我知道你是为我好。

父亲说，若有人真的欺负你了，比如徐淮南那臭小子做了对不起你的事，一定给我说，我给你当后盾。

父亲的话里有开玩笑的意思，我听了，一丝感动涌上喉头，有点哽咽欲哭的冲动，但又被我抑制住了。

我岔开话题问，阿妈怎么还不回来？

父亲说，今天可能回来得迟，说是在转经后，要和她的姐妹去市场转一会儿，顺便买些羊肉和萝卜，要做一顿饺子吃呢。又说，看来我家宝贝是真有福气的人。

我说，阿爸，我是闻着阿妈味饺子的味道从玛曲赶回来的，信不？

父亲开心地笑出了声。

我说，你想去附近的山上转转吗？

父亲说，不去了，我这人喜静不喜动，你想去的话，你就去吧，我先喝会茶。

阿爸你以前特别爱喝奶茶，啥时候变了胃口，开始喝铁观音了？

一上年纪，就不爱喝奶茶了，太甜太腻，听说这铁观音，能去身体中多余的脂肪，喝得时间长了，不容易得三高。

哟，阿爸也开始注重养生了？

只有保护好自己，才能为你们操心啊，对不？

父亲的这句话，催出了我的眼泪。我悄悄拭去泪滴，笑着对父亲说，那我出去转转。父亲对我摆摆手，端起茶杯，浅浅地喝了一口。

11

我去散心的地方，是羚城的西山。

这西山说是山，其实是山脉，山连山，沟对沟，顺着低缓的山梁行走，很容易走遍羚城四面的群山。恰是深秋，山梁上一片枯黄，山腰处，莽莽苍苍的沙棘林结满细碎的果实，墨绿中透着星星点点的红，山脚的灌木丛、松木林、杨树林，红的红，绿的绿，黄的黄，是热情的油画家在阔大的画布上尽情渲染出的壮美河山。

我边走边看，边看边走，昨日的事，昨日的痛苦，渐渐离开了我的头脑，心情，也慢慢变得好起来。这时，手机铃声响起来。一看，是徐淮南。

徐淮南说，你还好吗？

我说，啥意思？

徐淮南说，我担心你想不通呢。

我说，我估计是你想不通吧。

徐淮南沉默不语。

我说，我刚才去了阿爸家。

徐淮南说，那昨天发生的事，老人家怎么看？

我没给阿爸没说。

你真的打算放过那个狗东西？

我想放过我自己。

我明白了，真是便宜那狗东西了。

这事，你心里放不下？

你知道，这不是能放就放下的事。

可我想放下它。

我知道，若不放下，只会越闹越大，对不？

对，最后被伤害得最厉害的，还是我。

那好吧，你想怎样就怎样吧。

你心里不舒服？

这事，你我都不舒服，对不？

我没有回答这个问题，也不想回答。徐淮南在电话里喂
喂了几声，见我不说话，也不再说话，三四秒后，就断了通
话。我心里陡然升起一股凉意，我知道，徐淮南已经把我看
淡了，看轻了。我俩的婚姻，有可能要泡汤了。我沉默着，

沉
香

•
•
•

215

脑子里似乎堆满了浆糊，无法正常思考。

过了会儿，我才恢复了思考的能力，刚打算把电话收入口袋，却又响起铃声。一看来电，竟然是九魅。我犹豫片刻，就很坚决地摁了挂机键。过了一会儿，铃声又响起来，一看，还是九魅，于是又摁掉了。就这样竟拒接了四次。

我不知道九魅来电想要干啥？我的心里，有一种冲动，想接通电话，听听他到底会给我说个啥，但被伤害之后的尊严和愤怒，使我做不出接听对方电话的举动。再说，假如接了对方的来电，不管对方是什么态度，什么想法，该怎么答复呢？还有必要答复吗？

正在思考间，手机"叮咚"一声响，来了一条短信："梅朵，你不接我电话，我很着急。我想给你道个歉，赔个礼。我想给你说我的内疚与不安。你应该能感觉到，我是喜欢你的，不然，我就不背诵那些《水木格言》了。因为喜欢你，又担心得不到你，我才在冲动之下，侵犯了你，但在我心里，我还是渴望你能成为我的女人。另外，我总觉得，你和那个姓徐的小伙子，不是一路人。我估计他肯定接受不了现在的你，但我能接受，我们接受的这方面的文化，和他不一样。期待你的答复。你的内疚万分的九魅。"

看完短信，我愣住了，我以为九魅强暴我，是出于兽性和欲望，是一时的激情和宣泄，但从来没想到他会因为喜欢而侵犯我。他说徐淮南和我不是一路人，是不是真的？这个问题一下子就出现在我面前，何去何从，竟让我产生了极为纠结的情绪。我茫然四顾，发现距离西山之巅，只有百米之遥。我低头前行，下定决心：打电话给九魅，听他怎么说。于是，我回拨了九魅的号。

是梅朵吗？九魅试探地问。

我不回答，有些紧张，呼吸声也变得粗重起来。

九魅听了片刻后说，梅朵，我知道是你，我向你道歉，我不该那样对你的！

我还是不说话。九魅的道歉，没有丝毫减弱我对他的恨意。

九魅说，既然事情已经发生了，你还是回到我这里吧，来做我的女人，行不？

我问，你这是真话还是假话？

九魅说，是真话，真话，我可以对着三宝发誓。又说，我从接触你的第一天起，就只有这种想法。

我说，你就不要骗我了，你都睡了那么多的女人，让我怎么信你呢？

九魅说，不不，你和她们不一样，你比她们有教养。

一听九魅说起"教养"一词，我冷哼一声，心里想，有教养能做啥啊，还不是遭了你的黑手。但还是低声问九魅，假如我答应了你，你会怎样待我？

九魅高兴地说，只要你跟了我，我会像爱护小马驹那样爱护你，跟你一起做饭、洗衣、生娃娃。

我的心里升腾起一丝不安，犹豫片刻才问九魅，你娶媳妇的目的，就是为了做饭、洗衣、生娃娃？

九魅说，在我们欧拉，娶女人回家，就是为了挤奶、打酥油、生娃娃啊，不然要媳妇干啥？

我愤怒地对着手机大声说，你我都是念过书的人，你怎么还是这样的想法？

九魅连忙解释说，梅朵，你甭生气，甭生气啊，我给你说的是实话，你想想啊，我们从牧场搬到城里，只是换了个环境罢了，你们女人在家里的作用，还是没啥变化，你说对不？

我想了想，似乎还真是这样，一时竟无话可说。

九魅又安慰道，你心里不要有啥负担，你知道，我是来自牧区的男人，牧区男人只要看中哪个女人，不管她跟谁好过，跟谁睡过，只要她能生养，就能娶来做自己的女人。

九魅的安慰话一到我耳里，就变了味：原来他重视的只是生养的能力啊！这样一想，我一时竟气不打一处来，对着手机吼道，你这话啥意思？我跟人好过又怎么了？我跟人睡过关你啥事？

九魅一听，似乎也蒙了，半晌才说，看来我又说错话了，我纠正一下，改成这样一句话"如果能娶你这样又漂亮又有教养的来做媳妇，那我是很有面子的"，你看行不？

我说，你就那么爱面子啊！说罢，就狠劲地摁断了和九魅的通话。我觉得，在爱情和婚姻这些话题上，我和九魅之间，几乎没有共同语言，我和他，是走在截然相反的道路上的两个人。

人这一辈子，说长不长，说短不短，怎么能够与没有共同语言的人过一辈子呢？

12

在与九魅通话的过程中，我已抵达山顶。我收起手机，俯瞰羚城。

四面皆群山，连绵起伏。山峦环抱处，正是父母和徐淮南生活的小城，古朴庄严的净界宝刹，森然林立的高楼大厦，和车水马龙的十字街衢，组成了这一方红尘。炊烟升腾，杂声喧嚣，尘世之光景，一言难以说尽。

看了半晌，上山时陡然滋生的好心情，再次慢慢出现了。

我忽然想从这高山之巅看看自己生活并工作的地方——玛曲，便情不自禁地踮起脚尖，朝着玛曲的方位遥遥远望。山雾升腾，河曲马场周边宽敞洁净的牧民新居，和幕天席地的大群牛羊，遥不可见。这一远眺，便觉得自己对玛曲的感情，似乎是难以割舍的。而单位的工作，对我而言，似乎也有了非常重要的意义。

于是给分管副局长打了个电话，说我在羚城这边的家里，还有要事，得请半月假。对方说，没问题，反正这季节单位上也没太大的事，你就在羚城办你的事，我给办公室主任说一声，上班后你把假条补上就成。我连连感谢。听副局长的话音，九魅和我之间发生矛盾的事，对方似乎一点都不知道。是啊，怎么能知道呢？单位上的同事因绵绵秋雨都提前下了班，无从得知那办公室里发生的事。九魅定然会顾及个人的脸面，不可能把他的糗事说给旁人听。

这一桩必然改变我的命运的事，难道真的就在时光里静悄悄地流逝得毫无踪迹？

不，有些伤口，对别人而言，无迹无痕，但对我来说，也许会永远无法痊愈。给徐淮南当正例来举的阮亚寿，就有着这样的伤口：当他在冰冷的水面上作业，当他得了无法根治的风湿性关节炎，当他的右腿落下残疾……他，终于功成名就，实现了自己的梦想。然而这功名的取得，这成就的拥有，这梦想的实现，究竟牺牲了多少更为宝贵的东西？看来不管在何地扎根，在得到荣耀的同时，必然会遇到磨难，这与其说是上天决定的，还不如说是深藏于欲望肉体中的人性决定的。

我的人生之路该何去何从，得早作决定了——

显然，徐淮南是无法接纳我被九魅强暴的事实的，虽然他没明确地说出来，但我完全能从对方的神态和口吻里感受到。既然如此，那就和他分手吧。对，分手，和心里深埋着阴影的人，又有什么凑合的必要呢？

当然，我更不可能和九魅在一起。以前，在高原上，由于种种原因，人类的生殖和繁衍确实非常艰难，女人沦为生殖机器，但现在都二十一世纪了，女人的命运，应该由自己来掌控了吧。试想，在这新的时代，和一个把"生养"和"面子"始终挂在嘴上的人生活在一起，又有什么意义呢？

然后，该怎么办呢？像易卜生笔下的娜拉那样离家出走？

不，得走自己的路，自己决定自己的命运。反正就这一辈子，爱就爱个真真切切，恨就恨个明明白白，决不能稀里糊涂过完这辈子。既然遇不到能真正对我好的男人，那还不如就先单着。对，单着，也是个办法。我眼神中闪过一丝亮光，突然想到"单身主义"这个词，是啊，"单身"，"单身者"，"单身主义"，这些词本来距离自己有点远，但现在，这些词找到了我。以前，我认为这些词暗示着可怕、不可理喻、特立独行，而今，我似乎清楚这些词是蕴含着无奈、决然、众人皆醉、孤注一掷的情绪的。

"那就只能这样了"，我对自己说，"你得离开徐淮南，也不接纳那个九魅，你的婚姻之路，得自己选择，自己走！"

这样想着，就在手机百度中搜索"单身""单身主义"等关键词，竟看到"中国单身人口突破3亿""单身主义背后的真实渴望与误解""为什么离婚后越来越多人选择单身主义？""不婚主义与单身主义的区别""单身主义与独身主义的区别"等铺天盖地的信息。我明白了，与我有着类似经历与想法的人不在少数，只不过，似乎生活在大城市里的女性，出于种种原因，选择了这条路。

既然如此，那就让我做这藏区小县城中的第一个"单身主义者"吧。若父母问起，就尽量解释。若亲戚干涉，就坚守立场。若同事议论，就选择无视。无论如何，我都要做大德笔下的沉香——"沉香纵剁百瓣，不舍天然芬芳。"

我这样想着，想着，心中一股决然，脑子里也一片清明。

叔叔派来的使者

1

晚上十一点多，达娲接到斯卿的长途电话后，就睡不着觉了。

斯卿的父亲，正是达娲的叔叔。叔叔原本是个僧人，二十世纪五十年代藏区民主改革时，跟着寺里的堪布去了拉萨，后来又去了印度。若干年后，在加德满都还了俗，入了尼泊尔国籍，迎娶当地姑娘，踏踏实实过起了日子。

斯卿在电话里说，阿佳（阿姐），我是1976年出生的，论辈分，应该是你的小妹，对不？

斯卿说的是藏语，但已不是安多这边的藏语了，带有一种英语味，鼻音很重，仿佛感冒后又喝了浓咖啡的感觉。

达娲说，嗯，那我就是你的阿佳了，我是1972年出生的。斯卿说，阿佳，我阿爸现在八十岁了，他说他想念你们，让我联系，我通过你们国家的、省上的、州上的干民委工作的朋友，费了好大劲儿，才问到了你的号码。达娲说，叔叔的身体还好吧？斯卿说，没啥大病，只是听说国内这些年变化很大，就动不动犯思乡病。达娲一听，情不自禁地笑起来，说，就是哦，我们也想你们。

斯卿说，那两位老人家还健在吗？达娲说，都去世了，阿爸活了八十六岁，阿妈活了八十三岁，对生活在高原上的人来说，这都算是长寿了。斯卿说，哎呀，太遗憾了，本来我阿爸还想回到老家看望亲戚呢，这样的话，那我就得代表他去看看你们了。

达娲说，好，你来，我们很高兴。又问，你阿妈还好吗？斯卿说，大前年就过世了。达娲一愣，知道说错话了，感慨道，哎，看来人的生命，和柏树松树相比，要脆弱多了。

斯卿说，你这话，像是作家说的。达娲说，你说得没错，我和你姐夫，还都真喜欢文学，你姐夫偶尔也写写。哎呀呀，斯卿感叹说，我也喜欢文艺类的作品，这下可有话题了。

达娲说，小妹，你还有兄妹吗？斯卿说，我家就我一个娃，按你们国内的话说，就是独生女。说着，就笑起来，好像身为独生女是件特别自豪的事似的。达娲说，那你有子女吗？

斯卿说，我是结过婚的，不过没生养，后来先生走了，就一个人过。达娲说，"走了"，啥意思？斯卿说，就是离开了这个世界的意思。达娲说，哎呀，我问错话了，对不起啊！

斯卿说，没啥对不起的，我觉得一个人过挺好。又岔开话题问，阿佳你有子女吗？达娲说，有，一个儿子，一个女儿，儿子在上研究生，女儿在上大学。斯卿说，子女双全，好福分！达娲说，有啥福分啊，为了他们，都把人忙死了。嘴里这样说，脸上却洋溢出自豪，说话的声音有点黏糊，带着幸福的味道。

斯卿说，阿佳，我听出你的骄傲啦。达娲说，你耳朵真长啊。也岔开话题说，你打算啥时候来我们这里？斯卿说，手续办好后我就出发，到的话，大概是 7 月了。又说，我会加你微信的，到时候你通过一下啊。达娲说，好的，那没问题。

结束通话后，忽然想起斯卿似乎没问自家男人的信息，一时竟有点怅然。

达娲的男人名叫龙本，是个高校教师，喜欢阅读文学作品，两人的结缘，也始于一次藏族文学交流活动，共同的爱好，使他们走在了一起。但只要说起远在尼泊尔的叔叔，龙本就露出复杂的表情，称呼对方为"那在异国他乡的可有可无的亲戚"。

当达娲告诉龙本，"那在异国他乡的可有可无的亲戚"的女儿要来看望他们，龙本皱起眉头想了半天，才说，这真的是思乡病啊，这病似乎只有跨越千山万水来到故土，看了故乡的山水，老家的老房子，老房子里的亲戚，才能治好。

达娲一听，捶了男人一拳说，那我们怎么办呢？龙本说，好办啊，接待他们，现在国家强大了，我们也很自信，有啥怕的？达娲说，谁说怕了，我问的是怎么接待？龙本说，怎么接待？那简单得很啊，到机场接机，到家里吃饭，在家酒里叙旧，就这样呗。达娲说，对对对，好像也只能这样哦。

龙本说，不过，你堂妹要回来的事，让我想起了一首诗，很有意思，我给你找找。说着，在手机上鼓捣了半天，找到了，递给达娲看。

诗名《远离与固守》，开头有个题记："2000年，我国东南沿海地区经济飞速发展，加大加深了对人才的吸引。中部、西部和北部地区的人才，告别故土，仿佛离弦之箭，快速地拥向东南沿海等发达地区。始终坚守故土的亲人，在祈愿之际，凭空生出了诸多情绪。有感于此，作诗记之。"正文部分，如此写道："从华北平原的天空里看黄河／肯定是长长的舞动的黄色丝带／但在桑多，我们看到的／只是一条腾挪而来的碧绿的蟒蛇／／从银幕上看草原／那肯定是众神出没的仙境／但在桑多，当寒冬莅临／我们只看到它随着大雪绝望地延伸／／有人去了广州，有人去了海南／有人去了北京，有人去了西藏／有人积蓄起大勇气／点燃内心的野火，头也不回地去了国外／／只我们还爱着这里／和家人一起上街，一起登山／在雪地里堆出小人／想减轻身体里因为离别而滋生的伤痛。"

达娲看罢，沉默了一会儿，想起当年叔叔的离开，和而今后人的回归，脑子里就浮现出一句话：有远离，就有坚守。她觉得这首诗恰好就写出了她此刻的感受，离恨恍若飘

叔叔派来的使者

荡的思绪，一时间眼睛有点湿润。

龙本说，看看，要哭了。达娲说，啥呀，我只是被这首诗给感动了。又问，这谁写的？龙本说，一个藏族青年写的，比你我年龄都小，你不认识他的。达娲说，他写得好，一读，就拨动了我心上最脆弱的那根弦了。龙本说，我看你是被那远方的姐妹情给感动了吧？达娲说，是啊，也许真是这个原因呢，我从没见过斯卿，倒是很想见见呢。

正说话间，有个名叫"喜马拉雅公主"的人通过微信发来好友申请，达娲明白，这人肯定是斯卿。果然，通过后，斯卿就发来一张自己的照片，附了一句"我好看吗？"细看，竟和自己长得有点像，但修眉深目，高鼻丰唇，特别耐看。

龙本说，啊呀，也是个美女啊，像你七八年前的样子。达娲说，你嫌我老了？龙本坚定地说，不是，我在间接地夸你长得漂亮。达娲乐了，又捶了龙本一拳说，你可不能打她的主意啊！龙本说，听听你说的，这是人话吗？快睡吧，都十二点了。

2

第二天中午，斯卿就要求与达娲视频聊天。接通后，视频里出现了斯卿鹅蛋般圆润的脸，镜头上下移动时，显示出了那高挑的身材，龙本的眼睛都看直了。

斯卿问，阿佳，你身边的这个帅哥，就是姐夫吧？达娲说，啥帅哥呀，就是一胖子。斯卿说，胖了好，胖了显得气派，再说，藏族男人十个里面八个胖，不胖倒不正常哎。龙本听了，虽没说话，却给斯卿连竖大拇指，脸上浮起绅士般的微笑。

达娲说，你就甭夸他了，他这人经不起夸的。又问，叔叔在吗？在的话，让我们向老人家问个好。斯卿说，在呢，在呢。说着，把镜头给了她父亲。这是个留着一头灰白长发的男人，着西装打领带，坐在黄褐色的单人沙发上，脸形瘦长，浓眉深目，张口微笑时，露出两排整洁的牙齿。看那面相，的确有达娲阿爸的样子。

达娲说，叔叔您好，我是达娲，您还好吗？老人说，我一切都好，还能吃能喝，就是身体没以前硬朗了，也走不了长路了。说话时，用的竟是地道的安多藏语。这给了达娲一个错觉，似乎镜头里的老人不在遥远的加德满都，而在隔壁的邻居家里。达娲说，身体健康就好，只要您身体好，对我们来说，就是好消息。老人说，你们那有我阿吾（阿哥）的照片吗？我想看看。

龙本忙找来了岳父的生活照。老人俯身贴近镜头，仔细打量着照片上的亲人，看着看着，右眼眼角，就滚出一滴泪水，流入嘴角。这一幕达娲和龙本没看到，斯卿却看得一清二楚，忙将镜头对着自己说，阿佳，我阿爸有点伤感了。老人摇摇头，嘴里嘟囔了几句。

达娲问，小妹，叔叔说啥？斯卿说，我阿爸要我问问你们，桑多村还好吗？达娲知道老人问的桑多镇，就是她的老家，也就是自己现在生活的地方，赶忙说，桑多村现在发展成镇子了，管着周围的好几个村子，房子、人口，还有牛羊，都翻了好几倍了。老人听着，竖着右手大拇指，对着镜头点了好一阵。随后又问，我的那些一起长大的联手，都还好吧？达娲说，哎，大部分都过世了，健在的，还有两三个吧。老人听了，用双手捂住了脸，手背上的青筋和血管如虬龙般暴起又弯曲，五指却格外修长，像极了传说中的钢琴艺术家的手掌，几乎遮住了老人的整个脸部。

斯卿忙劝慰老人，阿爸，你甭伤心，缓一会儿啊，我和阿佳和姐夫聊一会儿。老人将双手扣在两膝上，颤巍巍地站起来说，好，好，我先休息一会儿，你们年轻人多聊，有啥好消息就告诉我。达娲忙说，您放心吧，叔叔，有啥好事，我们都会告诉您的。龙本说，看样子，老人家有点激动哎。斯卿说，嗯，就是，又伤感，又激动。

达娲说，让我看看你家里的样子。斯卿就用镜头把屋子里的陈设扫了一遍，达娲边看边说，你们那边的摆设，也是沙发、茶几、地毯、藏柜、茶具、烤箱啥的，和我们这里差不多哎。斯卿说，嗯，传统的东西，都保留下来了。

达娲说，你们是独家独院吗？斯卿说，是两层楼房，有个院子。达娲说，那条件挺好的。又问，院子里也停小轿车吗？斯卿说，我家还没买小轿车呢，太贵，暂时买不起，倒是有一辆印度产的"塔塔"，据说和你们皮卡的样子差不多。龙本说，小轿车也不贵啊，十几万就能买下来的。斯卿说，十几万呀，换算成我们这边的尼泊尔卢比，就是两百多万，在我们这边最多只能买半个汽车。达娲说，你说的也太夸张了吧？斯卿说，实话，我们这边开得起轿车的人，不多，摩托倒是家家都有。

达娲说，我们这边家家都有轿车，有的家里儿女都工作的，有两三辆呢。斯卿听了连连咋舌，说，我阿爸听说中国越来越富强了，所以才起了回国探亲的打算。

龙本说，你家在加德满都的哪里？斯卿说，就在博达哈社区，姐夫你听过这个社区吗？龙本说，当然听过啊，博达哈大佛塔可是尼泊尔有名的古迹，听说是加德满都的地标性建筑，我说得对吧？斯卿说，姐夫学识渊博，佩服啊佩服。

达娲说，你姐夫是有点知识，脸皮也特别厚。

斯卿说，阿佳，你这话啥意思？龙本说，你阿佳吃醋了。斯卿说，吃醋？啥意思？龙本想了想才说，你阿佳见我和你说话，估计心里不大高兴吧。达娲说，我和妹子说话，哪有不高兴的。倒是你，动不动就插话，没一点眼色！

龙本说，好好好，我不说了，你们聊，你们聊。说罢坐在一旁，胡乱找了本诗集乱翻，边看边竖起耳朵听姐妹俩聊各自的生活状况，聊两个国家的发展变化，聊族群的繁衍与生息……听到有趣处，嘴角上扬，弯出弧度来。就这样一心两用的过程中，眼睛瞥见一首名为《土官梦见亡兄归来》的散文诗：

明永乐十三年（公元 1415 年），明成祖认为，对于如何解决番民内部的矛盾，应采取"令其各守族分，安生乐业，当纳差发，毋得互相仇杀。"只因土官的承继，也曾有过权位交接过程中的大悲剧。

——题记

那个死去很久的阿哥复活了，他衣不遮体，沿着西山残雪流出的小河，回来了。

他踏出的泥浆弄脏了他的脸，样子那么难看，好似他准备要再次死上一回。

快替他洗净脸面、梳好头发吧！

啊呀，你这英俊的家伙，你爷爷就是我爷爷，你奶奶也是我奶奶。

你的酒糟鼻，我也有，你的强盛情欲，我也没有失去。

你这个死去很久的人，你干吗回来？是想把我替换，还是想占有我拥有的一切？

好让我痛失权位，流离失所，又回到你过过的那种又潮又暗又长又黑的日子？

诗集名《桑多志》，正是先前给达娲看过的短诗《远离与固守》的作者写的。这首散文诗龙本以前也看过，品不出其好在哪里。这时与斯卿要回国的事一联系，顿时就感悟到它的好来。待到姐妹俩挂了电话，就忙给达娲说，这本《桑多志》里有首诗，写的是听说死去的哥哥要复活了，要重新回家夺取继承权，当弟弟的一下子就急了。达娲说，这和我妹妹斯卿有啥关系啊？龙本说，你就不怕你妹妹来到故乡，看到我们的好生活后赖着不走？或者在走的时候拿走你的钱财？就像阿来的长篇小说《尘埃落定》里傻子少爷的英国姑姑做的那样？达娲说，我妹妹不是那样的人。龙本说，不怕一万，就怕万一，你得做好自己的准备。达娲说，狗嘴里吐不出象牙，快滚，滚到一边去。龙本乖乖地滚到一边，继续翻看《桑多志》。

3

半月后，斯卿进入西藏，从拉萨那边乘坐飞机赶到了夏河。

龙本和达娲开着自家的轿车去接机。斯卿头戴灰色毡帽，身穿黑色紧身牛仔裤，配白色丝绸衬衣和黑色长靴，手推银灰色拉杆箱，从出站口一步步走出来时，看起来比视频中还漂亮，还有气质。

达娲把斯卿看了好半天，这才想起要拥抱对方。谁知斯卿却大大方方地抱住了她。两个女人都有点激动，甚至忘了站在一旁笑容可掬的龙本。

上车后，姐妹俩并排坐在后排。达娲正想嘘寒问暖，斯卿就激动地说起回归故乡的感受：阿佳，姐夫，你们知道吗？飞机快要降落到机场时，我从高空里俯视这夏河草原，那广袤的草地，好像缩小成了一大块绿地毯，那些低缓的山脉，看起来像极了飞舞的青龙。

龙本说，青龙？不是吧，应该是绿龙。达娲说，你甭较真吵，斯卿妹妹只是打了个比方。斯卿说，就是，那些白色的黑色的斑点，我看就根本不像我阿爸记忆中的牛羊的样子，那简直就是一群群蚂蚁，在搬运它们的卵。

龙本听了，哈哈大笑，说，你这个比方，形象得很。达娲说，看到草原河了吗？斯卿说，看到了，真的像条白哈达，在无边无际的绿里，一会儿隐身，一会儿又突然出现。

龙本问，还有啥感受？斯卿说，有啊，我觉得这千百年来，阿爸的故乡、你们的家乡一片静好，那天然的牧歌，还会在今后的日子里，随时随地地唱起来。

龙本说，你为啥有这样的感受呢？斯卿说，一到拉萨，如果没有那矗立在红山上的布达拉宫，我还以为到了纽约啊巴黎啊那样的大城市，后来，又到处见到机场、铁路、高速公路、大型超市、大专院校和高级医院，我就知道，这片古老的雪域，早就发生了数也数不清的巨大的改变。

达娲说，小妹，你说得对，甭说拉萨，就说我们这个地方，这个黄河、长江的源头，也有了你刚才说的机场、超市、大学和医院，我们把这些，叫作新时代的新文明。

龙本说，斯卿，你阿佳说的，如果翻译得文雅一点，就是这样的话：这片古老的土地上，将是老百姓用重金和信念打造出来的香巴拉。斯卿说，是的，这变化太大了，我本来

我是丹尼索瓦人

232

还不信，一来，一看，就啥都信了。龙本说，看来你阿爸记忆中的拉萨和桑多，和现在的拉萨和桑多相比，那就是截然不同的两种地方，对不？斯卿说，就是，完全就是两个世界。

达娲说，那肯定的啦，叔叔离开这里时，是二十世纪五十年代的事了，这都过去了七十多年了，能不变化吗？斯卿说，我现在明白了，阿爸当年的决定，也许是不对的，他老人家，错过了一个为故乡的富饶奉献能力的机会。龙本说，你阿爸当年离开故乡时的事，给你说过吗？斯卿说，说过，说得不多，不过我看过他的日记。龙本问，当时他是啥想法？达娲说，小妹，我也对这个感兴趣，你能说说吗？

斯卿说，这个我记得很清楚，基本上能背下来：当老百姓的檐头又挂起新的风马幡，我跟随我的上师，躬身出门，踏上长途。龙本把车停到路旁，熄了火，做出仔细倾听的样子。达娲说，还有吗？斯卿说，有啊，阿爸这样写道：我们徒步行走过的土地上，深埋着五色的矿石；我们仰望过的天宇里，生死悲喜四位尊者，驾驶着古老的高车：日和月。

龙本说，你阿爸很有才华，也有思想。斯卿说，那肯定的啦，我记得他还写道：大地之上，大鹏鸟展翅高飞，欲一鸣惊人；苍穹之下，狮子匿于丛林，得深居简出。达娲很是感慨，说，这简直就是诗歌的语言。

斯卿说，刚才我回想的这几句，好像是记述他们离开故乡时的心情的，还有几句，我觉得是写他在国外时的遭遇的。龙本说，你赶紧回忆，我有种想记下的冲动。

斯卿皱着眉头追忆阿爸写的原句：在异国他乡，我们的遭遇类似但丁，上师和我迎面撞见了母狼、狮子和豹子，当贪欲、野心和逸乐开始蛊惑我们的心灵，我们有所徘徊，有所畏惧，是在风口，是在尘中，是在我们人生之路的中途。斯卿停止了背诵，一段凝滞的沉默之后，龙本说，看来，你阿爸和他的上师，在国外的经历很是艰难，他们似乎开始反省自己的行为了。斯卿说，也许正是这样吧。

达娲说，叔叔的这本日记，还在吗？斯卿说，我问过阿爸，他说不在了，让我的阿妈给烧掉了。龙本说，啥意思，让你阿妈给烧了？斯卿说，是啊，阿妈说那本日记，就是个惹祸的东西，留不得的。后来，阿妈过世后，阿爸把好多写有文字的本子，都烧了，说也是阿妈的意思。

斯卿说完，车里陷入了异样的沉寂，只有车窗外汽车车流的鸣笛声、车噪声此起彼伏，仿佛一段悠长的时光，呼啸而来，又呼啸而去。达娲对龙本说，这些话题，说起来太沉重，我们走吧，回家后先给小妹做一顿好吃的，让她感受一下我们新时代的好日子。

4

车子驶入桑多镇，宽阔的柏油路，街道两旁整齐划一的柏树和柏树后林立的商铺与民居就扑面而来，现代文明的气息也呼之欲出。斯卿边看边发出惊叫，啊呀，这哪是个镇子啊，都抵得上一个县城了。

达娲说，那肯定啦，近二十年来，桑多大地上的村落都在发展，发展来发展去，村落和村落之间，就基本上连在一起了，村变成了乡，乡变成了镇，镇子上的人口也慢慢增加，房子越来越多，各种营生蓬勃发展，于是镇子就看起来像个小城市了。斯卿说，这种发展速度，比尼泊尔那边，要快得多了。龙本插嘴说，斯卿，你觉得发展得快好还是慢好？斯卿被龙本问住了，思索半晌，瞥了瞥龙本说，只要往好处发展，吃得好，穿得好，住得好，出行方便，社会又稳定的话，我觉得还是快一些好。龙本说，你说得对，我也觉得只有往好处走的发展，才是真正意义上的发展。

达娲伸手掐住龙本的腰拧了一下，龙本一疼，方向盘一转，差点撞在路基上。龙本说，干啥呀，没见我在开车吗？斯卿咯咯笑道，我姐看我和你聊在了一起，又吃醋了。达娲说，是啊，我看你俩还越聊越投机，是不是对上眼了？龙本说，再甭开玩笑了，我要是看上斯卿，你还不吃了我？斯卿说，姐夫说得对，我哪敢抢吃阿姐碗里的菜啊！说罢，自个就大笑起来，达娲也笑着说，我们这玩笑，开得越来越离谱了。

说话间，车子停在达娲家门口，斯卿从车上下来，目光撞击在巍峨庄重的藏式大门和高高耸立的绛红色院墙上，就用手捂住胸口说，这气派，这架势，只有以前的头人才住得起啊！

龙本却说，现在桑多一带农牧民的生活条件好了，家家户户都是这样。语气里没有一丝自豪，仿佛能住这样的房子是个很平常的事儿。待进了院子，前后左右一看，斯卿又夸张地惊叫道，哦，天哪，这正面、东面和西面，都是三层楼啊，这么多的房间，全部加起来，我看有三十间吧。达娲说，东楼和西楼上，各有八间，这北楼上有九间，一共二十五间。

斯卿说，这么多的房子，都用来干啥？龙本说，你说干啥，当然都用来住宿啦。斯卿说，住宿？住宿也要不了这么多房间吧？龙本只好解释说，这北楼是我们家人住的，一楼放杂物，二楼会客，三楼住宿，东楼和西楼，都打造成藏家乐了，专门接待到桑多镇来的游客，能住宿，能吃饭，也能娱乐，比如看电视上网啥的，都拉了网，装了 Wi-Fi，很方便的。

斯卿说，在这桑多镇上，家家都这样吗？达娲说，嗯，几乎一半的家庭都把自家的房屋和院落改造成这个样子了。斯卿说，是你们自己定的？达娲说，那倒不是，是镇政府要求的，说是桑多镇这边有寺院，有神山，有湖泊，有森林，民俗活动也多，要进行乡村振兴，就得把镇子打造成旅游区的样板村。

斯卿说，那这些钱谁来出？龙本说，那些道路啊广场啊，还有广场上的长条椅、健身器、灯具一类的公共设施，当然都是公家出，这家里边的改造费，大部分由我们自己掏，公家也会给每家每户补贴一部分经费的。斯卿说，哎呀呀，这政策好啊，我看光这院房子，就占了七八分地呢。龙本说，我们草原上，最不缺的，就是土地了。说着，得意地笑起来。

达娲说，别在院子里站了，我们都上楼吧，好好缓一会儿。斯卿说，我想先看看你们藏家乐的住宿，开开我的眼界。达娲说，那好吧，龙本你带斯卿去看看，我去准备饭菜，给我们的好妹妹接个风，洗个尘。随即喊来两个服务员，让把车上的行李提到楼上去。

龙本邀请斯卿去东楼。进入一楼后介绍说，这一层有两个标间和一个大床房，标间接待结伴来的游客，大床房大多留给情侣和单身游客。斯卿一听"情侣"二字，顿时就笑了，说，你们考虑得很周到啊！龙本也笑了，没说话。待进入房间，斯卿就语气夸张地说，有电视，有这么白这么软的被褥，哇噢，还有洗手间，梳妆台，好像啥都全了！龙本说，现在游客到这里来，要求高着呢，有美景看，有美食吃，倒是次要的了，关键是要获得良好的体验感，这才是人家外出旅游的目的，我们得跟上，不然招揽不到游客的。说着像外国人那样摊开手臂，耸耸肩，表示出夸张的无奈。斯卿又笑了，说，你这人真逗。又问，二楼呢？龙本说，二楼的三间房和一楼的一样，我们直接去三楼。

两人绕着楼梯到了三楼，推开一间，斯卿说，这一间好像比一、二楼的房间小。龙本狡黠地说，要不你再看看？斯卿说，再看也这样啊！龙本说，我的小姨子啊，你只看到了表象，这一间其实是招待三口一家的，其实是个套间，你看到的这一间，你看有沙发有茶几有床，是会客厅兼卧室，一般来说，孩子住这里，左边隔墙后是大床房，住夫妻俩。斯卿听了说，这设计合理，好像还挺人性化的哦，是你设计的？她的语气里带着一丝赞美，边说边看向龙本，眼睛亮亮的，仿佛要看透龙本似的。龙本心里一动，忽地想起斯卿小姨子的身份，那种想营造暧昧氛围的冲动就淡了下去。忙以回答对方提问的方式掩饰自己的情绪，他说，其实这里的藏家乐都是这样的设计，村委会出面弄的。

斯卿倒没大的反应，哦了一声问，隔壁也是这样吗？龙本说，那倒不是，是小型会议室，接待组团来的游客或公司随时开会用的，想看看吗？斯卿说，也看看。说着推开会议室的门，往里一瞅，果然看到棕红色长条仿皮沙发沿着窗户、南墙和西墙摆围成了长方形，每个沙发前都沉稳地放着一张本色柏木藏式茶几，北墙下打造起大约三十厘米高的主持台，其上摆放着一张办公桌和一把真皮靠背椅，也都是棕红色的，桌面上立着两个黑色话筒。一看这种布置法，斯卿顿时笑起来，边笑边说，看沙发茶几的摆法，有点自由活泼的感觉，但看这主持台的模样，又有了庄严肃穆的感觉，你们这是把两种截然不同的环境整合在了一起，你说我说得对不？龙本听不出对方是在赞美还是在批评，尴尬地岔开话题说，我们去北楼吧，估计达娲她们都准备好了。

斯卿看出了龙本的尴尬，解释说，我可不是笑话你，只是觉得你们的生活，变得越来越有意思了。龙本说，确实是这样，以前的生活慢，现在越来越快了，感觉时间都不够用了。斯卿说，你的意思我懂，看来大家伙的心湖都不再宁静了，已经泛起涟漪了，对不？龙本说，啊呀，你确实善于打比方。又说，想去西楼看看吗？斯卿说，和东楼不一样吗？龙本说，大同小异，只是内部装饰的颜色不一样。斯卿说，那就不看了，回吧。嘴里这样说，身子却停在走廊上，透过窗玻璃望着远处的东山。东山上长满森林，郁郁葱葱的，一派生机盎然的景象。看着看着，轻轻地摘下毡帽，搭在胸前，双肩微微颤动，眼里竟浸满泪水。龙本以为对方病了，忙问，怎么了？身体不舒服吗？斯卿说，没啥，没啥，父亲说，他小时候常和伙伴在东山上的树林里玩，一看到那座山，我就想起父亲了。龙本说，哎呀，你这是睹物思人，那好办啊，明天我就带你去东山树林那边，你给叔叔直接打视频，让老人家看个够。斯卿说，好啊，这样最好了。龙本说，那我们回吧？斯卿又望了一眼东山说，姐夫甭笑话啊！龙本说，不会的，我不是粗人。这一句，惹得斯卿破涕为笑。

5

于是两人下了东楼，上了北楼的二楼客厅，室内摆设和东楼会议室里的差不多，只是少了主持台。达娲正指挥服务员往茶几上摆放奶茶、鲜果和青稞酒。见斯卿来了，忙招呼对方坐下，又要求龙本去取哈达，而后，夫妻俩各持一条哈达，先后很珍重地献给了斯卿。斯卿心中喜悦，说，这古老的礼仪还在啊！龙本说，这可是老祖宗留下来的文明，怎么会丢呢？达娲斜瞥了龙本一眼说，就你贫嘴，赶紧叫大师傅上菜，我先和妹妹聊一会儿。

龙本叫服务员给斯卿和达娲倒上一杯热气腾腾的奶茶，自己去厨房催菜。过了一阵，藏饭、藏包、血肠、肉肠、牦牛肉、烤羊排、烤土豆、蕨麻米饭、糌粑点心、酸奶等藏餐，就摆了满满一桌子。看着满桌子的菜肴，斯卿说，你们的生活水平确实越来越高了。龙本说，以前物质真的匮乏，现在，只能吃酥油糌粑的日子，一去不复返了。语气里带着满满的自豪。

诸事安排停当后，龙本在三个银杯里斟满了青稞酒，用银盘托举着，让达娲给斯卿敬酒。自己则拿了酒壶，随在达娲身后。达娲说，小妹，您是叔叔派来的尊贵的使者，是我们家的福星，这三杯酒，无论如何，您得品一品。斯卿有点激动，端起一个银杯，用右手无名指蘸了酒水，往空中连续弹了三次，算是敬了佛法僧三宝，然后仰头一饮而尽，又把剩余的两杯，也喝了个底朝天。喝毕，伸舌舔去嘴边的酒滴说，这酒，是自家酿的吗？好喝！达娲说，小妹，你是行家，一喝就知道是我们自家酿的了，纯纯的青稞酒，没有一点勾兑的成分，要不再喝三杯？斯卿说，等会再喝，我先把手头的事给办了。

达娲和龙本都露出奇怪的表情，齐声问，啥事？斯卿说，我们这里是不是有个霍尔卡加村？龙本说，是有这样一个村子。斯卿说，我阿爸说那里的居民，都是从尼泊尔来的，是不是？龙本说，这个事情，我还真了解，那是清朝乾隆年间的事了，我们这里的第二世嘉木样遵照第六世班禅的法旨，依照后藏江仁钦宗的弥勒佛殿的形式，邀请了一部分尼泊尔工匠来到夏河，建造了拉卜楞寺院内的弥勒佛殿，就是那座位置最高的建筑，人们叫它"大金瓦寺"。斯卿说，竟有这样的典故啊。龙本说，这些尼泊尔工匠，那可是真正的大匠人，开始的时候，他们把佛殿修成了平顶样式的，是木石结构，外石内木，高六层，进深五间，是典型的尼泊尔建筑特色。斯卿说，姐夫说得对，这种特色的建筑，我熟悉。龙本说，那当然，本地历史，还是很有研究价值的。达娲说，你就甭卖弄了，快说后面的。龙本说，后来，大概是光绪年间吧，寺院住持又捐资整修，在平顶上覆盖了歇山式的金顶，金顶上镶嵌了鎏金铜狮啦铜龙啦宝瓶啦法轮啦之类的法器，当晨光普照的时候，这些法器就与四角飞檐相互辉映，特别好看。

　　达娲问龙本，你的意思是那些匠人还在这里？龙本说，就是，我曾经查过资料，也问过一些夏河县志办的专家，他们说这些匠人，在佛殿竣工以后，做出了影响子孙的重大决定：不再返回故土，而是长期留居在距离寺院八公里的霍尔卡加村，也就是说，这些匠人的后代，而今已经成为地地道道的藏人了。斯卿感慨说，是时间，让他们在这里生根开花，又开枝散叶了。龙本说，对，看来时光不是流水，而是那些镀了金的圣器。斯卿说，姐夫这话，我不太懂，不过我阿妈生前给我阿爸也说过，这些匠人中，就有我阿妈的祖先。达娲说，我明白你为啥要打听他们的消息了。

斯卿说，我这次到桑多，按照阿爸的意思，带了些钱，一共六百万尼泊尔卢比，兑换成人民币的话，将近三十万，其中一半，是捐给霍尔卡加村的，另一半，是给桑多镇的。阿爸说这是他的夙愿，叫我一定完成，把心意带给生他养他的故乡。达娲说，没想到叔叔还有这样的心愿，看来你确实算是叔叔派来的使者了。

斯卿说，是啊，作为使者，我得完成使命，你们能联系一下这两方的负责人吗？龙本思索片刻说，你的身份比较特殊，所以这事算是公事了。在我们这里，公事就是大事，我得联系一下桑多镇的负责人，看他们怎么说，是啥态度。达娲说，那你赶紧问啊，镇政府那边你不是有熟人吗？

龙本说，好，我这就联系。走出客厅，到走廊里打电话。十多分钟后，满脸笑容地走了进来，说，我问过镇政府的朋友了，他专门去请示了领导，领导说非常感谢来自远方的亲人的善举，不过这几年与前些年不一样了，以前，镇上能接受这样的捐款，现在政府有规定，不能接受来自国外的类似的善举了，即使是国内的私人性的捐款，也不能接受。斯卿说，我能问问是啥原因吗？龙本说，原因很简单，就是我们的国家已经富强起来了，地方的发展与繁荣，政府时时都在关心着，比如说只要地方有规划，国家就出政策出资金，地方呢，就出人力和物力，也就是说，与地方发展有关的任何一件大事，任何一个环节，不再靠别人，也不能靠别人，全靠我们自己。

斯卿一听，神情有点颓然，说，这么严格啊！龙本说，是呀，要求很严的，不过，叔叔想捐给霍尔卡加村的那笔钱，也许成呢，但还是得联系一下村委会，听听他们的想法。斯卿说，那我们现在就过去问问？龙本说，不急，不急，我们先吃饭，我给村委会主任打个电话，让他过来，我们面谈。斯卿说，好吧，那你现在就约，我们边吃边等。

6

等了大概半小时，听得院子里有人在打招呼。龙本出去一看，是两男子，一个矮而胖，一个高而瘦。矮胖的，是桑多镇镇长，圆头圆脸圆身子，甚至那打招呼的手，也圆鼓鼓的。高瘦的，是霍尔卡加村主任，也在向龙本挥手，脸上一缕笑，有点腼腆，看起来甚是厚道。龙本明白镇长和主任，可能有所沟通，竟相约着一起来了，于是把两人邀请到北楼二楼客厅。

两人一进门，镇长就像变戏法似的从怀里摸出条白色哈达，双手展开，托举给斯卿说，远方的客人，欢迎您来到桑多镇。斯卿慌忙接住，挂在自己脖颈上。正在招呼来客入座，却见村主任也掏出条蓝色哈达，恭敬地献给斯卿说，远方的亲人，欢迎您回到故乡的怀抱。斯卿见对方已将自己认作亲人，心里感动，眼睛也有点湿润了。

龙本招呼来人分宾主坐定，安放了碗筷，才隆重地向镇长和村主任再次介绍斯卿，说了她的身份和来到桑多镇的目的。

镇长说，斯卿，前面我的同事给我说了您的事，我也给同事说了我的想法，但转眼一想，必须得找到您，当面给您说清楚。本来这事应该在办公室里说，那样显得正规些，正好村主任来找我，我俩就一起来了，您甭见怪啊！斯卿说，其实在这里说，更好。龙本说，就是，在这里说，就像是一家人在说话，没啥躲躲藏藏的。

镇长说，龙本说得对，您父亲他老人家今年高寿？身体还行吧？斯卿说，阿爸今年80岁了，身体还可以。镇长说，在我们草原上，80岁真的算是高寿了。达娲说，镇长，斯卿今天来桑多，是代表她阿爸来的，她阿爸的想法，您看该咋办？

镇长说，老人家的想法，特别让人感动，也特别让人佩服，我在这里先谢过了，不过，我的态度，还是和电话里说的一样，老人家的心意，我们领了，但钱，是万万不能收的。斯卿说，那为啥呢？镇长说，是这样的，我解释解释啊，我们这个镇子，与草原上千千万万的镇子一样，是在共产党的领导下为老百姓谋福利的，既然是谋福利，就得为老百姓考虑利益的问题，而不能反过来，伸手向老百姓要钱，您说我说得对不？斯卿说，可我不是你们的百姓啊。镇长说，您这话可见外了哦，凡是从这个镇子出去又回来的，我们都认为是我们的亲人，对吧，主任？村主任连连称是。镇长又说，只要亲人来了，我们就特别开心，礼，是万万不能收的，收了，就不合我们的规定和要求，是违反党的纪律的行为，我可不能手软，也不敢松口，所以你们得理解，理解我们的难处。

斯卿说，哦，这既然是镇上的规定，那我就不再勉强了，不过……斯卿看向村主任，又说，主任您应该能接受我们的心意吧？

村主任说，这事龙本在电话里一说，我高兴极了，赶紧召集了村里的老人，来商量这事，他们听说有亲人从远方来，比我还要激动，要求我一定给您敬上三杯酒呢！

说着，就站起来，在三个银杯中斟满青稞酒，而后手托银盘面对斯卿唱起来：第一杯美酒，要献给神圣的三宝，祝愿三宝吉祥如意。声音响亮圆润，似乎在酥油里浸过，听起来格外舒服。唱罢，村主任把一只酒杯端起，示意斯卿饮酒，斯卿连忙敬了佛法僧，然后一饮而尽。待斯卿喝了第一杯酒，村主任又唱起来：第二杯美酒，献给敬爱的父母，祝愿父母吉祥如意。唱这一节时，声音里带着深情，仿佛父母就在身边一样。唱罢，斯卿又喝了一杯。村主任接着唱道：第三杯美酒，要献给远方的亲人，祝愿亲人吉祥如意，吉祥如意，吉祥如意。竟把"吉祥如意"重复了三遍，声音入心，旋律动情，听得斯卿眼含泪花，感觉说话就是多余，只把酒杯端起，喝了个干干净净。

镇长说，看来，啥都不用说了，一切都在酒杯里了。龙本说，这连说带唱的，弄得我都要哭了，达娲，我俩也给他们敬几杯吧？达娲说，对对对，必须敬，必须敬。

于是龙本执盘，达娲斟酒，分别给斯卿、镇长和村主任一一敬了酒。刚敬完，镇长就抢过酒盘，给斯卿补敬了三杯。斯卿也在达娲的暗示下，给镇长和村主任回敬了酒。随后，斯卿、镇长和村主任三人，又给龙本夫妻俩各敬了三杯。一番敬酒，大家都觉得喝得快意，这才坐回自己的位置，吃肉的吃肉，夹菜的夹菜。

7

斯卿说，主任，您还没说要不要我们的心意呢！村主任看了看镇长，镇长说，看我干啥，你和村里人怎么商量的，就老老实实地给人家说呗。

村主任说，是这样的，斯卿，您和老人家的心意，我们一定领了，但这个钱的问题，不好办，如果收了，您高兴，您的阿爸肯定也高兴，我们当然也很高兴。斯卿听了，也高兴地说，那就收了吧。村主任说，不行，不能收，这笔钱我们没有资格收。斯卿说，为啥呀？村主任说，我听龙本在电话里说，您阿爸从桑多离开后，其实是吃了很多苦的，你们辛辛苦苦地积攒起来的生活费，假如让我们一舌头给舔了，我们自己也感觉不好消化啊！斯卿说，那有啥呀，是我们心甘情愿拿出来的。

村主任说，不过，我和村里的老人们想了个好办法，您想听吗？龙本嚷道，再甭卖关子了，赶紧说。村主任说，我们村里现在办了好几个合作社，有种黑木耳的，有种狼毒菌的，有养蕨麻猪的，我们想，就把这笔钱纳入到其中一个合作社，就是说，让您阿爸和您入个股，成为股东，等到有了效益，年年分红，您看行不？斯卿还没表态，镇长就一拍大腿说，这可是好点子好办法啊。龙本也觉得这想法好，鼓掌叫好。达娲则端起酒杯给村主任，说，我得给想出这办法的人，敬一杯。

斯卿说，那我这个使者，得给阿爸好好说说，你们可能已经猜到了他的想法，他只想用捐款这种方式，来表达他的想念、他的感恩、他的内疚呢。镇长说，要说想念和内疚，我们也有啊，这样吧，我提议啊，我们就端起酒杯，为霍尔卡加村的合作社有了新股东而干杯！众人连说好，龙本赶忙又找了两个银杯，给自己和达娲斟了酒，五只酒杯碰在一起，发出了清越动听的声音。

龙本说，今个这个聚会好啊，我有点激动，必须得给大家唱首歌才能尽兴。镇长说，对啊，龙本是我们本土的文艺家，是得拿出真本事，来，赶紧给大家来一首。

龙本站起身，端起一杯酒，眼睛看向斯卿，目光渐渐收敛，沉稳而又低缓地唱道：桑多河畔，每出生一个人，河水就会漫上沙滩，风就会把野草吹低，桑多镇的历史，就被生者改写那么一点点。唱罢，说，这是第一段，我先干一杯。然后，又端起第二杯，开始清唱：桑多河畔，每死去一个人，河水就会漫上沙滩，风就会把野草吹低，桑多镇的历史，就被死者改写那么一点点。唱罢，饮尽杯中酒，又端起第三杯：桑多河畔，每出走一个人，河水就会长久地叹息，风就会花四个季节，把千种不安，吹在桑多人的心里。

唱罢，一仰头，把第三杯灌进喉咙里。镇长问，这是新歌？龙本说，嗯，我自编自唱的。镇长说，真好听，唱完了？龙本说，还有一段最重要的。说着，给自己又斟了一杯，端起来继续唱道：这桑多镇的历史哟，早就被那么多的生者和死者改变得面目全非，出走又回来的人，希望您能再次拥有这里的一草一木。

唱完后，紧盯着斯卿说，这最后一段，献给来自远方的亲人。斯卿起身，伸开双臂拥抱龙本，一行热泪悄然流下。她轻手拭去泪水，也给自己斟了一杯，举起，和龙本的酒杯一碰，一饮而尽。醇厚的液体滑入口腔之际，她的身体轻颤着，仿佛喝下去的不是美酒，而是一种承诺，一种心愿，一种解脱。

镇长想了想，示意达娲把银盘里的每个酒杯都斟满，然后说，我提议，为龙本的美好愿望而干杯！众人再次叫好，喝尽杯中酒。

村主任说，那我也提个建议。达娲赶忙给大家斟满酒。村主任说，我想以生活在桑多镇的尼泊尔工匠后人的身份，盛情邀请斯卿和她阿爸，回到霍尔卡加村，和我们一起饮酒，一起唱歌，一起享受这新桑多的新生活。镇长说，说得好！龙本说，对，一起品尝这杯中的美好。

斯卿端起酒杯，目光依次在龙本、达娲、镇长脸上缓缓扫过，最后落定在村主任脸上，她抿紧嘴唇，眼中又蓄满泪水，感觉想说啥又说不出来，只好仰起修长的脖颈，喝尽杯中酒香四溢的真情。她突然觉得，桑多之行，对她而言，已无法用言语来诉说、来交心了。

（原载于《鄂尔多斯》2025 年第 5 期）

敬　礼

1

那件事发生后，住进羚城医院的前四五天里，一到晚上，我就无法入睡，我确信自己得了失眠症。这失眠的缘由，显然是因为那件事的发生，直接导致我深藏的耻辱感，如那天突降的雪花一样，从心底的深渊里诞生。

事件的枝枝叶叶，每时每刻都在自在生长，我想抑制其无穷尽的蔓延势头，几乎是不可能的。尤其到了晚上，当窗外的世界回归宁静，它的枝叶就越发清晰，像慢镜头那样，一帧一帧地在我脑海里显现。即使我想加快播放的速度，纷乱的画面中也会有一些细碎的画面，频频闪现，挥之不去。我只好睁大眼睛，看着灰蒙蒙的天花板数羊，从一数到百，从百数到千，但令人昏昏欲睡的那只"羊"，始终没有到来。

又过了两三天。这期间听到消息的亲朋好友陆陆续续来看望我。在他们反反复复的追问中，我成了一名熟练的讲述者。我像祥林嫂那样一遍又一遍对来访者讲述事情的始末，就像一次又一次穿行在痛苦、羞辱、悲伤、无奈挖出的隧道中。我所经历的一切，在不断讲述中，化成了只有我自己能听到的心底的叹息。而听者们，一阵表现出猎奇的兴趣，一阵露出愤怒的神情，一阵又是同情，在告别之际，几乎都要给我加油打气，要我抗争，要我坚持，要我一定要等到肇事者得到惩处才作罢。

我频频点头，感谢他们给我带来安慰和勇气，但同时，又觉得自己似乎跌入了一个旋涡，人们潮水一般来了又走，旋涡里只有我自己。

不过，"讲述"这种交流方式似乎有着非常奇特的作用，渐渐地我感觉胸中郁结竟奇迹般地化掉了一些，就好比窗外暗夜中偶尔经过的车辆碾过柏油路的声音，先从远处呼啸而来穿越我的耳鼓，占据我的脑子，粗暴而不容拒绝；之后又呼啸而去，将我的各种情绪都抽扯出，拉远，寂然而去了。时间——这个伟大的魔术师也悄然登台，她悄悄地弥合着我的伤口，让我在不断讲述和回忆中，明确地感受到伤痛的感觉被她一毫一厘地带走，压在我胸口的某种情绪，也变得越来越淡了。显然，这个看不见摸不着的魔术师，对现在的我来说，比眼前的医生和护士更有治愈心灵创伤的魔力。

如此这般，不知不觉中，从住进医院至今，已经快半个月了，我心灵和肉体的双重创伤，似乎得到了平复。连续三四个阴天过后，今天，终于迎来了久违的晴日。当温暖而洁净的晨光透过窗户落到病床上，落到我寂寞的脸上的时候，那让人的灵魂都微微颤动的幸福感，我又体验到了。我愉悦地呼吸着带有阳光味的甜丝丝的空气，看着窗外高原海子般宁静的碧空，情不自禁地长长地舒了一口气。

2

这时，病房门被人轻声敲响。

"请进。"我说。

我以为是护士，谁知推门而入的是个头发微卷的青年，着黑色夹克衫，搭配宽松的牛仔裤，手里虽拎着一个笨重的大包，但看起来挺精神的。

"你是？"我迟疑地问。

青年笑了，放下包，坐在病床旁的三人沙发上。

羚城是个小县城，住院病房的配置，竟显得很人性化：单人间里有一张单人床，还配一张三人沙发，便于陪护者起居，但更多时候，却成全了来访者们——毕竟坐在沙发上聊天，有点儿像在家里拉家常。

青年从口袋里掏出一个扑克牌大小的酒红色小本，翻开，递给我说："苏奴您好，打扰您啦，我是《羚城周末》的记者，今天过来，想采访一下您。这是我的记者证，您看看。"

我接过来一看，封皮上果然写着"新闻记者证"五个字，内页上，有青年的照片和"羚城周末"等字样。照片上的青年看起来眉目清晰，理想远大，眼前的他满脸阳光，意气风发。

我说:"哦,《羚城周末》,这报纸,在我们羚城挺有名气的。"这不是敷衍,是心里话。我虽然文化程度不高,但喜欢读书看报,私下里,也用笔名写些小文字,算是个文学爱好者。

"我就知道您肯定知道《羚城周末》。"青年自豪地说。

看了看青年的名字,我说:"你叫才让扎西?这名字好啊,在我们这里,十个人名里,有两个就叫这,意思好——长寿吉祥,我们每个人,都想长命百岁,吉祥如意。"

才让扎西笑了:"嗯,我这名字确实常见,算是长辈对后辈的一种期望吧。"

我说:"就是,才让扎西,哦,不,我还是叫你扎西吧,这样显得亲近些。"

扎西说:"这个您说了算。"又接上原先的话题:"听您说喜欢《羚城周末》,我打心眼儿里高兴,您爱看我们报纸上的哪些内容?"

他这一问,引起了我的表达欲,我说:"第三版的《人间万象》栏目,好多年了,内容都是我们身边的人和事,故事性又强,很接地气,我真的爱看。不仅我爱看,我的好多联手们(西北地区方言,指朋友),也爱看。"

扎西又笑了,一边打开提包,从里头取东西,一边对我说:"啊呀,这次,就是因为这个栏目的稿子,专门来找您的。"说着,取出一台摄像机和支架,熟练地组装在一起,摆在床尾,镜头对准了我。

我问他："你这是干啥？"

扎西说："采访您啊，有声音，有图像，有事实。"

我听了，心里不高兴。我不是个喜欢抛头露面的人，尤其不爱在镜头前露脸。说起原因，并不是像老人们担心的那样，一旦照相或录像，就会把灵魂摄走，成为行尸走肉啥的，而是不愿成为被别人关注的对象，活在别人茶余饭后的八卦中。有人说，自媒体时代每个人都是"公众人物"，现在像我这样的，应该叫"社恐"。其实，我只是把自己定性为生活在桑多一带不起眼的小人物，混迹于芸芸众生之中，而不要出现在公众的视野里。

于是我说："不行，你想继续聊，就收起你的摄像机。"

扎西有点儿蒙，但还是很听话地把摄像机装回大包里，又从袋子侧面取出本子和笔，还有一枚打火机大小的东西。他把那玩意儿轻摁了一下，那东西的一处，亮起了绿灯。

我问："这是啥东西？"

扎西解释说："录音笔，我担心记不全，得录一下，这个……您不反对吧？"

我说："不反对。不过，我说的话，你拣着用，不要一股脑儿都发出去。"

扎西把录音笔放在我的床头说："您放心，这个，我是有分寸的，我也是守规矩的人。"

"那就好。"我说。

扎西说："我们还是从《羚城周末》的《人间万象》说起，您肯定知道，这个纪实性栏目的文章，大多是反映咱们老百姓的大事小情的，有时由记者写，有时由作家写，不管谁写，都得走到老百姓的生活中去，所以采稿编稿，挺费时间和精力的。"

我表示理解："采访过程肯定辛苦，也受过很多委屈吧？"

"我当记者两三年了，说长不长，说短不短。委屈，确实受过，不过，没有您这次经历的委屈……您这次经历的，简直是凌辱！"

这家伙，不愧是当记者的，一下子就把话题引到我的心病上来了，看来，他有备而来。我在犹豫，但心里有个声音说，都发生了，有啥不好说的？再说，已经给亲戚朋友反反复复说了好多次了。只犹豫了片刻，我就下了决心：说出来，就当是再、再、再给朋友诉一遍苦吧！

于是我开了口："唉，有些人，有些事，是躲不过去的。"

扎西："我阿爸也说过类似的话，他说命中注定要来的，根本就躲不过，只能认真地面对。"

我问："你阿爸干啥的？他信命？"

扎西："不，他不信命，他是个中学教师，算是知识分子，他相信这世间万物的运行，都有规律可循，他说万事都有因果，这因果，就是规律。"

我说："看来你阿爸不是一般人！"

扎西："嗯，当然，您也不是一般人，前两天我听说了这次您遇上的事，很吃惊，所以今天专门过来，想做个深入了解。占用您宝贵的时间了，抱歉啊！"

敬礼·····

我笑了笑，算是应承了扎西，又说："其实没必要抱歉的，这两天我有的是时间。你看我一整天都躺在这床上，都缓了快十天了，伤势好像还没完全好。再说，一天到晚就这样躺着，也挺焦虑的，聊聊也挺好。"

扎西："好，那我问了啊。您这次经历的事，比较复杂，如果我问了不该问的问题，您可以不回答，可不能生气！"

我说："生啥气啊，你阿爸不是说事情发生了，就得认真面对吗？"

扎西："那就好，那就好。"

"哎，你们从哪里听说我的事的？这事儿，我只给亲戚朋友们说过。"我反问。

扎西又笑了，似乎意识到有些不礼貌，忙解释道："您想想啊，一个大活人，青天白日下被捆在电线杆上，这不管在羚城，还是在桑多镇，都算是大新闻了。"

不解释倒好，这一解释，我那即将弥合的伤口，又被他很温柔又很残忍地揭开了。

我不高兴地说："大新闻？不，对我来说，这可是大丑闻。"

扎西尴尬地挠了挠头。

我说："你甭紧张，这事与你无关，你想啊，好端端的，突然间祸从天降，一点儿预兆都没有，我就成了连你们记者都惊动了的名人。这样想来，有点儿魔幻，也有点儿心悸，唉。"

事后我在回忆和讲述的时候，也时常陷入怀疑：真的发生了吗？这一切是不是我在脑海中臆想出来的幻象？如今心悸的感觉还在，它说明一个问题：我，确实是这事件的亲历者。

3

现在，扎西进入了记者的角色。只在瞬间，他整个人的精气神都变了，冷静、执着，眼眸里有团凝聚的光亮。

他问我："事情发生前，真的一点儿预兆都没有？"

我也回到了事发之前，搜索与扎西的询问有关的信息。现在想来，倒是真有几点：一、天气不好。桑多一带海拔高，近三千米，属高原气候，虽说早已过了春分，但还处于严寒，天气阴而冷，令人不适。二、一个客人，两辆出租车，无论上了哪一辆，对另一辆车的司机而言，都是件让人懊丧的事情。三、棕发青年。他一头棕发，看起来就不像个善茬儿。不过，这些都是"马后炮"，那一天跟往常确实没有什么不一样，在高原上拉客谁没遇上过几个坏天气。

"你知道我是个出租车司机，对不？说实话，我热爱这工作。"

我告诉扎西，那天，因为要去桑多镇，路有点儿远，我就想多拉几个客人。等车上陆续坐定三个客人，我下车喊了几嗓子："桑多镇，桑多镇，缺一人，就差一个人了。"这一喊，对面出租车上下来一个人，西装革履，像个干部。我看见车主是个把头发染成棕色的青年，瘦高瘦高的，见客人要换车，他拉住那人不放，客人恼怒地说："我赶时间，等不住！"棕发青年只好松开手。客人向我走来，但不看我，直接上了车。我听见棕发青年骂了一声，接着又"砰"的一声关上了车门。

我说："要说预兆，这也是个预兆，但我没在意。我当时只想一件事：既然客人已满，就该一脚油门，出发。你说对不？"

扎西点头，"那棕发青年，就是打您的人吗？"

我说："就是，除了他，还有他的两个朋友，都是二十岁左右的年轻人，流里流气的，火气大，手上没轻没重的。"

扎西突然问我："您今年多大了？"

我不清楚扎西问我年龄的目的，但还是回答说："我大他们十来岁，论辈分，能当他们的叔叔了。"

"拉客的车，是您买的吗？"扎西问。

这不废话吗？我们自己买车，之后加入出租车公司，统一管理，统一行动，这叫有组织有纪律。但我明白，扎西这样问，只是出于习惯，该走的流程，还是得走的。

我老老实实地告诉扎西："嗯，就是，年前买的，上海大众，上到路上，前前后后花了我十三万呢。"

说到"十三万"这个数字，我的心抽搐了一下，是的，年初为了筹措这笔钱求爷爷告奶奶，东拼西凑的情形，又在脑海里快速地"播放"了一遍。

"车还好吧？"扎西问。

"前风挡玻璃被他们砸了个洞，其他地方，倒没啥损坏。"说这话时，我的口气淡淡的。

扎西这时才在本子上记了一两段。他拿碳素笔的样子有点儿怪，笔尖与纸面的斜度比较小。我在上中学时爱看笔迹鉴定的书籍，记得一个外国心理学家分析过，这种执笔方式，显示出了执笔者的心思：在纸面上留出更大的视野，以便自己能总览全局。我对这种分析将信将疑，反倒相信一点，这样的执笔者，性格肯定和别人不一样。这能从扎西写的汉字中看出来：字迹一律向左倾斜，不像个安分守己的人。

"您不心疼吗？"扎西打断了我的思考。

"啥意思？"我疑惑地问。

"我的意思是，风挡玻璃被人砸了，您肯定很心疼吧？"

我瞥了扎西一眼："那肯定心疼了。"又解释说："你不知道，我能买上车，很不容易。"

扎西："能说得详细些吗？"

我点头，整理了一下思路说："高中毕业那年，我没考上大学，当时，伤心了好一阵子，觉得自己不是能当干部的料。后来想通了，觉得条条大路通罗马，何必硬往一条路上挤，也就没去复读高三。我想既然上学的路断了，那就只剩一条路，当个好农民，务弄几亩地，春耕秋收，娶妻生子，踏踏实实地过自己的日子。但是，再后来，农村兴起了打工潮，这等于在一面平静的湖泊里投入了一块巨石，这石头鼓荡起的涟漪，在桑多，在羚城，一直没有平息。看到同龄人纷纷出门，我也动心了，走上了务工的路，挖水渠，铺公路，修桥梁，盖大楼，干的都是小工的活儿。我省吃俭用，把挣来的钱，一分一厘都存入银行，想积少成多，把日子过得更好些。再后来，看到跑出租挺赚钱的，我就去学开车，拿到驾照，给一个老板当司机，挣的确实是起早贪黑的辛苦钱。这样折腾了好几年，终于攒了些钱，跑到省城买了那辆车。车接回来的那天，我专门摆了一桌，那时的心情，就像当年娶媳妇一样，又激动，又忐忑。那天，我准备了二十坛青稞酒，一杯又一杯地喝，直接喝醉了，但醉是醉，亲戚和朋友的祝福，却记得清清楚楚：挣到更多的钱，过上好日子。"

"您想过的好日子，是啥样子的？"扎西问。

我想了想说："得有一院房子，最好占四五分地，上房嘛，最好是二层楼，带玻璃暖廊的那种，一年四季，房子里都热烘烘的。若是住楼房，最好有一百五十平方米大小，得有三室两厅，有两个卫生间，老人娃娃都能住进去，一家人吃饭、聊天、睡觉，睡醒了就看电视，看电视里的世界。就这样，一家子其乐融融，多好！另外，只要日常生活能吃穿不愁，无病无灾，就更满足了。"

扎西："我们这地方，人口少，最不缺的就是土地，您这梦想，要求不那么高，完全可以实现啊！"

我说："对你们干部来说，这不算大梦想，对我们这些在城乡接合部混的打工者来说，现实和梦想的距离，差得远着呢！"

扎西不好意思地说:"对不起,对不起。"又问我:"现在还没达到您梦想的标准?"

我说:"没有!吃穿倒是一点儿也不愁,住房不太理想,还住在二十年前盖的旧楼房里,七十几平米,两室一厅,感觉有点儿窄狭,不适合三代人一起生活。"

扎西同情地说:"上有老下有小的,七十平方米,确实小了。"

我说:"对啊,本想买了车,跑几年出租,就能改善眼下的窘况,谁知还没开几个月,就出了这档子事儿,丢人啊!"

话题又扯回来,这倒提醒了扎西,他问:"他们找您麻烦的原因,您知道吗?"

我说:"估计就是因为我抢了他们的客人。其实也不是抢,客人赶时间,愿意到我车上来,我总不能拒载,对不?"

"对,长途吗?"

我说:"不是,从羚城到桑多镇,也就七十公里。"

"那……挣得好吗?"扎西的口气有点儿犹豫,似乎拿不准这个问题能不能问。

我说:"也就那样吧,四个顾客,总共八十块。跑得勤的话,一天四个来回,也就挣个三百多,除掉油钱,只能落个两百块。"

扎西:"那挣得也不太多啊,一个月,满打满算,也就六千。"

我说："对，不多，遇到几个违章，就白跑了。"

扎西："看来干啥都不容易。"

我说："你这话，说得实在，前两天交警来调查，我也是这样说的。跑出租这一行，挣得多还是挣得少，交警比我们还清楚。"

扎西："我听说国家和地方，对你们跑出租的，还是很重视的。"

我说："对，这也是实话，只要你想跑，有驾照又有车，去交管部门会有人帮你办理各种手续，想加入哪个车行都行。"

扎西："有啥优惠政策吗？"

我说："有。我们车行的老板说，出租车行业关系到社会闲散人员的就业问题和城镇的形象工程，政府不重视都不行，所以除了车行给我们交保险费之外，每年还能补贴一万块的油费呢！"

扎西："看来您选择跑出租，是早早就计划好了的。"

我笑了，有点儿小小的自豪："那肯定啦，古人说谋定而后动，我们说要想吃饱就先选好草场，这是一样的道理。"

扎西："我知道，您的选择，可能也是更多羚城人特别是一些年轻人共同的选择。"

我说："好多行业，只要兴起来，跟着跑的，肯定多。"

扎西："我下面要提的这个问题，可能又得撕开您还没愈合的伤口，我知道这样过于残忍，但我还是希望您能告诉我真相。"

我明白，扎西要了解棕发青年他们后来是怎么对待我的，心头有点儿堵，但还是对扎西表态："你放心，我会告诉你全部过程，你想知道的，我都说。"

　　我想把那些撕心裂肺的细节，重新一丝一缕地抽出来，说给扎西听。这和说给亲戚朋友们听，是两回事。面对扎西，其实就是面对媒体，面对公众，我不能隐瞒，也不想夸大，得说出来，一五一十，说出真相。

4

　　扎西："他们是在桑多镇跟您动的手？"

　　扎西这样一问，我就知道，作为记者的扎西，并没有做过必要的功课。其实只要问问知情者，就能知道事件的发生地。或许扎西得到的，已经是以讹传讹的线索，毕竟有一部分人最喜欢也最善于做的事，就是以讹传讹了。在这一类人热情而固执的努力下，原本简单的真相，也会蒙上扑朔迷离的面纱。

　　我纠正扎西："不，不在桑多镇，是在距桑多镇大概五里路的虎头崖，那里是去桑多镇的必经之地。"

　　扎西："能告诉我一些细节吗？"

　　"好，我尽量说细些。那天，大概上午十点左右吧，天阴着。阴天时，好多人的心态都不是那么好，总感觉有层阴霾蒙着。在桑多，春分后的天气大多如此，虽然地下的虫子早已苏醒，地表的草正待破土而出，但公路两旁，丝毫看不到万物复苏的迹象，只有枯黄的山脊连绵起伏在阴沉的天幕下。我一边驾车，一边听乘客之间有趣或无趣的闲聊。正行驶着，前头突然冒出两辆车，堵住了我的去路。我一个急刹车，三辆车差点儿撞在一起。我车里的客人，猝不及防之下，都一个前扑，差点儿磕到脸。最后上车的那个干部，有可能也受了惊吓，甫一清醒，就骂骂咧咧的，一个劲儿地训我，怪我技术太臭。我忙下车去查看情况，对方竟然是棕发青年，旁边的两个人也都年纪轻轻，头发如鸡冠高高耸起，我都不认识，显然是棕发青年喊来的帮手。"

"你们打起来了？"扎西问。

我说："刚开始还没，我不是崇尚暴力的人。"

扎西："能说说原因吗？"

我说："这还要问原因？我父母告诉我：拳头再硬，也解决不了问题；舌头再软，也能化干戈为玉帛。我舅舅告诫我：只有野牦牛才会牴来牴去。我老师教导我：要以和为贵。我觉得他们说得都对。人和人之间，如果像野狗那样咬来撕去的，这个世界，就一点儿也不太平了。"

扎西连连点头，"对啊，解决矛盾的办法，是比矛盾还要多的。"

我说："可惜我没处理好。"

扎西在本子上记了几笔后，示意我继续说。

"棕发青年一见我就劈头盖脸地嚷，你有能耐啊，敢抢我的客人！我说我没抢，是那个干部自己上来的。棕发青年把那干部从我车上揪下来，那人顿时没了强硬的架势，好像吓坏了，浑身发抖。棕发青年指着我问那人，是你自己要坐他的车的？那人双手乱摆：'不是，不是，是他喊我过去的！'一听这话，棕发青年把那人往旁边一丢，冲过来，直接朝我眼窝里捣了一拳，我倒在地上，捂住眼睛，完全蒙了。这种突然袭击，令人防不胜防，初一照面，就吃了哑巴亏。"我指给扎西看我的左眼，"还发青呢。"

扎西认真地看着我的眼窝说："确实，有点儿青。"

我继续说："我爬起来，心里满是愤怒，握紧拳头想一拳把棕发青年打飞，想叫他趴在地上，成为一摊烂泥。但他的两个帮手上来，一左一右，抓住了我的胳膊。我大力挣扎，却挣脱不了他们的束缚。我只好停止了反抗，忍住了！"

"哎呀，您忍得好！"扎西说。

我说："要是忍到最后就好了。"

扎西："啥意思？"

我说："这时发生了另一件事，改变了事情的走向。我车上的几个客人，看到棕发青年对我动了拳头，竟然都下车跑了。"

扎西一听，恼了，骂道："这些浑蛋！"

我说："他们谁都没提前给我车费，我一下子就损失了差不多八十块，这还没加上油钱。我红了眼，转身想去追他们，但棕发青年又过来抓紧我的衣襟，不让我离开。结果……唉。"

"结果你还手了？"扎西有点儿紧张地问。

"我挣不脱，一急，就向他吐了一口口水，你知道吗？他躲开了，我只好动用了另一招：骂。我骂棕发青年是懦夫，是野人，是二流子，只知道动拳头，是猪脑子；我骂他那两个帮手是狗腿子，只会跟在别人的屁股后头，被人利用，比哈巴狗还可怜、可恨、可憎。"

扎西："啊呀，老哥，您骂的这些话，说重也不重，说轻也不轻，总而言之，也没太大的杀伤力。不过，我觉得您不该骂他们，在不动拳头的前提下，动动别的，比如讲讲道理，或许是个好办法。"

我觉得扎西说得有道理，现在想想，当时我确实缺乏冷静，过于意气用事了。

"后来就发生了人们都知道的事，对不？"扎西问。

"对。不过有些细节，人们不知道。"

这些细节，似乎已经刻在我的脑子里了，只要一张口，就能自动重述："我一骂，棕发青年又来打我，这次他不打我的脸了，他往我的小腹上连击了好几下。我疼得弯下腰，再次倒在地上，像虾米那样缩成一团。他的两个帮手借机丢开了我，在一旁观战。我不服气，缓过劲儿后，嘴上依旧骂骂咧咧。棕发青年气急败坏地折返到他车后，从后备厢里找出一把锤子、两卷胶带，随后靠近我的车，挥起锤子，朝风挡玻璃砸去，锤子嵌入玻璃，他也懒得拔出。我气得浑身发抖，几乎动用我能想起来的所有脏话，他立即过来压住我，让另一人在我嘴上、脖子上缠上胶带，连缠几圈，就像电影里的绑匪做的那样。我仰躺在地，用手、用脚挣扎踢蹬，来抵挡他们对我的侵犯。谁知这下彻底惹怒了他，他命令两个帮手把我绑到路边的水泥电线杆上，像捆粽子那样，一道胶带，再一道胶带，捆了个结结实实。我现在脑海中还回响着撕开胶带的声音：刺啦，刺啦，刺啦……随着胶带一圈一圈地缠上来，我感觉胸闷气短，呼吸困难，即使有再大的力气，也根本使不出来了。"

扎西问："浑身上下都被捆了？"

我说："不，只留出了右臂，其他部位，一点儿也动不了。"

"只留出您的右臂？看来这家伙，早就想好了怎么折磨你。"扎西说。

我说："是的，但我当时还不明白。"

扎西："从法律上来说，这叫蓄意谋害，他的行为，已经触犯法律了！"

我说："这个，我不太懂，我只记得当时的情形。当时，我用右手撕扯绑在身上的胶带，那东西韧性太强，根本就扯不断。我一扯，棕发青年就扇我耳光，我再扯，他再扇……扇来扇去，我心中的愤怒，完全被恐惧替代了，我使劲儿扭动头部和四肢，挣扎着，试图摆脱这种恐惧。天色阴沉下来，风也刮得紧，好像要下大雪，我却感受不到任何寒冷，我只觉得脸部发烫，嘴角发烧，浑身的肌肉麻酥酥的。我知道，这是血液循环不畅导致的，一直这么持续下去，我的身体就会出大事：要么肌肉坏死，要么直接瘫痪，要么……我不敢再往下想了！"

正在此时，扎西放在我床头的录音笔"嘀嘀嘀"地叫起来。扎西拿起一看，嘟囔了一句："快没电了。"他从大包里翻了半天，找到两节小电池，更换了。更换电池的时候，他的嘴角紧绷着，眉头紧锁，眼神恼怒。显然，他被我的讲述给激怒了。

我停下来，扎西又把录音笔打开了，轻轻地放在了我的床头，示意我继续。

我平复了一下情绪说："扎西，你不知道，那时候，随着时间一分一秒流逝，肉体上的疼痛好像消失了，只觉得浑身麻木。而心，就像这拳头一样，痛苦地揪成了一团。"

扎西："他们这样做，简直禽兽不如！那……后来呢？"

我说："后来……后来我不再撕扯胶布，也放弃了挣扎，有那么一瞬间，我真的觉得我完了，没有了生的希望。"

扎西："我能想象到您当时的心情。"

我说："其实你也知道，他们最恶劣的行为，还没开始呢！"

扎西犹豫地问："您是说敬礼的事？"

我点了点头，继续讲。一个帮手看着我挣扎的样子，问棕发青年："你看，这家伙还不服气，你说怎么办？"棕发青年说："我们得让他服气！"另一个帮手问："你有办法？"棕发青年说："知道我为啥要留出他的右臂吗？""为啥？"棕发青年得意地说："嘿嘿，他的嘴不是封住了吗，留出右臂就是让他用手势代替嘴巴'说出'服气。"一个帮手问："用手怎么说？"棕发青年说："敬礼啊，他得学会敬礼。我们得让他知道，凡事都得守规矩。做人，得守规矩、跑出租，更得守规矩。"那个帮手说："你这想法，是不是有点儿那个？"棕发青年说："你的意思，是太过了？"见帮手点头，棕发青年说："一点儿都不过，我倒觉得挺有意思。"

扎西："畜牲中的畜牲！"

扎西的愤怒没有让我停下来："于是，他们强迫我向来来往往的车辆敬礼，我不愿意举手，他们就扇我耳光，我只好顺从了他们，来一辆，敬一个礼，来了另一辆，又敬一个礼。我的右手举起，放下，举起，放下，直到再也举不起来……"

扎西猛地站起来，嚷道："过分！他们简直是恶魔！"

我想起那天一直阴沉的天色，在某一刻，终于释放了酝酿已久的雪花，先是零星的几片倏然出现，显得唐突而意外，而后，则是密密麻麻的小团，在劲风地吹送下，凛冽地扑向空旷的山川，仿佛要永远覆盖这场事件。

"我把飘掠到嘴边的雪，用舌头舔净了，一股冰凉，使我的头脑清醒过来。我发现，路过的车辆越来越多，人们把车停在路旁，有人透过车玻璃偷看，有人下车围观，询问缘由，露出吃惊的样子，有人一边发笑，一边拍照，有人给远方的人打电话，告诉对方自己新奇的见闻……"我对扎西说，"别看那时我表情僵硬，好像没啥知觉，其实我完全清楚：对我来说，最可怕的后果，出现了。"

"最可怕的后果？"扎西的声音充满疑问。

我说："扎西，我们常常自尊长自尊短的，但说归说，总觉得自尊是抽象的、不容易抓住的东西，但那一刻，我真的感觉到我的自尊，它是一个实体，像一个瓷瓶子，破碎了。"

我一边讲述，一边回忆，我想憋住泪水，但那顽固的液体还是夺眶而出，流下脸颊，又跟苦涩的雪水混在了一起……

5

"那……后来呢？"沉默了好一阵，扎西才重新拾起话头。

"后来，终于有人看不过去，在一旁怒斥肇事者。有人过来，除去绑在我身上的胶带。我瘫软在水泥柱底，面色苍白、浑身僵硬，无法动弹。过了许久，我才慢慢恢复了力气，站起身，再去找棕发青年，却发现根本就没有他们的影子，他和两个帮凶早就溜了。只剩身边万物，一片苍茫的白，如漂浮在大海里的随波逐流的冰原，已发生的一切，都被狂雪给匆匆忙忙地掩盖了。"

扎西问："发生了这么大的事，警察没有介入吗？"

"后来，交警来了，一男一女。男交警沉稳老练，处理事情不慌不忙，一看就经过大世面。女交警似乎从警时间不长，见到我哆哆嗦嗦的样子，脸上现出同情的表情。他们向我了解情况，可我心如乱麻，嘴角抽搐，不知该从何处说起。他们只好又向围观者了解了大概的情况，又带我赶往羚城医院，办了住院手续。等我情绪安定之后，才开始做笔录。我断断续续地说，他们断断续续地记。待我说到被绑在电线杆上时，他们停止了记录，女交警恼怒地骂起来，和你刚才的反应一模一样。待我说到被强迫敬礼的事，女交警吃惊地张开了嘴巴，又赶紧用手掌遮住了。男交警告诉我，这事得严办，那些肇事者，得严惩。"

"他们找到棕发青年和他的伙伴了吗？"扎西问。

我说："找到了，第二天就找到了。"

我记得来告诉我棕发青年和他的伙伴被抓住的消息的，不是交警，而是派出所的副所长，他个儿高，脸黑，眼神犀利，给我的感觉，把啥都能看穿。

我说："所长告诉我，三个人都抓起来了，那个带头儿的棕发青年，名叫刀吉。另外两个，是他的哥们儿，平时在一起混。"

扎西说："这些畜牲，就该抓起来，判刑，得让法律来治他们，改变他们。"

"那天，我也是这么想。"我沉默了半晌，然后颇有些尴尬地告诉扎西，"不过，事情都过去好多天了，现在，说实话，我有点儿吃不准。"

扎西瞪大了眼睛："您准备放过他们？"

我点点头，想用沉默来强调自己的决定。

扎西："那不行，就这样放过他们，甭说是您，就我这心里的气，也消不了。"

我只好解释说："我打算放过他们，是有另外的原因的。"

"啥原因？"扎西问。

我想了想，对扎西说："你把这录音笔收起来吧，有它在，有些事就不好讲了。"

"还有不好讲的事？"扎西的兴趣又来了。

我说："对啊，前面讲给你的，只是故事的前半部分。"

扎西高兴了："还有后半部分？好！"

"这后面的故事，也许不适合写进去，也不适合告诉读者。"

扎西听从了我的建议，关了录音笔，装回上衣口袋，拿起碳素笔，准备记录。

我说："你听听就行了，没必要记的。"

扎西合上了笔记本。看来他是个容易听从对方建议的青年，这样的青年，在我遇到的人里，不多。我所遇到的青年，大多有自己的主张和见解，很是喜欢捍卫自己的观点，喜欢辩论，轻易不会退缩，除非你有强有力的观点和不容置疑的论据说服他才行。

我说："前天上午，有个男人拎着一袋水果来病房找我。这人也瘦高瘦高的，浓眉下深陷的眼睛里带有血丝，严重睡眠不足的样子。他似乎很谨慎，小心翼翼地敲门，小心翼翼地推门，小心翼翼地坐到沙发上，还只担了半个屁股。我端

我是丹尼索瓦人

详他的眉眼，看了半天，觉得似曾相识。当他咧嘴一笑，随后又做了个肚子疼的动作时，我才从记忆深处找到了他的身影。天啊，我竟然认识他，这人，曾经坐过我的车。扎西，你猜他是谁？"

扎西："猜不出来，是负责案子的警官？或者，刀吉他们找来的说客？"

我说："不是警官，也不是说客，是……刀吉的父亲。"

"刀吉的父亲？"扎西发出疑问，腰杆陡然挺直。

我说："对，是刀吉的父亲。刚开始，他没说自己与刀吉的关系，只是像你这样坐在我旁边，聊起了某天坐我车到医院看病的事儿。"

我告诉扎西，半年前吧，我刚买了车，上路还没几天，就做了回助人为乐的光彩事。那天，我也是从羚城出发，前往桑多镇送客人。返程的路上，也是在虎头崖那里，遇到等车的他，有个瘦小男人陪在一旁，自称是他的邻居。他呢，蹲在路旁，右手紧紧地抵在腹部，额上满是汗珠，可能是疼的。我担心桑多镇的医院太小，若是大病会被耽误，就赶紧拉他们前往羚城。路上，才知道他犯病时儿女都不在身边，只好在路旁拦车，连续拦了三四辆，谁知都没停车。正当失望之际，遇到了我。在同伴的帮助下，他艰难地上了车，坐在前排位置。快到羚城的时候，不知是得病的原因还是晕车的原因，他竟然吐了我一车。到了羚城医院，等他们挂了号，因有急事，我就提前离开了，连车费都没顾上要，当然，也不好意思要，人家急着看病呢，这会儿要车费，感觉怪怪的。谁知我们又在医院见面了，不同的是，这次不是他进医院，而是我住院。

听了我和刀吉父亲的交集，轮到扎西感慨了，他说："看来冥冥之中，有些人是否会再遇，有些事是否会发生，早就被安排好了。"

我对扎西说，也许是这样吧，这样的问题太复杂，有宗教或哲学的影子在里头，我没深入思考过，但刀吉的父亲出现在我面前，倒是真如你说的这样。他见到我后，又吃惊，又高兴，紧抓住我的手说："哎呀，真是缘分啊，没想到，竟然又是您。那次若没有您，我的阑尾就穿孔了，说不定会得败血症，连命都保不住呢！"我问他："您怎么知道我在住院？"他尴尬地说："我本来不知道是您。其实，我就是……就是刀吉那头野牦牛的父亲。"我一听，愣了好半天，砸了我车的，打了我的，羞辱了我的，竟然就是我曾经救过的人的儿子！

扎西："真的巧哎，这就是缘分。"

我说："是缘也是恶缘，不是善缘。"

我问刀吉的父亲："你来干啥？"

他说："一来，是来看望您；二来，就是说最主要的想法，还是想替那头野牦牛向您道歉，取得您的谅解！"

我脸色阴沉，恼怒地对他说："我不想见你，你们若真的想道歉，就叫你儿子自己来！"他涨红了脸说："好好好，我下午就带他过来。"

6

"他们来了吗？"扎西问。

"来了。大概是下午三点多，护士刚给我挂好药瓶，刀吉的父亲就叩门进来说：'恩人哪，我把野牦牛带来了。'说罢朝门外喊：'快进来哟，要像个儿子娃，敢作敢当！'谁知刀吉进门劈头就是一句：'他抢我的客户在先，想让我道歉，没门儿！'刀吉父亲气得浑身发抖：'敢打恩人，你还有理了！'刀吉说：'谁会想到他就是你说的恩人，再说，他是你的恩人，又不是我的。'这时，一旁的护士恼了：'看人就看人，吵啥？病房里是吵架的地方吗？'刀吉这才在旧沙发上坐下来，有意在自己与父亲之间空出一人的距离，一脸的不忿。"

扎西："显然，刀吉是被父亲硬拉来的，对不？"

我说："是这样。护士离开后，刀吉的父亲斜坐到我的床边上，给我说起刀吉的事。我这才知道，两年前，刀吉从高职毕业后就在社会上瞎混，一时也没找到工作。刀吉的父亲只好拿出多年的积蓄，为刀吉买了车，也让儿子跑起出租这一行，算是有了个正当的职业。刀吉跑车倒跑得勤，也挣了些小钱。他有个妹妹，正在上大学，刀吉很关心妹妹，就主动承担了她上学的费用，这样一来，他得生活，得顾家，还得帮助妹妹，也许肩头的担子压得有点儿重了，脾气也就越来越暴躁。"

"那刀吉的父母是干啥的？"扎西问。

我说："这个我也问了，刀吉父亲原先在羚城乳品厂上班，好像还当过负责人啥的，后来单位效益不行，动不动还挨领导的骂，就直接甩手不干了。再后来，在家里闲坐了一年，感觉闲坐的生活很没意思，还是有个活儿干才过得比较踏实，于是又应聘到了供暖公司，是临时工，工资不多。刀吉的母亲，好像跟人跑了，我问起这事时，刀吉根本就不让父亲细说，似乎这事挺丢他的面子。"

"哎，等等。"扎西说，"这个故事，我好像听过。"

我说："你也知道？"

扎西说："知道啊，刀吉的父亲，是不是叫龙布？"

我说："对，就这名字。"

"原来是他，哈哈。"扎西笑起来，感慨道，"人生处处峰回路转，处处柳暗花明啊。"

"你了解他？"我问。

扎西说："我不了解，但我阿爸知道他，他们是同龄人，我阿爸总把龙布给我当反面教材来讲。"

"反面教材？"我吃了一惊。

扎西说："对，反面教材，您不知道，这龙布可是个人物，原先在羚城乳品厂上班，负责一个车间。那时乳品厂效益好，龙布本身又长得英俊，就成了姑娘们眼里的香馍馍。"

"香馍馍？这是好事啊。"我说。

扎西说："啥呀，那时他已经结了婚，对方是个牧场上的女人。他让媳妇守着牧场，自己却在厂里勾搭这个调戏那个的，人们私下里叫他花心藏獒。"

我说："这谁起的绰号，听起来怪怪的！"

扎西说："名字怪是怪，不过，放在龙布身上，倒挺合适的。"

"他谈了好几个？"我问。

扎西："听说在厂里，和龙布来往的女人，不下三四个，所以叫他花心藏獒，还真的叫对了。"又说："刀吉好像是龙布的第二个老婆生的。"

"龙布有两个老婆？"我问。

扎西："嗯，听说正式结过婚的，前前后后算起来，有三个呢。第一个，就那个牧场里的媳妇，不生育，龙布就跟人家离了；第二个，算是厂里的厂花，和龙布一样骚，就被龙布抓到手里了。"

骚？扎西用这个词，在我的脑海中调出了一些电影画面和一些暧昧的气息。有一个声音适时提醒我：事实，可能不是扎西说的这样。任何女人，来到这个世界，都是女神一般的存在。然而，我们这个俗世，最善于将她们拖入泥沼了。越是美丽的女人，世俗设置给她们的陷阱就越多，越深，越巧妙。龙布之于厂花，大概就是陷阱。尤其在桑多这个地方，男尊女卑的观念还很根深蒂固。女人，依然被看作猎物、鲜花或味精。刀吉的母亲因其貌美，成为龙布的猎物，婚后则成为点缀龙布生活的鲜花和味精。

扎西继续讲述："这一抓住，就凑合了四五年，那厂花给龙布生了刀吉，后来，遇到来羚城投资的湟州老板，就跟了人家。"

"来羚城投资的湟州老板？"我有点儿疑惑。

扎西："嗯，湟州来的。不是羚城乳品厂的生意后来不景气了嘛，就被湟州一家企业给整合了，那家企业派了个人，来这边的分公司当老板，上任不到半年，这老板就跟厂花也就是龙布的媳妇好上了。"

"真的好上了？"我问。

"对啊，"扎西说，"好了好几年呢，龙布离开乳品厂的原因，就和这老板有关。湟州老板和龙布，一个是领导，一个是中层，却都管不住自己，结果把事情弄得乱七八糟的。听说龙布闹了好多回，只闹出了一个结果：他的老婆直接明目张胆地和湟州老板住在了一起，后来，和龙布离婚后，就去了湟州老板的老家，做见不得天日的偏房去了，很少回这边来。"

"这女人真的很美吗？"我问。

扎西："我也是听阿爸和他的联手们聊天时知道的，说她个头高，条子展，眼如桃花，嘴唇厚实，看起来特性感，很会勾搭男人。"

我笑了，扎西这家伙，也许是因为当时正值青春期，回忆起这个女人来，细节都那么清楚。其实，他说的"性感"女人，在桑多还是挺多的。这里的女人，尤其是牧区女人，也许是从小喝奶子吃酥油的缘故，一结婚，差不多都会发福，奇妙的是，那身上该凸的凸，该凹的凹，肉绝不乱长。

但大多数只要一过四十岁，就跟俄罗斯电影里的胖大婶们一模一样了。

见我笑了，扎西也笑了，不好意思地说："我在乱说，您甭笑话我啊！"

我说："笑话啥呀，你是年轻人，对这些话题感兴趣，我能理解的。"

扎西："那就好。"

我问："龙布和他第二个媳妇真的离了？"

扎西："离了，不离还能咋办？论权势，他没有湟州老板大；论钱财，没有人家多，只好离了呗。"

"既然离了，那刀吉为啥没跟母亲呢？"我问。

扎西："听说是龙布闹的，他死活都要孩子的抚养权，坚决不让刀吉跟母亲去湟州，说是一去就不是他的儿子了。这家伙为了争夺抚养权，脑子一转，竟然打起了身份牌，法院只好把刀吉判给他了。"

我说："看来他想争口气。"

扎西："好像也不是，可能是他真的爱刀吉，舍不得离开吧。"

我哦了一声，对龙布产生了些好感，觉得自己打算谅解龙布父子的决定，是对的。

我问："他一个大男人，要照顾孩子，顾得过来吗？"

扎西："应该没啥问题，听我阿爸说，后来龙布又结婚了，女方在街道办工作，是合同工，工资不高，人很实在，对刀吉挺好的。"

敬礼
· · ·

我说："刀吉对于他父亲的再婚，是啥态度？"

扎西："听说很是反感，动不动就找继母的茬儿，一点儿好脸色也不给。为此，龙布骂过刀吉好多回呢。不过我听说继母对刀吉倒是挺好，遇到容易引起母子矛盾的事，会低调处理，轻易不吵嘴。但刀吉就是不听话，总爱反着来，摔摔打打的，像个无事找事的愣头青。"

我相信扎西听来的消息，继母和孩子们之间的关系，大多是不理想的，现实生活中是这样，电影电视里，也是这样。当然也有融洽和谐的，但似乎只是个例。听着刀吉的讲述，我隐约明白了，刀吉暴烈乖张的性格的形成，肯定与他的家庭环境有关。试想，母亲抛夫弃子，跟着别人跑了，父子俩相依为命的日子还没过几年，继母又来了，这样的家庭变化，必然会对成长中的男孩的心理和性格，产生很大的影响。

我说："但我听龙布说，他儿子和女儿的关系，倒挺好的。"

扎西："是啊，那女孩儿我见过，是龙布和第三任妻子生的，在上大学，年龄比我小两三岁，脸圆圆的，眼睛亮闪闪的，看起来挺惹人心疼。"

我笑了："听起来你好像喜欢她？"

扎西露出若有所思的样子说："那倒没有，我的意思，是她待人温柔，不是个脾气古怪的人，刀吉作为哥哥，对这样的妹妹，应该没啥仇恨心理。"

我说："你说得对。这样看来，刀吉倒不是个特别坏的人。"

扎西："我听老一辈说，世上就没有生来就特别坏的人。我想，刀吉那样对待您，原因可能有很多，要么是来钱的路子少，日子不好过，想钱想疯了；要么是心里有怨气，积聚得多了，想找个发泄口。"

"对啊，扎西，你和我想到一块儿了。"我说，"我个人也认为，好多人，不是生来就是坏人，他们的一些行为，让人不可理解，实际上，是我们不了解他们之所以那样做的动因。"

扎西："对对对，得考虑后天原因，得站到对方的立场想问题。"

我笑了："扎西，看来你也学会换位思考了。"

扎西："是啊，真奇怪，一换位思考就发现，好多问题能找到发生的根源，很多矛盾能找到解决的办法。"

我说："那我若谅解刀吉他们，你也能理解我的做法了？"

扎西："嗯，能理解了。不过，您真的打算谅解他们？"

是啊，你明明是个受害者。我心底有个声音在喊："得惩治他们，轻易放过他们，就是懦弱的表现！更会助长施暴者的嚣张气焰。"另外一个声音却又出现了："哪个年轻人不会犯错？他们和当年的你一样，在摸索着前进，你若不放过他们，实际上，就是放不过当年的自己！"

这两种声音在我的心底回荡，来来回回，如扯锯一般，甚至让我的心脏都感受到隐隐的疼痛了。

敬礼

· · ·

7

在讲述与倾听中，扎西和我丝毫没有觉察到时间的流逝。等扎西讲完了龙布和他家人的泼烦事，我胸中五味杂陈，其中，同情竟占了很大比重。

见我沉浸在回忆里，扎西提醒我说："那天下午龙布他们来了以后的事，您还没讲呢。"

我定了定神，告诉扎西："他们来的目的，有两个，一是道歉，二是来讨谅解书。"

扎西问："谅解书？干啥用的？"

我说："这谅解书，实际上是派出所要的，就是说，只要我出具了谅解书，警方就会对刀吉他们从轻发落。听说，这样做的目的，是为了挽救刀吉他们，让他们知错去恶，敬畏法律，走上正途。"

扎西："话虽这样说，但我觉得，刀吉他们有那样的行为，不管什么原因导致的，总之他们是干了坏事。无论我们如何理解他们，同情他们，但他们干了坏事，就该拿起法律惩治他们，不然，要这法律干啥？"

我说："但如果这样做，刀吉很有可能会破罐子破摔，出来后，他的社会行为，有可能会变得更加恶劣。你说有没有这个可能？"

扎西："实话哎，这真的有可能，我倒没想这么远。阿哥苏奴，我算完全看清您了，您这人，有菩萨心肠。"

我忙摆手，解释说："其实改变我的想法的，还有另外的原因。"

扎西："仔细讲讲。"

我告诉扎西，那天下午，龙布恳求我写谅解书，起初，我没答应。哪有这么轻易谅解他的道理？我告诉龙布："我心中的疙瘩，没消散呢！"龙布沉默了好半天，似乎下了一个很大的决心，竟然扑通一声跪倒在我面前！他抓住我的手说："恩人啊，如果您不谅解我们，我这个家，就散了。刀吉这个野牦牛一进监狱，我的日子、他妹妹的日子、我家里人的日子，就彻底变黑了。"我愕然地看着对方，不知道该说啥好，也不知该做啥好。

扎西说："龙布给人下跪，真是稀罕事。我听说他的膝盖硬着呢！"

我说："哦，怪不得刀吉的情绪那么激动！"

扎西："刀吉又怎么啦？"

我说："见父亲给我下跪，刀吉一把抓住他父亲，想提起来，但因龙布身体也在向下使劲儿，根本就提不起来，恼怒之下，刀吉吼道：'我们不求他，我就不信天会塌下来！'"

扎西："龙布什么反应？"

我说："龙布狠狠地扇了儿子一巴掌：'你懂个屁，你不辨黑白，光会意气用事，到处打架，到处惹祸，净做让我擦屁股的事！'刀吉还口说：'我让你擦了吗？'龙布说：'我不擦的话，你的屁眼儿早就被灾祸给糊住了，你的天，早就塌了！'刀吉说：'说得好！都是我的错！你当父亲的，就没责任吗？'龙布说：'我是有责任，但出祸的根源，就在你自己身上。'刀吉说：'别说了，我恨阿妈，也恨你！'龙布一听这话，愣了片刻，才压低声音，一字一顿地说：'你也许真的恨你阿妈，但你不能恨我，更不能恨他！'龙布指了指我，继续说：'你以为是苏奴抢了你的生意？我告诉你，搞坏了你生活的，不是他，也不是我，是你自己！'"

扎西说："哎，龙布这话，说得好，没想到那样一个人，竟然有这样通透的想法。"

我继续："龙布说完之后，气得脸色发白，浑身发颤，连嘴唇都哆哆嗦嗦的。刀吉见龙布这样子，就蔫了，松开手，坐了回去，耷拉着脑袋，不看他父亲，也不看我。护士听到吵闹声，忙跑过来，气白了小脸，要赶他们父子走。我劝住护士，对龙布说：'我知道你们的苦衷了……你放心，我答应你，我写谅解书。'龙布一听，又一次踏踏实实地跪在了地上，泣不成声。我想下床扶龙布起身，但还没动，就看到刀吉蹲下身子，伸开长长的双臂，抱住了他的父亲。"

扎西："谅解书，你真的写了？"

"写了。"我说。

我告诉扎西，我写了谅解书后，龙布从怀里掏出个手掌大小的绿色塑料包，用粗笨的手指一层一层地打开。一看，竟然是两沓百元钞票，崭新崭新的，可能刚从银行取出来。龙布说："恩人啊，这点儿钱，您就收下吧，算是我们赔偿给您的什么住院费、误工费，还有那个精神损失费啥的。"

扎西说："这个是应该的。"

我说："我当时就愣住了。我把龙布的钱推了回去，死活不接受。龙布急了，说，恩人，您甭嫌少，不够的话，我再想别的办法。我说，我不是嫌少，我知道你家的日子也不好过。龙布坚持说，日子再不好过，也不在这两万块钱上。这是我们的一点心意，算是对您的道歉。您收下，收下咿，您收下了，我们就觉得不亏欠您了。"

扎西听了，评价道："他能这样想，看来这人倒挺实在。"又问："钱，您拿了吗？"

我说："当时我还是不愿意拿，正僵持之际，一旁的刀吉却突然开口了：'阿哥苏奴，哦，不，我得叫您叔叔。叔，这事儿，我也想通了，是我不对。我这人性格太二，您甭往心里去。这钱，您得收下。说句丢人的话，这也是派出所的人给我阿爸和我出的主意，当时我根本不能接受。我是打了人，但我占理。'龙布说：'你占屁的理，会不会说话？'刀吉看了眼父亲没敢分辩，对我说：'现在，我觉得派出所的人说得对，看得也远。冤家宜解不宜结，我的路，还得我清清楚楚地走。这些钱，您若不收，我这心里，肯定不踏实，也不安宁！'"

扎西："这才像个人话。"

我说："是啊，刀吉这么一说，我就愣住了。他那番话，又一次搞得我左右为难。"

扎西："后来呢？"

"后来，我就给他们父子说：'那好，既然你们都这么想，那我就收下了。不过，我只收一半，有这一半，你们的心意，就到了。'就这样，我从龙布手里只取了一沓钱，另一沓，压在龙布的手掌上，我想让他们明白，这是我对他们的一种理解。"

扎西很是感慨："我想您的这种理解，就像那沓钱一样，是有分量的。"

"确实，龙布似乎被我的做法感动了，他沉默了会儿，才收回那沓钱，然后看向我，很认真地说：'恩人啊，您是好人，好人啊！'我知道他话里的意思，我们似乎都理解了对方。我们之间的疙瘩，在这一跪一还之间，已经解开了。"

扎西："阿哥苏奴，您做得对，不管钱多还是钱少，都是个态度。您的态度，还有他们的态度，都让我感受到了你们的真心。"

我说："其实，我也是在和你回顾这件事的过程中，觉得自己真的做对了。"

8

扎西说："是的，走出这一步很难，得有很大的勇气。"

我说："刚开始，当看望我的亲戚来问及此事，我就头疼，难受，仿佛那天的事又发生了一遍，痛苦和屈辱，又重新经历了一遍，我恨不得刀吉他们立刻就得到惩罚。说得多了，后来，心里反而感觉不到那种强烈的疼痛了，怨恨也一点点变淡了。看来讲述也能消除心中的怨恨，而时间真的能抹去心灵的伤痛。"

扎西："我知道您的意思，时间是最好的良药呗！"

我说："对，就这意思！人真是个奇怪的动物啊，时间过去得越久，与事实就越有了距离，在细节上，也变得不太真实了。"

说这话时，我的声音越来越低，几乎是在自言自语，但扎西还是听了个明白。他说："这样的感受，我也有。"

我说："对啊，现在我倒是能从另一个角度，来看待那天的事了。有时候我想，也许我也是有错的，我心里，还是有很多贪嗔痴的。比如那天，我也可以拒绝从刀吉车上下来的客人的。如果把他劝回去，或许就不会发生以后的事了，或许，你也就不会这样坐到我面前，来听一个被伤害者讲述了。"

扎西慢慢地站起身，郑重地对我说："阿哥苏奴，我得再次向您道歉，对不起，真的对不起。"

我连连摆手："不，扎西，我并不需要你的道歉，我希望你能懂我。现在，你能懂了？"

扎西："懂了，我当记者，很多时候，只关心社会现象和社会问题，却忽略了现象、问题背后的人，人的内心。有时候，我们做对了事，却也做错了，错过了真正有意义的部分。"

我忙说："哦，不，今儿个，你来了，你的决定是对的。

知道为什么吗？我前面给你说过，我爱读你们《羚城周末》的《人间万象》栏目，是因为我也关心社会，也关心人的心灵。"

扎西说："阿哥苏奴，我有个奇怪的感觉，您的很多说法和想法，不像是出租车司机能有的。您爱读书，对不？"

我说："就是，爱读，还爱写些小文章。"

扎西吃惊地说："啊，您写文章时，用的啥名字？"

我说："羚城雪。你知道不？"

扎西说："您就是那些桑多故事的作者？"

我点头微笑，为自己能有扎西这样的读者而高兴。我把那件事的来龙去脉、细枝末节原原本本地给他说了，我想，这样毫不隐瞒，也许就是因为我是个写作者。

扎西："阿哥苏奴，我发现您不仅是出租车司机的代表，还是个有独立思考的文化人！"

我揶揄扎西："你这话就不对了，你这话里隐藏的信息，是只有文化人才有独立思考，对不？"

扎西："我不是这意思。"

我说："开玩笑啊，我懂你的意思。其实，你越是接触社会各阶层，越会感受到他们的思想，他们强烈的情感，比如刀吉他们，也许比所谓文化人更真实更随性，不做作，也不掩饰啥。"

扎西："阿哥苏奴，您怎么反倒夸起刀吉来了？"

我笑了："哈哈，是啊，我好像忘了刀吉是怎么折磨我的了。这是皮痒了，还是嘴欠抽？"

我和扎西之间的探讨，剥离了事件表面的是非善恶，进入了新的层面。我估计，派出所的民警之所以会给刀吉出主意，索求对方谅解书，可能因为民警们对这类民事纠纷见得太多了，也深知其症结所在，更知道如何处理才能抚平各自的伤痕，达到大事化小，小事化了，了后皆欢的效果。

扎西说："不过，我估计，你夸他们，是你了解了他们，知道他们的痛苦，也知道他们的欢乐。"

我尴尬地说："也许吧！"

9

扎西说："既然这事情你们已经妥善解决了，就该考虑我的这篇报道该怎么写的事了。您有好的建议吗？"

我说："对于你怎么写，我倒还没想。不过，我现在在考虑另一件事：你是记者，消息肯定很灵通，你知不知道有什么针对出租车司机的好政策？"

扎西说："哎，您这一问，倒让我想起了一件事，好像您和刀吉都能参加。"

"啥事？"我很感兴趣地问。

扎西说："前几天羚城召开了一个发展地方旅游的会议，我以《羚城周末》记者的身份参加了，会上宣布了好多决定，其中一项，是打算连通地方旅游的全境线路，为此，要成立专门为旅游服务的车队，专门来跑旅游线路，到时候就有稳定的客源，不用再抢客了。"

我说："哎呀，这可是大好事！"

扎西说："嗯，就是，我听负责人介绍说，这样做的目的，就是把零散的客运资源都集中起来，消除市场上的不良竞争现象，为地方旅游助力，为国内的游客开方便之门，为乡村振兴大业的实施，找寻更好的途径。"

我问："桑多一带的出租车司机，虽说没有一万，但也有好几千，这么多的人，能安排完吗？"

扎西说："您甭担心，我听说文化旅游部门会周密策划，好像是按旅游线路和旅游点的不同，来安排不同的出租车公司。"

我说："这个决定好，我们跑出租的，这下瞌睡遇上枕头了。"

扎西："那当然，只要你们能紧紧抓住桑多地区的旅游黄金期，真心实意地为游客做好服务工作，那钞票，会一把一把地挣的，到时候数钱数到手抽筋呢！"

我笑了："你也太夸张了吧！"嘴里这样说，但脑子里还是出现了一些画面：在一望无际的草原上，在幽深崎岖的峡谷中，在蜿蜒曲折的母亲河源头，在碧波荡漾的高原海子旁，一辆辆绿色的、红色的、蓝色的出租车优雅自由地穿行其间，车身熠熠闪光，车内，游客们陶醉于身边的美景，驾驶员脸上洋溢着愉悦的笑容……无论如何，我必须成为其中的一员！

我问："招录条件上，有啥要求吗？"

扎西说："具体的要求，可能过几天就会出台的，我估计得体健貌端、驾龄较长、年龄适中吧，最起码得讲文明、懂礼貌，可不能像您那样胡乱拉客，也不能像刀吉那样动不动就动粗，您说对不？"

我尴尬地说："对，你说得对，我想我和刀吉，都不可能再犯这样的错了。"过了好一阵子，我情不自禁地感叹道："扎西，还是党的政策好！"

扎西从沉默中回过神，想了想说："政策好，是事实，更重要的是这几年，正儿八经为老百姓谋福利的干部，为老百姓出谋划策的干部，越来越多了，老百姓里头，有理想有抱负有脑子的带头人，也越来越多了！"

我说："就是，为我们老百姓的生活操心的人，真的多了。有这么好的前景，我们更应该把恩怨过节什么的先放下，去追自己的好日子。你忘了吗，我跟我的新车还要为一百五十平方米的新房奋力跑起来呢。哈哈。不是有一首歌吗？'悲欢离合，都曾经有过，这样执着，究竟为什么？漫漫人生路，上下求索，心中渴望真诚的生活……'"

扎西说："这不是《渴望》的主题曲吗？就那部老电视剧，我前两年在网上搜索时看过。"

我问："你也知道这首主题曲？"

扎西："知道，也会唱，爱唱。"

我说："哦，你这个'90后'，不一样哎！"

扎西说："那肯定的，网络真的打通了过去、现在和未来。别说看三十年前的《渴望》，您想看李白喝酒时用过的杯子，也许也能看到它的样子。您写的那些桑多故事，以后也许有人会制作成电子书，人们直接就能在手机上看了。"

"啊呀，扎西，我倒没这样想过。"我说，"《渴望》的主人公，你怎么看？"

扎西说："刘慧芳和宋大成，我都不喜欢。刘慧芳忍辱负重委曲求全，虽说贤淑善良，但感觉一点儿个性都没有。宋大成对朋友对邻居都重情重义，似乎是值得信赖的男子汉，不过我总觉得他像个懦夫，缺乏抗争精神，有点儿讨厌他。"

"那这部电视剧里，有你喜欢的人物吗？"我问。

扎西说："有，王亚茹算一个，看起来清冷孤高、自私自利的，但我觉得她独立、自主、坚忍，被人误解也不解释，真相大白时也能承认错误，算是有血有肉的人。"

扎西的喜好，让我又生出诸多感慨，看来对如何做人、做怎样的人，人们的观念还是发生了很大的变化。我不知道这是好事还是坏事，只是觉得，金钱、权势、婚姻甚至爱情，都像是试金石，完全能试出一个人的品性，甚至也能试出人性。

我说："宋大成这个人，我倒是比较喜欢。我喜欢他身上的五个劲儿：性格上，有老老实实的傻劲儿；情爱上，有日日夜夜的痴劲儿；工作上，有踏踏实实的干劲儿；理想上，有风风雨雨的韧劲儿；人品上，有堂堂正正的心劲儿。他的身上，承载着我对理想生活的期待。当然现在在网上，也有很多不同的声音：有人说他伪善，有人说他做作，有人说他懦弱，有人说他愚笨……都是拿现在的尺子去量那个时代的人的。宋大成绝对不是懦夫，他的所作所为、所想所说，可能跟我一样：只是想拥有真正的生活。"

扎西说："您这话里的意思，是王亚茹、罗冈、王沪生他们拥有的，不是真正的生活？"

我说："当然也算，但只能说是属于王亚茹他们的真正的生活，不算是我们大多数人追求的生活。怎么说呢？我个人觉得，在过好自己想过的生活的同时，懂得让步，做出必要的牺牲，就像刘慧芳、宋大成他们常做的那样。也许这样的人聚在一起，才能慢慢形成理想的社会。你觉得呢？"

扎西说："这个，我不好说。不过今天能采访您，能跟您聊这么多，是我遇到的大机缘。"

我说："对我来说，也是一种机缘。"

扎西说："这篇采访您的稿件，这篇关系到人间万象的文章，我知道我该怎么写了。"

我说："好，不过，我想……对刀吉他们的事，你就少写一些，不要渲染，不要议论，不要贴上是与非的标签，行不？"

扎西说："哎呀，放心吧，阿哥苏奴，和您聊了这么长时间，我完全懂您的心思了。不过，说实话，那这篇文章就不好写了！"

我说："如果真的不好写，我倒有个建议，就从要成立旅游车队，以发展地方旅游业，推进乡村振兴……写起，我和刀吉的故事，不指名道姓，含蓄些。这样处理，你看行不？另外，你在文章中，能不能重提一下《渴望》中的生活追求和牺牲精神，我想这对我们过好当下的生活也很有意义。但这也仅仅是我个人的看法，供你参考。"

扎西想了一阵说："阿哥苏奴，这倒是个好思路，您的这个建议，会使我的文章增色不少，我会好好考虑一下。谢谢您，请接受我的……敬礼！"

扎西一边说，一边站起身，笔直站立，右手上举，要做敬礼的动作。做这动作时，他有点犹豫，我知道他的意思：他担心这个动作，又会掀起我那不堪回首的过往，撕开我已然深埋的耻辱……

我忙从床上跳下来，拦住了他。我说："扎西，说句真心话，其实今天最应该敬礼的，不是你，是我！"说着，我打算给他做个标准的敬礼的动作。

右手刚刚举起，就被扎西紧紧攥住了。他的眼中，蓄满晶莹的亮光。

（原载于《民族文学》2023 年第 6 期，《小说选刊》2023 年第 7 期转载，获第五届青稞文学奖中篇小说奖）

我的提案

1

同在羚城工作的老乡给我打来电话说：扎西，村里人叫我给你带个话，明早九点准时赶到村里。

我问：干啥呢？

他说：好像是与山有关的事，详细情况我也不知道。

我问：草山的事吗？

他说：不是，好像是白象山的事，你去了就知道了。

因为在羚城工作，我离开故乡已有二十五年。平时顾不上回去，只在春节或清明时，才会去村里。十八年前，我把父母接到了羚城，家里的老宅子便宜卖给了叔叔。可以这么说，除了有十来亩地还在母亲的名下，我家再也没有啥固定的财产在村子里了。这使得我每次回故乡，都感觉自己像个异乡人。但故乡人始终不曾忘记我和父母，每逢有要事或大事要商量，总会及时通知我。

这不，这一次，又带话来了。

2

第二天，我起了个大早，驱车前往村子。

三个小时后，终于顺利抵达。

村名桑多村，隶属桑多镇，由三个首尾相连的自然村组成，居民有藏族人，也有汉族人。记得二十年前，桑多村只三十来户人家，现在竟发展到了整整五十户。

在村口的白塔旁，遇到了堂弟杨道吉。

杨道吉身高马大，比我小七八岁，也就三十多岁，但脸黑，皱纹多，腰又驼着，看起来像四十几岁的人。他左手斜挎着背篓，右手持铁叉，在铲拾路边的牛粪。

我停了车，摇下玻璃窗问，道吉，化肥都用了三十年了，你还拾粪干啥呢？

杨道吉扭头看我一眼说：施肥，还是牛粪好。

说完，才认出我来，惊喜地说：啊呀，是阿哥，你怎么来了？

我说：村里带话，让我今早来。

杨道吉说：哦，对的，说是要商量这白象山的事。边说边扭身指了指身边的山。

这山，因在桑多村西面，就叫西山。山顶有白色石崖，所以也叫白象山。从桑多村去白象山，得走白象沟，入沟三里，才能到山脚。而从山脚前往山头，大约得走二里的羊肠小道。白象山后面不是桑多村的地盘，属于牛家庄，也有条沟，就叫牛家沟，直通白象山。

我问：白象山的啥事？

杨道吉说：秋骨村的安老板在牛家沟挖石头卖，挖了三四年，都挖到白象山了。

我有点明白了，又问：他想开采我们白象山的石料，打算和村里人商量商量？

杨道吉说：嗯，大概就这样，情况好像比这还复杂，你去村委会吧，善德和旺杰他们都在呢，会给你详细说的。

3

到了村委会，门口停满各色汽车。我心里猜测，可能也请了镇里的领导。

就进铁门一看，院子里站满了人，乌压压一片。

我赶忙向院子里的老乡们一一打招呼，还没做完这礼节，一个站在太阳暖廊边的矮壮汉子喊我：来，扎西，到我这儿来。

一看，是村支书杨善德，鼻梁上架副茶色石头镜，戴顶崭新崭新的灰毡帽，披件大氅般的黑色羽绒服，很有派头的样子。

我从人缝里挤过去，握住他的手。

杨善德比我高一辈，读书不多，也就初中文化程度，但脑子灵光，前几年在村子南边的一条沟里开了个砂场，慢慢就挣了钱，成为村里的致富带头人。有了钱，腰板也直了，说话很有底气，却不再开砂场，入了党，去年被选为村支书。

杨善德说：就差你一个人了，来了就好。

我说：紧赶慢赶，算是没耽误大事。又问他：镇上领导呢？

杨善德很纳闷：你以为镇上领导会来？

我说：门口那么多小车呢！

杨善德笑了：那都是乡亲们的，这几年都挣了钱，大多买了车，爱显摆！

旁边几个老乡不好意思地笑起来。

杨善德对一个蹲在旗杆下抽烟的瘦高个喊：杨旺杰主任，人都到齐了，我们开始吧？

杨旺杰站起来大声说：好，乡亲们，进会议室，开会。

说罢，对我笑笑，算是打招呼。

杨旺杰是我的发小，论辈分，是我的堂兄。这几年当村主任，在带领村里人发家致富方面，有想法，也有办法，听说干得挺好。我也给他笑了笑，算是回了礼。

4

大家伙进了会议室。

会议室里两排长桌，围成了一个长方形。靠北的那头，只一张长桌，左边杨善德，右边杨旺杰。靠南的这头，也是一张长桌，坐着杨道吉的阿爸和另外一个长须老人。我和其他乡党，分坐在东西两侧，每侧大约二十来人。

我的位置离杨旺杰很近，中间只隔了两人。

恰是阴历二月中旬，清明节还未到，空气中仍有未散的冷意。人群中间，体形庞大的安多牌烤箱里，有火苗在烟筒里呼啸，或许因为才生火的原因，热量似乎没有散开，房间里清冷，有的人将双手拢进袖筒，有人搓手，有人跺脚，嘴里都哈出了看得见的白气。

杨善德敲敲桌面，清了清嗓子说，房间里冷是冷，但大家不要跺脚，有重要的事，要通知大家。啥事呢？就是白象山的事，就是那开采石头的事。详细情况，先让杨旺杰主任给大家说说。

杨旺杰点点头，说：这事其实大家都知道，就是秋骨村的安老板，这几年在我们白象山后面的牛家沟里建了个砂场。干啥用呢？你们都知道，要盖楼房用，要做水泥。所以人家干的是正事，县里、村里都支持。去年，大家都见了，他们炸石头，炸到白象山这边了。那时人家就找到我们村委会，说打算在白象沟里也开个砂场，占了谁家的地，就给谁家赔偿金，挖了白象山的石料，也给村里赔偿。今个把大家召集来，就是商量给村里的赔偿金额的事。大家有啥意见就说，有态度就表，会散后就不要说闲话了。

杨旺杰一说完，就紧抿着嘴，看大家的反应。

但大家伙似乎不知从何说起，一时间，没有任何声息。

杨善德说：大家都说说，都说说。

有个年轻人终于开口了：杨支书，他们打算赔我们多少？

杨善德看看年轻人，又看看杨旺杰。

杨旺杰似乎明白了杨善德的意思，对大家说：赔偿的事，年前，我们请中间人和安老板谈了两次，这你们可能早就听说了。前几天，又让中间人和安老板谈了，大概情况，就让中人和道吉阿爸给大家说。

众人同时看那坐在南边的长须老人和道吉阿爸。

长须老人也戴着一副茶色石头镜，脸形瘦顾，嘴唇薄，抿嘴时显得很有力。

长须老人准备说话，但道吉阿爸抢先说道：去年谈了两次，第一次，大家都知道，人家每年只赔十万元。第二次，我们谈了一整天，人家答应每年赔三十万元。你们都不愿意，事情就搁下了。前两天，他们派人来，说最多赔四十万元，成就行，不成就拉倒。我们和中人老李都做不了主，这才问大家的意见。

说完，侧脸问长须老人：对吧，老李？

被称为老李的中人点点头说：就是，四十万元是人家的底线，不能再突破了！

在说"四十万元"时，老李举起右手，伸出四根手指。在说"不能再突破了"时，就把四根手指收了回去，握成了拳头。

众人有点失望，有人低头交流，有人抱怨，有人叹气，有人泥塑一般一言不发。

5

杨善德说：都说说，都说说，表个态！

我想了想说：那我说几句。

众人都安静下来，齐刷刷地看我。

我有点紧张，定了定神说：在座的大部分老乡都知道我，在羚城工作，是你们说的公家人，去年又被推选为政协委员，所以，我得站到公家的立场说几句，大家伙不要见怪啊！我想说这么几点：现在国家提倡"绿水青山就是金山银山"，那么，这山，能不能让安老板炸？炸的话，犯法不犯法？

杨旺杰插话说：这应该不犯法，安老板拍着胸脯打了保票，说重要的手续都办了，很合法的。

众人也七嘴八舌地说：就是，人家手续肯定没问题。

我说：话虽这么说，但我知道，这白象山不是我们个人的，这山上的地，我们只有使用权，这山里的石头，真的能让私人开采吗？

我说这话时，杨旺杰对我连连挤眼示意，我明白他的意思，这话不适合这场合说，也不该说，不能说。

杨善德打断了我的话，他说：石料是能开采的，我是过来人，对这一行还是懂一点的，我专门看过安老板的开采证，是真的，这个你放心，大家也放心。谁还有别的意见？

一个黑瘦老头站起来说：赔得太少了，我不赞同。你们想想，我们这白象山有山神的，把这山挖了，山神一生气，会降灾难的，这灾难会降到谁的头上，我们谁都不知道。才赔四十万元，平均分的话，每户连一万块都不到。为了这点小钱，招来大灾难，我觉得不值，真的不值！

这老人在村里有点名望，他话音刚落，人们就纷纷点头，也强调山神降罪的事。

有人帮腔：说得太对了，在大灾大难跟前，几千块的赔偿，啥都不是，我也觉得不值。

众人七嘴八舌地喊起来：不值，不值，真的不值！

道吉阿爸大声说：大家都不要吵了，现在我们讨论的不是山神的问题，也不是灾难的问题，是人家有正规的手续，公家早就批准了，允许人家挖石料。我们讨论的，应该是赔偿多少的问题，大家说个数字，我们得给人家回复呢。

长须老李说：对对的，山神的事，灾难的事，我听说你们以前都讨论过了，就再不要说了。我老李虽不是你们村里人，但我是中人，我得做得让你们两边都满意。你们说个数字，我好给人家说，我会争取把这事办好的，请你们放心！

杨善德说，就是，早就说过的事不提了，这样吧，我提个数字，让他们给我们每户每年赔一万二，总共六十万元。我们先签三年合同。你们看行不？

有人低声说：我看行。

有人说：总数字听起来多，平均开，就少了。

有人说：那就按支书说的，先签三年，若这三年没啥问题，就再续签。

我明白了，看来安老板打算挖白象山的事，村里人的意见早就达成了一致：同意。不同意的，仅仅是赔偿的数额。

我们似乎已经准备决定这座山的命运了！

我问杨善德：这山，要一直挖下去？直到挖完吗？

杨善德笑了：不知道，我想挖完是不可能的，古人说的愚公移山，我看那就是个传说。

杨旺杰也说：就是，他们挖不完的。再说，往后的事，谁能看得清楚呢。又问：每户一万二，大家伙同意不，同意的赶紧举手！

除了我之外，大家都举起了手。

我只好也举了举。

杨善德说：好，那就这样定了，我们请中人老李再和安老板商量，商量好后，就告诉大家伙。就这样吧，散会。

6

众人散去了，村委会里，只剩下杨善德、杨旺杰、道吉阿爸、中人老李和我五人。

我问：答应挖白象山的事，你们早就商定了？

杨旺杰说：这些年，大家伙的脑子都活了，挣钱的事，都愿意干。

我说：确实，跟以前不一样了。

杨善德说：能一样吗？以前穷，不是一家两家穷，都穷，所以不争。现在都想致富，只要能挣钱，大家伙都高兴。

我说：用破坏自己家园的代价来挣钱，我觉得不值！

道吉阿爸说：这事，我们也给镇上汇报了，镇上都没反对，你倒说这说那的，净管闲事。

我问：镇党委书记同意了？

杨善德说：同意了，是我去汇报的，书记说这事安老板三四年前就给他汇报过，手续齐全，他也到牛家沟砂场检查过几次，没问题的。

我说：那镇长知道这事吗？

杨善德说：书记都知道，镇长能不知道吗？镇长跟我说，这安老板是乡村振兴的致富带头人，桑多镇上上下下都得支持人家，他还说，如果这样的致富带头人再多几个，他们身上的担子就会轻很多。

我问：那镇上就没有任何反对的声音？

杨善德说：没啊，能反对吗？乡村振兴，得建设啊，尤其是硬件建设，比如盖楼、修路、修桥啥的，就得有大量的建筑材料，这些材料得从近处找，总不能从很远的地方往这拉吧。

杨旺杰说：就是，舍近求远，费时、费力又费钱，划不来。

我说：你们这样想，我能理解。这事就真的没人反对？

道吉阿爸插话：要说反对的声音，倒还真有一个。

杨善德愣住了，谁啊？你怎么没给我说？

道吉阿爸说：不是我们村的，是牛家庄的一个愣头小伙，在镇政府里工作，他的说法和扎西说的差不多，也强调白象山是大家的，不能随便动的。

我很感兴趣地问：那后来呢？

道吉阿爸说：听说镇长找他谈了一次话，就没后来了。

说这话时，道吉阿爸的话里明显带有戏谑的味道，还特意看了我一眼。

我知道他的意思，但还是明知故问：那小伙叫啥名字？

道吉阿爸说：好像叫牛浩吧。

杨旺杰说：我跟他有亲戚，论起来算是我的外甥。

我暗暗把"牛浩"记在心里，却岔开话题问：今天这么重要的事，镇上干部就没有一个来参加的？

杨善德说：打过电话了，他们太忙，来不了，让我们自己把事情处理好。

道吉阿爸趁机揶揄我：你看人家都不急，你倒是急了。

我忙解释：叔，我是心疼这座山啊，我总觉得这挖山的事不好，只要一想，脊背就发凉呢！

杨善德说：扎西，你是干部，靠在公家脊背上，吃穿不用愁的。你的老乡们，和你不一样，都是从土里刨食吃的，虽说这几年打工挣了点钱，日子也越过越好了，但再给他们挣点额外的钱，应该算是在干好事。

道吉阿爸说：侄儿娃，杨支书说得对，你就甭操心了，再说你常年不在村里，我们有事还想起你，你该高兴才是。

中人老李也说：你这念书人就是死脑筋，你想想啊，这山就说挖平了，那些石头肯定还是用到振兴乡村的事上了，山的底部还是你们村里的，山又没腿，想跑也跑不掉的。

我无话可说，总觉得哪里不太对劲，但又不想再和他们说这事，就出了院门。我拿定主意：当天赶回羚城。

杨善德挽留我：到我家吃个晌午饭，待两天再回去，行不？

我说：得回，单位上还有事呢。

杨旺杰对杨善德说：你先和老李回去吧，我和扎西聊一会儿。

杨善德想给我说啥，但又没说，带着中人老李和道吉阿爸上了他的车，走了。

7

杨旺杰说：扎西，到我家里坐一会儿吧。

我说：我想回去。

杨旺杰说：人这一辈子长得很，没必要这么急匆匆的。

一听他这样说，我知道他不高兴了，就说：好吧，那我把车开到你家门口。

杨旺杰说：没必要，就两步路，车你放在村委会院子里就行。见我有点犹豫，又说：放心，现在不是以前了，没人会动你的车。

我说：好吧，那就再坐会儿。

杨旺杰家确实离村委会不远，走个七八百米就到了。大门盖得很气派，从屋檐到门槛，雕有吉兽、祥云和莲花，门楣上彩绘着八宝图。双扇柏木大门用厚实的铁皮包了，推开时丝毫不觉沉重。

我说：哎呀，看来生活水平真的越来越高了。

杨旺杰说：政策好啊，只要有想法，就没有办不成的事。说着，指了指上院里宽敞明亮的玻璃暖廊补充道：以前的那种又矮又黑的房子，你现在根本就找不到了。

我说：这可能比城里的暖气房还热吧？

杨旺杰说：这我说不好，反正一到冬天，暖廊里种上葡萄，能结果呢，味道还不错。

他上前推开暖廊门，一股热浪扑面而来。进到客厅里，那热浪也跟着来了。客厅里摆着藏式沙发，给人一种富贵逼人的感觉。宽大舒展的藏式茶几上，密集地摆着各种饮料，花花绿绿的，仿佛饮料家族在聚会。

我揶揄说：一看过的就是有钱人的生活啊！

杨旺杰说：都啥时代了？现在家家户户的日子都这样。见我坐到了沙发上，就问我：喝啥？茶、咖啡还是啤酒？

我说：你这儿还有咖啡？

杨旺杰说：只要你想，啥都有呢。

我说：你们的生活，比城里还好呢。

杨旺杰说：这倒是实话，城里和乡下生活水平的差距越来越小了。

我说：这下你这个老同学，再不拿话刺我了吧？

杨旺杰说：以前我就没有拿话刺过你啊！

我之所以这样说，是因为杨旺杰和我在桑多小学一起从一年级读到五年级。杨旺杰的语文和数学都学得好，我只有语文还可以，数学一塌糊涂。上了初中后，我跟随工作的父亲转学到了县二中，之后就考上了大学，有了个稳定工作。杨旺杰初中毕业那年，其父因病去世，家庭的重担都压在了他母亲身上，这种情形之下，他只好休学，一心一意务农，结婚之后，就成了家里的顶梁柱。但只要说起当年，说起我有了工作而他却是农民，他就有点不高兴，喜欢在酒后借题发挥："杨扎西学习比我差，都成了国家干部，我如果没有家庭变故，肯定也会成为干部的，说不得比他还要混得好！"说得多了，这话也就传到我耳朵里来了。我不恼，听传话者把话说完，才说："他说的是实话。"

现在，我觉得是满足他的虚荣心的时候了。

我说：我看你们比我们干部还有钱啊，对不？

杨旺杰说：那不一样，你们一月一熟，细水长流，我们挣的都是辛苦钱，吃了上顿就得想下顿的事，和你们干部没法比。

说话间，他已经给我泡好了速溶咖啡。我呷了一口，是味道很甜的那种。

杨旺杰说：是去天津观摩机械化养殖工程时买的，有苦的，有甜的，苦的我喝不惯。

我说：我爱喝苦的，有苦尽甘来的感觉。

杨旺杰说：我本就是庄稼人，吃的苦已经够多了，还是感觉甜的好喝。

感觉他有可能会跟我杠上，我赶紧岔开话题：这安老板在我们这边准备开砂场的事是啥时候开始的？

杨旺杰说：那就早了，在牛家沟那边开的时候，他就有这想法。

我问：啥时候正儿八经地提出来的？

杨旺杰说：年前就给村里说了。

我说：这家伙，手伸得太长了。

杨旺杰说：这事让你很不高兴吗？

我说：只是觉得让人挖自己的山，不但不管，还要收那些脏兮兮的赔偿费，心里感觉很不舒服。

杨旺杰说：你说得对，这事，谁都感觉不舒服。

我说：那你们还和人家商量赔偿金的事？

杨旺杰说：不商量不行啊，人家安老板把啥手续都办好了，也就是说，他能开砂场，背后是有人支持的。

我说：只要你们反对，他就拿你们没办法。

杨旺杰说：你看，你这搞文艺的人，还是比较幼稚，认识这么肤浅，也不知是怎么当上政协委员的！

我愣住了，不知该怎么回答他。我之所以当上政协委员，是因为在文学创作上取得了一定的成绩，属文艺界这一界别。但杨旺杰说的政协委员，和我自认为的政协委员，似乎不在一条道上。

我问：你什么意思？

杨旺杰说：是政协委员，就得履职尽责，对不？

我说：对。

杨旺杰说：我听说安老板刚开始开砂场，就是为了响应县里开发本地资源的号召，短短几年，就麻雀变凤凰了。你倒好，不但不支持县里的号召，还反对。

我说：县里的号召那是前几年的事了，现在政策变了，我们这里属于长江黄河的源头，不再开发这些资源了，要以生态保护为主，这个政策你不知道吗？

杨旺杰说：你的意思，你这样做就是在履职尽责？

我说：对啊！

杨旺杰一听，笑了：我记得你是文艺界的委员吧，是不是管得太宽了？

我说：只要我是政协委员，不管是哪个界的，不管是啥事，都得过问过问。

话虽这样说了，但感觉自己的脸有点发烫。杨旺杰说得对，我确实管得有点宽了。不过，忽又觉得此事与我是否是政协委员没多大关系的。我只是认为，此事和三江源地区生态保护这一国策不符，作为桑多镇去的国家干部，自己的家乡出现违规的事，该劝说的得劝说，该阻止的得阻止，似乎只有这样做，才配得上"公家人"这一称谓。

杨旺杰说：其实，说句心里话，这事你不要管，你的做法，实际上是在断老乡的财路。

我说：这我知道。

杨旺杰说：知道，你还在会上说那些反对意见？

我说：不说我心里憋得慌。

杨旺杰说：你刚才还说我们村里的生活越来越好了，你知道吗，这好的原因，除了出门打工挣钱外，就是牧业和农业的收入，另外，这些赔偿款也是村里人来钱的路子。生活的确越来越好了，但发家致富的路子也变得越来越杂了。这你应该知道吧？

我说：这我都能想到的。

杨旺杰说：你能想到就好。

和杨旺杰告别时，我从他那要了牛浩的手机号，杨旺杰笑嘻嘻地说：怎么，想和我外甥搞成统一战线？

我说：我觉得你这外甥和别人不一样，想和他接触一下。

8

出了村，一抬头，就看到远处的白象山。

山名白象山，确实名副其实：山顶是白色裸岩，古老而孤独；山顶至山腰，是植被贫瘠的山地牧场；山腰以下，则是梯田，曾经是桑多村人种植五谷的天堂。但现在都不种了，有的地退耕还草了，有的种上了松柳，有的则荒着，枯草一片黄，让人陡然生出一种无法消解的悲凉来。

想起我曾在那山上牧过牛羊，在那自家的耕地里烧过灰，在齐膝高的草丛里抓过蛇，在向阳的山坡上采过草药，在蜿蜒的山道上萌生过走出大山的理想……往后，这些美好而清晰的记忆，就要失去其依附的土地了。

而与我们村人一起以白象山为家园的鹰、麻雀、红嘴鸦、蛇、牛羊、野猪、鼹鼠、蚂蚱、蚊子和蚂蚁们，也将被迫上演失乐园的悲剧。

就是这样一处永恒的自然景观，一处亦母亦伴的灵魂之所，一处有着无法估量价值的精神家园，只因其有着用于建筑的石料价值，竟在蝇头小利的左右下，被我们亲手判定了命运。

传说中守护这座山的蓝脸金枪、银盔银甲的守护神，也许也会为自己的失职而失声痛哭吧！

想到这里，我眼眶有点湿，仰望远山的视线也变得模糊了。

忽听有人敲着车窗问：阿哥，要回去吗？是堂弟杨道吉的声音。

我慌忙揉拭眼睛，对杨道吉说：眼里进了沙子了。

杨道吉说：就是，这里风沙越来越大了。

9

过了一段时间，同城老乡又给我来电话。

他说：村里和安老板谈妥了，每年总价五十万元赔给我们，平均每户一万元，安老板担心国家政策会有变化，暂时签了一年的合同。

我问：真的签了？

他说：真的签了。又说，你把杨旺杰的微信加上，他要给你转账呢。

我加了杨旺杰的微信。

杨旺杰通过微信来电说：白象山的事，定下了。

我一听，脑子里轰的一声。

我明白：我们真的已经决定了白象山的命运。

我问杨旺杰：这件事，你们请教过白象寺的佛爷吗？

杨旺杰说：早就请示过了。

我问：佛爷没反对？

杨旺杰说：真没骗你，你想啊，这对老百姓有利的事，佛爷也不好反对，他说这是村里的大事，由村支部和村委会决定就成了。

我说：你能不能把去佛爷那里的过程，给我大概说一下。

杨旺杰说：好，没问题。

去白象寺拜谒佛爷，在安老板有意在白象山这边开砂场时就去过了。这个砂场，要不要开，能不能开，得先征得三方的同意。哪三方？桑多镇政府、桑多寺和桑多村。桑多镇政府那边，书记和镇长是同意的，桑多村这边，如果桑多寺的佛爷同意，那自然也是同意的。于是，杨善德召集村委会成员一商量，就决定去寺里问问佛爷的意思。接受这一任务的，就是杨旺杰和道吉阿爸。

两人找了个好日子，打听到佛爷正好也在寺里，就拿了哈达提了酥油去了。佛爷招待了他们。闲聊了一会儿，佛爷才问两人的来意。

杨旺杰说：佛爷，村里有个想法，想为村民们增加些收入，但我们又拿不定主意，所以才拜访您，想听听您的想法。

佛爷说：是不是想在白象山开砂场的事？

道吉阿爸吃惊地说：您知道啊？

佛爷说：我早就听说了，我日日念经，日日功课，就是想消弭人心中的贪嗔痴，可这些东西无处不在，是无法消除净的。

杨旺杰说：您的意思是？

佛爷说：这身边的山啊水啊的，其实都是我们赖以生存的资源，最怕被人为地破坏了。

杨旺杰说：佛爷，您是不同意在白象山开砂场吗？

道吉阿爸说：佛爷，您拿主意吧，我们都听您的。

佛爷说：这个主意，我拿不了，不过，既然你们来了，那就说明事情已经在变化之中，就像河流一样，已经流到了中途了。

杨旺杰说：您的意思，是顺其自然？

佛爷说：河水流到我这里了，我显然只能疏导，不能阻拦。

道吉阿爸说：佛爷啊，您把啥都想明白了。

佛爷和善地看了道吉阿爸一眼，问杨旺杰：镇上和村里应该都同意安老板的事吧？

杨旺杰说：镇上是同意的，村里人还在等您的态度。

佛爷说：人性都是趋利的，不过任何事，都有好坏两面，我们尽量把事情干好就成。

杨旺杰在电话里回忆到这里时，非常感慨地对我强调说，佛爷还说，共产党的心是向着老百姓的，是想让老百姓过上好日子的。老人家对我说，这是你们的初心，也是你们的使命。

我说：还是佛爷的觉悟高啊。

杨旺杰说：是啊，不过佛爷也说了，党要求我们要保护好生态，这政策好，特别贴近我们的山神文化，所以破坏了的得尽快恢复，最好是一边开采，一边恢复。

我说：对啊，旺杰，你看人家佛爷想得就比你们远。

杨旺杰说：那肯定啊，境界完全不一样。

沉默片刻后，我又说：那你们这样做，考虑过我们的子子孙孙吗？

杨旺杰吃惊地问：你啥意思？

我说：我们就不给子孙们留点啥？

杨旺杰说：你们念书人，净想些远天远地的事！

我戗他：我是政协委员，得操心这些事，你们啊，总不愿往远处看盯的净是眼皮底下的事！

杨旺杰说：眼皮底下的才是急事。你想想，安老板有正规手续，合法合规，这事，不答应也得答应。我劝你甭管这事了，快把我转给你的钱收了！

手机屏幕上，橘黄色的条形转账信息鲜艳夺目，但我就是没有勇气去点开它，去接受它。似乎一点击开就会让我们失去珍藏了千年的最宝贵的东西。

事实上，这些宝贵的看不见的东西，正在一点一滴地逝去。

我对杨旺杰说：我的这一笔钱，你先替我留着，我和家里人商量一下。

杨旺杰发来了三个"晕"的微信表情。

10

说是跟家里人商量，实际上就是和母亲商量一下。

我母亲 70 多岁，是农村户口，在桑多村还有土地，但早就干不动地里的活了，就跟着我在羚城生活。乡下的那些土地暂时租给亲房邻居耕种。这次安老板的赔偿款，实际上是给我母亲的，毕竟只有她的户口还在桑多村。

我给母亲说了赔偿款的事，母亲听了，特别高兴，说这简直就是天上掉馅饼的事。

我说：阿妈，这哪是天上掉馅饼啊，这可是人家挖了我们白象山的赔偿款。如果把白象山比作我们老祖宗留下来的遗产，现在安老板把这遗产要拿走，象征性地给我们一点点儿赔偿，大概就是这意思。

母亲说：那总比没有赔偿款要好得多。

我说：阿妈，你怎么听不懂我话里的意思呢！

母亲说：我懂得很，你的意思，就是不希望安老板挖我们的白象山，对不？

我说：对，就这意思。

母亲说：那你是痴心妄想。

我问：啥意思？

母亲说：村里人人都同意了，你还想推倒重来，可能吗？我觉得你这是找打。

我说：你就不心疼白象山？

母亲说：我心疼有啥用？我已经离开桑多村好几年了，人家村里人遇到好事还记得我，你说我该笑还是得冷着脸？

我说：你这样说，那就没啥说的必要了。

母亲说：我知道你是政协委员，得负责任，得有担当，不过，村里的事你还是少插手，让村里人决定就行了，知道不？

我懊丧地说：好好好，你说了算。

话虽这样说，但心里还是有点不服。难道身边就真没有能谈得来的熟人？我在脑海里把庄村里的熟人过了一遍，答案还是"没个"（藏语没有的意思）。

嗯，不，有一个，虽然不是熟人，但却是老乡。谁？牛浩！

对，牛浩。我想起了这个小伙子，杨旺杰的外甥，当时是要了手机号码的。

我拨通了牛浩的电话：喂，是牛浩吗？

牛浩：我是牛浩，你是谁啊？

我说：我是桑多村的杨扎西，知道不？

牛浩犹豫了片刻，试探说：您是在州上工作的杨扎西吗？

我说：难道还有另外的杨扎西？

牛浩说：有，我们牛家庄就有一个。

我大笑起来，觉得这个小伙子真有意思。

牛浩说：叔，您找我有啥事儿？

我说：说话方便吗？

牛浩说：方便，我在镇政府背后林子里乱转呢，就自己一人。

我说：我听说你曾经对安老板在白象山开砂场的事，提过反对意见，是不是？

牛浩沉默了几秒才说：叔，您提这事儿干啥？

我说：我只是想听听你为啥要反对这事？

牛浩说：叔，那时候我刚工作不久，还有点直，您甭见怪啊！

我说：没啥见怪的，哦，我的意思不是你想的那样。

牛浩：啊？那叔您究竟是啥意思？

我说：我想了解你反对的原因。

牛浩说：叔的意思是，您也反对这事？

我说：就是，在对待这件事上，我觉得你还是比较清醒的。

牛浩说：哦，那我明白了。

我说：能说说理由吗？

我
是
丹
尼
索
瓦
人

牛浩说：我只是单纯觉得不珍惜老祖宗留下来的东西是不对的。

我说：能把你的想法再详细说说吗？

牛浩说：叔，您要干啥？

我说：乡村如何振兴，不管是我们这些在州上工作的，还是你们在镇政府工作的，大家都在想办法，不过，开发白象山的自然资源就是拆东墙补西墙，这显然不是好办法，你说我说得对不？

牛浩说：叔您说得有道理。又问：叔您究竟想干啥呀？

我说：我只是想对这个事做个调查，然后以政协委员的身份写个提案，建议关闭或者暂缓建桑多镇砂场，你觉得我的想法对不？

牛浩说：叔，这个事情我再不想表态了。

我问：怎么了，不坚持以前的想法了？

牛浩说：这事，镇上都表态了，都认可安老板的做法，说他是致富带头人，所以我啥都不想再说了，不疼的指头就不往磨眼里伸了。

我说：那好吧，我明白你的意思了。

随后，我挂了电话，心里一片悲凉。但对牛浩，却生不起一点儿怒气，只感到说不出的遗憾：想找个能证明自己的想法是正确的人，似乎是很艰难的事，更遑论能找到支持自己前行的队友了。这遗憾如阴影，在我的心头越来越大，越来越浓重，仿佛要蚕食掉我的信心。

我决定再次去一趟桑多村，实地调查一番。

我
的
提
案

· · ·

· ·

319

11

半月后，我驱车前往桑多村，深入白象沟。

从沟外到沟里，路程大约三里。记忆中，本来有条小溪的，溪水纯净，溪边草木葳蕤，百花璀璨，是我们小时候的人间天堂。

而今，小溪早已干涸，甚至连踪迹也无处可觅，唯有一条能通行大车的砂石路，曲折地通往沟里头。道路两旁的地垄和坡地上，草木还没发芽，一派灰蒙、暗淡、破败的景象。

片刻之间，车子便到了白象山脚，果然有个大型的砂场巨兽般横卧在山下。砂石堆积如丘，七八辆运沙车正在装载砂石，四五辆碎石机正将巨石一一分解，陡峭的山坡上，三辆挖掘机分布各处，揭开草皮，掀起土块，有力地掘出土层下的青灰色的巨石。巨石纷纷从山坡上滚下来，被高高的沙堆挡住，发出不甘心的沉闷的撞击声。

我刚刚把车停在砂场，就有人匆忙走过来，远远地问：哎，干啥的？

我从车上下来，看着那人问：哎呀，道吉，你在这干啥？

杨道吉慌忙走过来说：阿哥，怎么又是你？

我说：今个有空，专门来这里看看。

道吉说：这有啥可看的。

我问：那些开挖掘机的、运沙子的、碎石头的，都是谁？

道吉说：有安老板的人，也有我们村里人。

我疑惑地问：村里人在这干啥？

道吉说：打工啊，一月给五六千呢，比出去打工还挣得多。

我说：就是说，我们村里人，帮人家安老板挖我们自己的山？

道吉说：阿哥这话我不爱听。

我说：真心话，谁都不爱听。

道吉说：在桑多镇开砂场的，又不止安老板这一家。

我问：你的意思是还有？

道吉说：有，还有两三家呢，王老板的、曹老板的、马老板的，有的规模比这个还大。

我说：都是蛀虫啊，打着发展地方的旗号，干的净是祸害后代的事。

道吉说：阿哥，你们当干部的，还是不了解我们老百姓。

道吉一说这话，瞬间就提醒了我：是啊，话说着说着，就有了火药味了，这可不好，不是好的交流方式。

我说：对不起，对不起，一想到别人在挖我们的山，这里就有点……你甭见怪。我边说边指指自己的心口。

道吉说：说实话，我们也心疼，不过，挖过的地方就再想办法恢复，还是行的。

我问：那挖过的地方你们恢复了没？

道吉说：安老板说，战场才铺开，到处都得挖，还顾不上考虑恢复的事。

我说：我就知道是这样。

道吉说：安老板说专家们都来看过了，说我们这里气候还可以，土壤的什么再生性也好，停工后，假如进行全面恢复的话，还是没啥问题的。

道吉一提专家，就堵住了我的嘴。

我掏出香烟，给道吉一支，自己也点了一支。两人抽着烟，都没说话。突然起了山风，整个砂场顿时弥漫起一团团灰茫茫的沙尘，我看往远处的视线也变得模糊了。

道吉说：阿哥，要不去帐篷里坐坐？

我说：不了，该看的，都看了，心里很不舒服啊！

道吉说：没啥，都会好起来的。安老板的赔偿费，旺杰给你转了吗？

我说：转了。

但我没给道吉说我还没收取赔偿款的事。收不收这笔款项，既是态度，也是原则。来白象山砂场之前，我一直处在犹豫状态。来了之后，我知道自己该怎么做了。

抽支烟的工夫，山风过去了，眼前的天地更加清晰。但显而易见，那山坡上狗皮膏药一样的伤疤明明白白地提醒我，眼前的山，已不是儿时的山，地，也不是少年时的地了。

12

我正打算返程，道吉却指着我身后说：看，安老板来了。

扭头一看，身后果然来了辆深蓝色宝马，看那款式，还是跑车。见有车挡道，宝马顿时高声嘶鸣，霸气外露的架势。我只好把车挤停到山根，那宝马又嘶鸣一声，驶入砂场。杨道吉给我丢了句"等我一会儿啊"，就慌慌张张地跟了上去。

过了片刻，杨道吉从砂场出来，对我说：安老板请你呢。

我问：他要干啥？

杨道吉说：说是随便聊聊。

我跟着杨道吉，走向安老板的帐篷。举目四望，砂场里头，竟有四顶帐篷，安老板的这一顶最大，孤零零地立在最北边，取了个坐北朝南的方位。其他三顶，都在东南边，与大帐篷遥遥对望，有点俯首称臣的感觉，估计是杨道吉等工人们住的。

揭开门帘，一进入大帐篷，顿感富丽堂皇。地面显然是被硬化过的，铺有厚实的暗红色藏式地毯。左侧立着一面金黄色书柜，但上头摆放的不是书籍，而是茶叶罐、酒瓶子、酒具之类的东西。右侧则是一张宽大的棕红色办公桌，桌后是一把高背皮椅。对门方向摆了一组布艺沙发，那外套也是金色的。木头本色的茶几上，卧着一套圆形茶具，茶盘上绘着褐色线条的二龙戏珠图案，托盘上是一个茶壶，配有六个小茶杯，都是明黄色，也绘有褐色龙形图案。

右手单人沙发上，此时正坐着一个胖子，寸头，圆脸，嘴唇厚实，眼睛却是小小的，左手紧抓着手机，正在有力地瞅视，仿佛要将手机看穿似的。见我进来，瞥了一眼，也没起身，伸出右手，示意我往三人沙发上坐。

杨德吉说：你和安老板坐会儿。不待我搭腔，又对安老板说：老板，我先去看砂场了，顺便给你们准备些午饭。

安老板还在看他的手机，也没抬头，只是做出轻微点头的动作。直到我坐到三人沙发上，安老板才将手机放在茶几上，取了两只小茶杯，倒上茶水，把其中一杯放在我面前说：今年的龙井，尝一尝。

我说：能在这山沟里喝到今年的龙井，我还是有点口福的。

安老板笑了：看你说的，都是小事。又问我：你应该知道我吧？

我说：秋骨村里的大老板，谁不知道呢？

安老板说：我也知道你，当年桑多村里第一个考上大学的，名气比我大。

我尴尬地说：你就甭酸我了。

安老板说：真的，说假话没意思。又岔开话题说：你现在在哪个单位？

我说：州文联，知道吗？

安老板说：文联？还真不清楚，这是个干啥事的单位？

我说：就是组织画家、书法家、摄影家和文学家们开展文艺活动的。

安老板说：哦，知道，就是搞宣传的呗。

我说：也不仅仅是宣传，也督促文艺家们搞创作，出作品。

安老板说：那也是宣传，跟电影、电视剧的效果差不多。

我不想继续解释，就品了一口茶说：有点儿苦。

安老板说：味道苦的才是好茶，苦尽甘来，才是好事，对不？

我问：你懂哲学？

安老板说：不太懂，只是经历的事多，对这世道有点认识。

我说：除了开砂场，你还干过别的事？

安老板说：上过学，落过榜，打过工，创过业，包过工，后来就当老板了。

我说：这经历确实比较丰富。

安老板说：现在说是当老板，其实还是个下苦力的。

说这话时，他没有一丝谦逊的表情，倒是有点自得。想到刚才他打喇叭的行为，突然就明白了，这家伙就是个特别自信的人，自信得有点霸道。

我说：听说前两年你在这白象山背后的牛家沟里开砂场？

安老板说：就是。

我问：挣得多吗？

安老板说：还可以，一年也就四五百万元。

我吃惊地说：这么多啊！

安老板说：不多啊，除掉工钱、油费、机器修理费和上下打点请客送礼的费用，也落不了多少，大概就是个二三百万吧。

我说：再怎么说，比我们好多了。

安老板说：啥呀，我倒是羡慕你们，不用风里来雨里去的，也不用看这个那个的脸色，只把本职工作干好就成了。

我说：其实我们也得看人脸色的。

安老板说：你们政协委员也这样？

我说：你怎么知道我是政协委员？

安老板又笑了：你在会上自己说的啊！

我明白了，这家伙对会上的事情知道得一清二楚，我们身边肯定有他的眼线。又一想，就释然了，人家这样的老板，定然笼络了很多人，有啥事能瞒过他呢？

我说：在会上，我说的是大实话，其实也是国家的政策。

安老板说：我知道，我知道，不过，我这砂场开在这山沟里，周边又没有居民，即使下大雨时形成泥石流，也不会危及老百姓的财产和生命，安全上是没有任何问题的。

我说：问题是我们这里是长江、黄河的上游，如果到处都开砂场，对生态的破坏还是挺厉害的。

安老板说：我觉得倒是没啥大的破坏，桑多镇的气候比起我们州的其他几个纯牧业县要好多了，植被恢复的速度还是比较快的。你呀，想得太多了，也太远了。

他这话，和杨善德、杨旺杰他们说的一模一样，看样子，"桑多气候好，植被恢复快"的想法，就是这家伙灌输给他们的。

我说：反正我觉得这样大范围地开砂场，还是不太妥当。

安老板不高兴了，盯着我说：人家白象寺的活佛都没说啥，你这个政协委员倒操心得很！

我说：活佛是怎么说的？

安老板说：活佛说，只要及时做好生态恢复，就成了。

我说：那你在白象山开砂场，也是对白象山风水的破坏，活佛他老人家就没感觉到？

安老板说：这白象山大得很，砂场在这条沟里，寺院在另一条沟里，八竿子也打不着。

我说：你这样说，就没意思了，好在你懂点哲学，我想和你聊一聊生存的事，行不？

安老板说：行啊，聊吧！

我问：你说面前的这个山、身边的那些河，跟我们人类有啥关系吗？

安老板说：这山这水，不就是为我们人类过上更好的生活来服务的吗？从山水里、土地上得到的越多，我们的生活就越好，生活水平就越高，对不？

我说：有点关系，但是不对。

安老板说：哪里不对？

我说：念过书的人，都学过自然课和地理课，只要学过，都知道这地球上的一切资源，不仅仅只属于人类，而是属于整个生物界的。我这观点，你同意吗？

安老板说：我认为人是生物界的主人，其他生物都是为了人类才存在的，我想这也是造物主存在的主要原因。

我说：我知道你的想法了，你这观点，叫"人类中心论"。

安老板问：我这观点有问题吗？

我说：宗教里说的"众生平等"，生物学的生物链，都是说万物存在的必要性的，一个是宗教，一个是科学，都反对你的这个"人类中心论"。

安老板说：你的意思，眼前的资源，我们得到的越多，其他生物就得到的越少，这会影响到人类的生存，是不是？

我说：实际上，还不是其他生物得到多少的事，你们这种开山取石的行为，就是破坏生物链的行为，是破坏"人与自然"和谐共生的关系的行为，你知道不？

安老板说：你说得很复杂，不过，我明明白白地告诉你，你说的，我都懂。你给我讲这些道理，那是白讲，你得讲给你们村里的人听，但我估计你们村里，甚至这桑多镇上很多人，都不愿听也不可能听进去你的这个理儿。

我知道他说的是实际情况，在桑多镇，确实没人在乎，很少有人考虑往后几辈子的事，但我还是想劝劝安老板。

安老板大笑起来：你可能不知道，我是这桑多一带的安老板，对镇上人来说，是大善人。你的脑子还是有点轴啊，你得好好想想，想得越透越好，不然，连镇子上的人都讨厌你呢。

我说：你的意思是我断了村里人的财路？

安老板反问：难道不是吗？

我想了想，说：你这倒是实话。

安老板说：那肯定啦，一户一万元，对村里人来说，不算是小钱。

正说着，杨道吉掀开门帘进来，问安老板：饭好了，现在吃吗？

安老板看向我，显然在询问我的意思。

我忙说：你和工人们一起吃吧，我就不吃了，得赶回去。

安老板说：那好吧，这里有条烟，你带上回去抽。说着，从茶几柜里摸出一条烟，往我手里塞。

我说：我不爱抽烟，再说也抽不惯。

安老板见我坚决推辞的样子，笑了，又从书架上取来一盒茶说：不抽烟，那就喝茶吧，这个就你刚才喝的龙井，你带上，给我个面子，别再拒绝啊。

我还是伸出双臂，往外推。

安老板的脸色阴下来，对杨道吉说：你来劝劝你哥吧！

杨道吉说：阿哥，安老板给的，你还是拿上，他这人，大方，对我们也是这样。说罢，露出恳求的神情，似乎一旦我拒绝了，都会让他很难堪。

我还想推辞，但看到杨道吉焦急的眼神，还是把这盒龙井收下了。

13

告别安老板，在返程的路上，我陷入了思考：国家一而再再而三地强调，促进地方发展，一定要处理好经济发展与环境保护之间的关系，而今，在老家，就出现了这样的典型案例。

作为政协委员，我该如何面对？是置之不理，浑浑噩噩，装聋作哑？还是深入调查，仔细研判，直面困境，提出主张？

答案，显然就在嘴边，呼之欲出。

我想，我得以政协委员的身份，写一个提案。

在"案由"部分，我打算开门见山，直接提出尽快停止桑多镇砂场的采砂行为，切实保护当地绿水青山的建议。

"理由"部分，我得强调国家对青藏高原"三江源"——黄河、长江、澜沧江源头的生态保护政策的重要性、必要性和迫切性，凸现这一背景下桑多地区生态环境在地方政策的误导下被严重破坏的现状，从而提出取缔桑多镇砂场保护当地生态的主张。

"办法"部分，就针对自己所反映的问题，提出具体的主张和实施的办法。

我想，一旦这个提案提交上去，被受理的可能性特别大。这正是我所期待的。

但受理的直接结果就是，我动了桑多村人的奶酪，或许，我将成为桑多村人的公敌。

我只好给自己继续打气：既然生活在江河的源头，就得为保护身边的生态环境，创建人与自然和谐共处的理想生活，走出自己的一步，哪怕这一步是艰难的、趔趄的，甚至就是痛苦的，也得迈出去。

这样一想，身上的压力似乎被卸去了几重。一丝轻松的感觉在心头浮起。

然而，只要侧头一看放在副驾驶坐垫上的茶叶盒，刚刚下定的决心就像人情压力之下的门户，才装上去，就被沉重的力量压出难以承受的呻吟声。过上一段时间，那些深藏于门框中的螺丝，会不会松动？会不会滑丝？会不会因帽顶脱落而失去固守的作用？

我使劲摇头，想把脑子里的这些古怪的想法甩出去。

14

我们这里，一年一度的政协会议召开的时间，基本在12月初。

11月中旬的一天，我前往桑多镇，准备在政协会议召开之前，将安老板送我的那盒龙井还回去。似乎只有这样做，我才能堂堂正正地起草提案，正儿八经地把保护桑多生态的事提到桌面上来。否则，始终过不去心里边的那道坎。

我去了堂弟杨道吉家。我想，这还茶叶的事，通过他来做，似乎更加简单些。

　　但我显然想错了。

　　正是午饭之后，杨道吉家坐满了年轻人，一见我来了，都纷纷起来让座。问了道吉，才知道是外出打工的人都陆续回来了，今天就在他家里吃饭喝酒，算是年前的小聚会，大家半年不见联络感情的意思。

　　杨道吉刚给我上了奶茶，还没呷两口，杨善德和杨旺杰也来了。

　　两人抬了两箱子青稞酒，让小伙子们打开，说是要好好喝喝，谈谈打工期间的见闻，说说一年来的收入。

　　两人先鼓动年轻人向我开炮。

　　杨善德说：年轻人，杨扎西可是从我们桑多村里走出去的人，现在做了政协委员，算是大干部了，你们就不给人家敬几杯吗？

　　杨旺杰也说：对对对，扎西现在是有身份的人了，这可是我们大家的骄傲！

　　杨道吉一听，端起酒盘子说：就是，我是扎西的兄弟，我先敬，来，老哥，先把这一盘酒喝了！

　　桑多镇的敬酒习惯，的确是一盘一盘地敬。一盘六杯酒，不管是谁，得起个好头。敬酒的，希望对方满饮六杯，被敬的，也得把场合气氛搞起来，六杯是不得不喝的。我知道这些乡俗，于是就把杨道吉敬的全喝了。

　　这一喝，喝出了问题。年轻人纷纷端酒盘过来给我敬酒，找的理由也很直接：道吉敬的六杯，你都喝了，我们敬的不喝，那是过不去的。于是只好继续喝。空腹喝酒本是大忌，喝得一多，不愉快的事就出来了。几轮敬酒过后，我拿出茶叶盒，给杨道吉悄悄地说了通过他给安老板退还礼品的事。

杨道吉也喝得有点多，一听我的意思，竟嚷嚷起来：人家安老板给你的礼品，你自己给人家退去，这事我不管，我又不是呆子！

这一嚷，本来私底下处理的事，就被他摆到大伙的面前了。

杨善德问我：哎，大干部，你这是啥意思？

我解释道：没啥意思，只是想把这个礼给人家退回去。

杨道吉大声说：我知道我哥的意思，他打算向上面反映安老板开砂场的事，想通过公家把人家的砂场给关了！

他这么一解释，乱哄哄的场面顿时安静下来，落针可闻。

我尴尬地笑笑，说：不全是这样，我还有其他的意思。

杨善德的脸色严肃起来：你还有啥意思？是不是想断了明后年安老板给乡亲们的赔偿款？

我说：我没这想法。

杨善德说：可你正在这样做！

杨善德话音刚落，年轻人就激动起来，有的低声嘟囔，有的斜眼看我，有的直接往地上吐口水，那意思很清楚，我动了他们现成的奶酪，要断了他们的财路，这样的想法，这样的行为，他们是不答应的。

一个青年站起来说：我们把你当人，给你敬酒，你却给我们当面施绊脚，背后动刀子，你到底是啥意思？想干啥？

杨善德呵斥那青年：对长辈就这样说话吗？坐下，这里没你插嘴的份儿！

青年扭扭脖颈，冷着脸坐下，摆出一副很不服气的样子。

杨旺杰说：都甭闹，先让扎西说说他的想法。

我本想从生态遭到破坏的后遗症说起，来强调保护地方生态的重要性，但又觉得这样的说辞，老乡们不容易接受。他们看事只看眼下，缺乏长远的眼光，不容易听取涉及子孙的事。也许是喝了酒的原因，我脑子里灵光一现，知道自己该从哪里切入话题了。

我说：今儿个喝了点酒，那就把我的真实想法给大家说说，说得对不对，你们听了后再评价，行不？

杨善德说：好，你说。

我说：安老板是秋骨人，这秋骨村虽然也是桑多镇政府管辖的，但不是我们这个村子的地盘，对吧？

杨旺杰说：嗯，这是实话。

我说：牛家沟也不是秋骨村的，对吧？

杨旺杰说：你到底啥意思？

我说：我的意思，就是安老板开的两个砂场都不在他的村庄里，也就是说，人家不挖自己的地方，偏偏要挖我们的地方，你们知道他的想法不？

刚刚对我耍脾气的青年说：安老板的秋骨村没有能开采的石料。

我说：谁说没有？桑多镇辖区内到处都是石料，到处都能开采的。

杨旺杰说：你的意思，我明白了，安老板只挖别的村里的，不挖自己村里的，对不对？

我说：对，这就是人家安老板的保护意识。

杨善德说：实话说，这一点我倒是没往深里想过。

我说：我再举个例子，桑多河那边是卓尼县的地盘，这你们都知道，我在卓尼县刀告乡当过两年的驻村干部，那时就发现一个现象，人家那边的寺院所有维修的材料，比如石板啊沙石啊啥的，都从我们这边买，他们那里的，人家根本就不动，一点都不愿破坏。

青年问：真的？

我说：真的，人家的脑子就很清醒，之所以从外地买材料，一来是为了保存自己的资源，二来是为了保护自己的生态环境。

杨道吉说：就是哎，我插一嘴啊，我看到电视上也说，外国人爱从我们国家进口煤、盐和木材，就是舍不得用他们自己的，担心用完呢。

我说：对啊，人家外国人看得比较远。

那青年点点头，旁边的其他年轻人，也是一副恍然大悟的表情。

我说：我们的白象山石料也是一样，这好比祖先给我们留了很多的遗产，我们自己没有保护意识，还配合着外人一起折腾，等明白过来，这些遗产早就稀里糊涂地糟蹋完了，你们觉得我这比方对不对？

一时间，众人都不说话了。

过了片刻，杨善德打破了沉默：我说几句啊，扎西说的有道理，但是，合同已经签了，钱，人家安老板也给了，再想反悔，显然是不可能的，不过，幸亏我们只签了一年，明年，我们再细细商量这事，大家觉得怎么样？

众人纷纷点头。杨道吉又端起酒盘，打算再敬我几杯。我说：你赶紧给我端一盘子羊肉来，肚子空空的，这酒可不敢这么喝啊！杨道吉忙把酒盘交给别人，去了厨房。端盘子的年轻人，只好先给杨善德敬酒，场面顿时又热闹起来。

借着嘈杂的声音，杨旺杰低声对我说：你那笔赔偿款还在我这里呢，我现在就在微信上转给你吧？

我说：先放在你那儿，我还没顾上和家里人商量，我的意思是准备捐给村里，但用在哪里，还没想好。

杨旺杰说：那好吧，我等你的决定。

我说：那安老板的这盒茶叶，怎么办？

杨旺杰说：你也放在我这里，等我见到安老板，就按你的意思，退给他。

我说：这样也好。

杨旺杰想了想又说：我还是给他打个电话，把这事给他说说。

说着，就拨通了安老板的手机，两人说了几句，因为室

我是丹尼索瓦人

336

内吵吵闹闹的，我没听清楚他们说了些啥话。

过了会儿，杨旺杰把手机递给我说：安老板有话要给你说，这里太吵，你出去说吧！

我点点头，走到院子里，对着手机说：哦，安老板，我是杨扎西。

安老板说：我听说你今个到村里了，打算退还我的茶叶，是吗？

我说：对啊，实在不好意思收你的礼。

安老板说：我明白，你甭解释了，你们这些念过书的，要么比猴还精，要么比猪还笨。

我恼了，说：安老板，你在骂我？

安老板说：我敢骂你吗？我是在夸你呢，你可是政协委员，是有话语权的，惹不起啊！

我说：我知道，你真的想骂我，对不？

安老板：不是，不是，真不是，既然你不想要那盒茶叶，就先放在旺杰那里吧。

15

12月中旬，州上的政治协商会议如期召开，依旧是委员报到、提交提案、听取报告、讨论报告和换届选举等内容。

我对提交提案特别重视，将自己的提案命名为《关于请求取缔桑多镇采砂企业，尽快落实江河源生态保护的建议》，按照构思好的结构安排内容，尽量做到实事求是、主题突出，简明扼要，有情况、有分析、有具体建议。多次修改完善后，又在提案提交表上工工整整地抄了一遍，提交给提案审查委员会。

在政协委员分组讨论地方政府工作报告期间，大家伙也谈起自己的提案。轮到我发言时，我把提案中最主要的内容作了阐述，希望引起在座领导和委员们的重视。但或许因为每个委员的发言时间有限，或许大家只关心自己的提案，没人讨论我的提案，都在匆匆忙忙中有的放矢地发出只属于自己的声音。

我有点气馁。原来，自己认为的大事要事，在别人眼里，并不那么重要。

讨论结束后，一位我熟悉的来自瓦寨县教育界的仁青委员私下里跟我开玩笑：扎西，你是文艺界委员，可操心操到界外去了啊！

我问：你啥意思？

仁青笑嘻嘻地说：说好听点，你这是跨界议政。

我说：你认为我提案里提的事不重要？

仁青说：不是不重要，是你的手伸得太长了。

我说：那你估计一下，我这提案会通过审查吗？会受理吗？

仁青说：这我说不上，静等消息吧。

没想到，这一静等，竟等了半年。

半年后的一天，有陌生号码打进来，问：请问您是不是杨扎西委员？

我说：对，我就是，有啥事吗？

对方说：我是州政协提案审查委员会的干事小李，您的提案，我们已经提交给州环境保护局了，由他们受理，他们的工作人员会和您联系，这样处理您满意吗？

我说：满意，满意！

我一边回答，一边郑重其事地记下了小李的电话。

16

等到年关，没有执行单位的任何消息。正月初八，各个单位都上班了，还是没有消息。

我打电话给州政协，找到那个曾给我来电话的小李，询问提案的进展。

小李说：县上还没给您回话吗？

我说：啥消息都没有。

小李说：可能这个事情办起来会牵扯到方方面面，所以进度比较慢，您不要急，再等一段时间啊。

正当我焦急地等待环境保护局的回复时，却突然在网上看到了一则消息，是说藏羚州生态保护主体责任落实不到位，无序采砂问题突出的。

消息上说，省生态环境保护督察组督察时发现，藏羚州采砂行业无序发展，违规占用草原林地，生态修复不力。

文中概括地指出了藏羚州存在的三个主要问题："一是采砂企业违规占用草原林地。督察发现，2019 年以来，藏羚州部分采砂企业未办理征占用手续，违规占用草原、林地。"

督察组举例指出，有 10 家采砂企业违规占用草原、林地、耕地近 400 亩，存在砂石开采、石料加工、倾倒洗砂废水、沉淀池底泥和建筑垃圾等行为，其中倾倒沉淀池底泥和建筑垃圾达 2 万余立方米。

在这 10 家违规采砂企业中，赫然就有安老板所注册的那家采砂公司的名字。

"二是生态修复治理不到位。督察发现，2019 年以来，为推动解决历史遗留矿山生态破坏问题，该州挂牌出让矿权，出让合同中明确规定了开采企业应当承担的矿山环境保护和恢复治理责任。但企业主体责任不落实，政府有关部门监管责任不到位，全州 43 家采砂企业中，37 家没有达到生态修复要求。"

这不看不知道，一看吓一跳。近几年，随着家庭生活水平的日益提高，不管是干部、农民、牧民还是商人，家家都买了小汽车，都喜欢在闲暇之际自驾游。而我和几个志同道合的车友，尤其喜欢在周六周日在州内开车漫游，行程中，总会发现一些砂场，或藏匿在山沟里，或潜伏在河岸边，我们都以为它们数量不多，不会给身边的山水造成大的破坏，谁知全州数量竟达 43 家，破坏程度竟如此厉害，破坏后在生态修复上未达标的竟有 37 家。

这组数据让我目瞪口呆。

文中举例说，大部分公司自 2019 年投产以来，未按要求开展生态修复，2021 年省上有关部门再次指出问题后，州自然资源部门才督促其开展治理，但实际仅对排土场进行简单的覆土复绿，仍有 76 亩裸露山体未修复。个别公司"不仅未解决历史遗留生态破坏问题，在生产过程中又造成了新的生态破坏"。

由第二个问题，记者得出结论：藏羚州绿色矿山建设推进不力。2020 年 10 月，省自然资源厅出台《关于促进砂石绿色开采保障经济高质量发展的指导意见》，要求大中型矿山到 2023 年底建成绿色矿山。但藏羚州自然资源部门仅对指导意见进行了转发，没有采取具体举措推进落实。"截至目前，全州按照要求应开展绿色矿山创建的采砂矿山，均未开展创建工作。"

这则消息，我都不忍也不敢往下看了，但目光还是被以下文字给拉扯着。

"三是采砂行业无序发展。"

在国家印发全国资源型城市可持续发展规划且将藏羚州瓦寨县列入资源型城市名单后，虽要求加强重点生态功能区保护和管理，严格限制矿产资源开发，但开发的势头还是没有得到有效遏制。即使在 2019 年国家有关部门出台相关文件，要求加强砂石资源开发整合，推进机制砂石生产规模化、集约化之后，全州设立了 10 个砂石集中开采区。"但截至目前，全州 43 家采砂企业中仍有 26 家在规划的集中开采区外",其中 5 家企业的采矿权竟然是 2022 年以后新批准或延续的。

为了自身利益的最大化,这些采砂企业无视规划中的要求,超越采砂界限,无所不用其极。

列举了三个问题后,文章得出结论:"藏羚州对黄河上游重要水源涵养区和补给区的重要生态地位认识不足,生态环境保护主体责任落实不到位,无序采砂违规占用草原林地,对区域生态保护产生不利影响。"

这平实的语言,揭示的是被无限忽视的真相,呈现的是露骨而丑陋的事实。

这真相,这事实,也被以照片加图片说明的方式,再现在读者面前。而在我眼里,所有的图片都在指向桑多镇砂场的现状,所有的文字都在诉说采砂背后的欲望。

只要有这些满心贪欲的人在,这江河源头生态保护的大业,必将任重而道远,必将是一场又一场持续不断的战争。

作为一名政协委员,作为曾经提交过取缔桑多镇砂场以保护当地生态的政协委员,我终于赢来了自己的胜利。

这样的结果,令人精神抖擞。

看来,那高空的太阳,不是没有看到阴影,只是在光辉的照耀下,只要有所遮挡,就必然产生阴影。但只要照射的角度一变,那原先的阴影必将荡然无存。而阴影中的蝇营狗苟,也必将被时光之手倏然抹去。

我这样想着,想着,禁不住畅怀大笑。

17

这条消息对于全州来说，简直就是晴天霹雳。

一时之间，各级党委政府都行动起来了，进行事件调查、问责相关部门、取缔部分砂场、恢复生态重建等工作，成为各级领导的案头要事。

州环境保护局的同志多次联系我核实提案情况，说是省督查组非常重视这件事，要求严肃整顿。在整顿治理阶段，相关部门的负责人或被问责，或被免职，或被处罚，州内大部分砂场被取缔、关停，采砂企业负责人也受到了相应的处罚。

杨旺杰给我打来电话说：老同学，果然发生大事了！

我问：是不是安老板的砂场被关停了？

杨旺杰说：啥呀，直接就被取缔了！

我问：知道督察组是啥时候来的吗？

杨旺杰说：到白象山砂场来，是在一个月前，就两三个人，态度都很好，问这砂场是啥时开的，效益怎么样，是谁负责的，村里人同意吗。但也没多问，只是一个劲地拍照，拍完照片就走了。

我说：你们当时就没重视？

杨旺杰说：工人给安老板说了，安老板说来调查的人年年都有，都没出啥问题，让工人们放心，不会出啥事的。

我说：我知道，他总以为没有他摆平不了的事。

杨旺杰说：你说得对，我们都没认识到问题的严重性啊！

我问：那白象山的生态恢复工作是不是也开始了？

杨旺杰说：对啊，要投入很多人力、财力和物力呢。

我说：老乡们拿的那笔赔偿款呢？

杨旺杰说：全部收回来上交，当作生态重建经费。

我说：我当时就说不能收，你看，果不其然。

杨旺杰说：对对的，你不愧是政协委员，觉悟就是比我们高。

挂了电话，我心里一阵轻松。一束阳光从窗外照进来，我仿佛看到白象山恢复了山清水秀、鸟语花香的昔日风光。

（原载于《时代文学》2025 年第 1 期）

图书在版编目（CIP）数据

我是丹尼索瓦人 / 扎西才让著 . -- 北京：作家出版社，2025.8. -- ISBN 978-7-5212-3563-0

Ⅰ. I247.7

中国国家版本馆 CIP 数据核字第 202561NY25 号

我是丹尼索瓦人

作　　者：扎西才让
责任编辑：李亚梓
封面设计：琥珀视觉
出版发行：作家出版社有限公司
社　　址：北京农展馆南里 10 号　　　邮　　编：100125
电话传真：86-10-65067186（发行中心）
　　　　　86-10-65004079（总编室）
E-mail:zuojia @ zuojia.net.cn
http://www.zuojiachubanshe.com
印　　刷：唐山玺诚印务有限公司
成品尺寸：142×210
字　　数：217 千
印　　张：10.875
版　　次：2025 年 8 月第 1 版
印　　次：2025 年 8 月第 1 次印刷
ISBN　978-7-5212-3563-0
定　　价：68.00 元